文春文庫

ガラスの城壁

神永学

文藝春秋

ガラスの城壁　目次

ガラスの城壁

どんなに高く堅牢《けんろう》な城壁を築いたところで無駄だ。
ぼくたちは、誰にだってなれるし、何処《どこ》にだって入り込むことができる。
そうだよね？　悠馬《ゆうま》君――。

プロローグ

悠馬は、鉄製の扉に拳《こぶし》を打ち付けた——。

冷たい感触のあとに、じわっと痛みが広がっただけで、扉はびくともしなかった。

外側から鍵をかけられているのだ。構造的に内側からは開けられない。

窓はあるが、鉄格子が嵌《は》め込まれていて、僅《わず》かな隙間《すきま》から出ることは不可能だ。

やはり、この扉を破壊するしか脱出方法はない。

今度は扉を蹴《け》ってみた。

ガンッとさっきより大きな音がしただけで、扉を破壊するに至らなかった。

外部との連絡手段はない。閉じ込められている悠馬を誰かが見つけてくれる可能性は極めて低い。

食料も水もないこの場所では、もって三日といったところだろう。

黴臭《かびくさ》い牢獄《ろうごく》の中で絶望に打ちひしがれた悠馬は、ついにはその場に座り込んでしまった。

頭を抱えるようにして、小さくため息を吐《つ》く。

悠馬をこの牢獄に閉じ込めたのは、マサユキたちだ。

そうされて然《しか》るべき罪を犯したというのが、彼らの言い分だった。

だが、悠馬は何一つ罪を犯していない。謂《い》われのない罪を着せられ、こうして自由を奪われているのだ。

奴《やつ》らは法の執行官であるガードナーを名乗っている。

しかし、悠馬を公平な裁判にかける気など毛頭ない。法の名の下《もと》に、悠馬のような弱者を虐《しいた》げ、日頃の鬱憤《うっぷん》を晴らしているに過ぎないのだ。

怒りがこみ上げてくる。奴らに復讐を考えてみたものの、囚《とら》われの身となった現状では、どうすることもできない。

今は――。

そうだ。今は、何もできないが、それも永遠にというわけではない。

好機は必ず巡ってくる。

なぜなら、自分は、やがてはこの国を統《す》べる者。王になるべき宿命を背負った者なのだから――。

決意を固めた悠馬は、早速行動に出た。

牢獄の中をぐるりと見回し、使えそうなものを探す。

――あった。

悠馬は、牢獄の壁に立てかけてある木の棒に目を付けた。右手でそれを掴《つか》み、ブンッと振ってみる。

しっくりと手に馴染《なじ》む。長さは少し足りない気もするが、こうした狭い空間の中ではかえって好都合だ。

悠馬は木の棒を両手持ちに替えて、すっと構える。

もちろん、この棒で扉を破壊しようというわけではない。それは、どう考えても不可能だ。奴らは再びこの牢獄を訪れるだろう。

そのときがチャンスだ。

この棒を剣に見立てて奴らを打ち倒し、脱出を図ることはできるはずだ。まさか、奴らも囚われの身である悠馬が、反撃に転じる機会を窺《うかが》っているとは思うまい。

とはいえ油断はできない。奴らはガードナーだけあって手強《てごわ》い。しかも一人ではない。苦戦は必至だ。

だからこそ、今のうちに鍛錬《たんれん》を積んでおくのだ。

悠馬は、ブンッと木の棒を真っ向に振り下ろす。すぐに片手に持ち替え、横一文字に振るう。

——これで二人倒した。

ほっとしたのも束《つか》の間《ま》、背後から別のガードナーが斬りかかってきた。

悠馬は、くるりと反転してその剣を捌《さば》くと、そのまま喉元《のどもと》に突きをお見舞いする。ガードナーが、仰向《あおむ》けに倒れ動かなくなった。

――三人目。

「なかなかやるじゃないか。だが、おれに勝てるかな」

ガードナーの隊長であるマサユキが、腰に差《さ》した刀を引き抜いた。

強烈な覇気《はき》をまとっていて、身体が一回り大きくなったような気がする。いや、実際に大きくなっている。その証拠に、マサユキの上半身が隆起し、ガードナーの制服がバリバリと破れ、鋼《はがね》のような筋肉が見えた。

「ビーストを使ったな」

悠馬は苦々しく口にした。

「そうだ。お前を八つ裂きにしてやる」

ビーストとは、肉体の機能を極限まで高める薬物のことだ。副作用により、異常なまでの攻撃性を発現させることから、使用が禁止されている。

法の執行官であるガードナーの、しかも隊長が禁止薬物を使用しているとは――この国は、どこまでも腐《くさ》っている。

だからこそ、救わなければならない。それが、真の王たる自分の務めだ。

「法の執行官が聞いて呆《あき》れる」

「黙れ！」

マサユキが、悠馬に突進してくる。

人間を超越したスピードだったが、悠馬は慌《あわ》てることはなかった。幽閉されている中で、鍛錬を積み重ね、必殺技を生み出していたからだ。

悠馬が、頭上高く剣を掲《かか》げると、バリバリッという音とともに電気がほとばしり、剣に集約されていく。

「喰《く》らえ！　我が必殺の……」

悠馬の叫びを遮《さえぎ》るように、突然扉が開いた。

その途端《とたん》、目の前にいたはずのマサユキはもちろん、他のガードナーたちの姿も、現実の波に呑《の》まれて一気に消え失せる。

「君、体育倉庫で何やってんの？」

気付けば、扉のところにブレザーの学生服を着た少年が立っていた。

その少年が言うように、ここは牢獄などではなく体育倉庫だ。ガードナーなど存在していないし、自分は王などではない。普通の中学生だ。

それを自覚すると同時に、ホウキを手に、妙な構えを取っている自分が、急に恥ずかしくなった。

「あの、いや、これは……」

悠馬は構えを解《と》き、後退《あとずさ》りながら言い訳しようとしたが、何をどう言っていいのか分からなかった。

そんな悠馬を見て、少年は何かに納得したように、ポンと手を打った。

「そうか。君は、エリック・ダンテスなんだ」

「え?」

「キャッスルの。そうだろ」

さっきまで不審に満ちていた少年の目が、好奇の輝きに変わった。声も熱を帯びている。

〈キャッスル〉は、今流行しているオンラインRPGのことだ。

その中で、王の血筋に生まれながら、謀略の末に幽閉されたキャラクターが出てくる。

それが、エリック・ダンテスだ。

「そ、そうですけど……」

「やっぱそうだ。ぼくもしょっちゅうやってるんだ。だけど、なかなかランクが上がらなくて。この前なんて、せっかく小隊長に昇進したのに、モンスター討伐《とうばつ》に行ったらあっさり全滅しちゃって。これまでの苦労が全部パア。やっぱ課金しないと駄目《だめ》なのかな……」

少年は、興奮気味にまくし立てたかと思うと、最後のひと言は、顎《あご》に手を当てて考え込むような素振りを見せる。

何だか表情がコロコロ変わる人だ。

「そんなことないよ」

普段は人見知りで、話しかけられても、ろくに返答ができないのだが、少年の熱量に絆《ほだ》されたのか、自然に言葉が出た。

キャッスルの話題だったからかもしれない。

「何か方法があるの？」

「うん。教えてもいいよ」

悠馬は、言ってから自分で驚いた。

こんな風に、誰かと話すなんて、本当に久しぶりな気がする。それに、吃音《きつおん》になって
いないのも不思議だった。

「やった！　めちゃくちゃ嬉しい！」

少年は、飛《と》び跳《は》ねるようにして喜んだ。

自分の言葉で、誰かがこんな風に反応するなんて、悠馬にとっては大きな衝撃だった。

「よろしく」

少年が、握手を求めて手を差し出してきた。

「よろしく。ぼくは、二年四組の……」

「悠馬君でしょ。知ってるよ」

「え？」

どうして、この少年は自分のことを知っているのだろう。悠馬の方は、彼を知らない
というのに。

「同じクラスでしょ」

——そうだっけ？

クラスメイトに、こんな少年はいなかったような気がする。

「えっと……」

「やだな。忘れちゃったの？　ぼくは暁斗《あきと》。今日、転校の挨拶《あいさつ》をしたじゃないか」

彼は小さく笑った。

その人懐《ひとなつ》こい表情を見て、悠馬ははっとなった。

そうだった。確かに、今日、転校生がやってきて、挨拶をしていた。悠馬はマサユキたちから嫌がらせを受けていたので、俯《うつむ》きっぱなしで、その姿をしっかりと見ていなかった。

「ゴメン。ぼく……」

「いいよ。これからよろしく——」

暁斗が柔和《にゅうわ》な笑みを浮かべながら、改めて右手を差し出してきた。

悠馬は、おそるおそるその手を握り返した。

これが暁斗との出会いだった——。

一章　二人の王国

1

悠馬が教室に入ると、ざわっと空気が揺れた——。

今日こそは前を向こう。そう思っていたのに、頭の重さに引き摺《ず》られるように、悠馬は自然に下を向いた。

足許《あしもと》だけを見たまま、自分の席に向かおうとしたが、それを阻《はば》むように肩にどんっと何かがぶつかった。

見るとマサユキが、そこに立っていた。

「あれ？　犯罪者って学校来ていいんだっけ？」

マサユキが、悠馬の顔を覗《のぞ》き込む。

「ぼ、ぼくは……は、犯罪なんて……」

「親がやったら、一緒だろうが。口答えすんなよ」

マサユキが、悠馬の腹にパンチを入れてきた。

思わずうっと息を詰まらせる。バランスを崩して、近くにあった机に手をついた。

その途端、その席に座《すわ》っていた女子生徒が、汚いものでも見るような目で悠馬を見たあと、すっと机を引いた。

この教室に、自分の居場所はない。そのことを、改めて思い知らされたような気がする。やはり、来るべきではなかった。

「ずっとそこに立ってるの？」

すぐ後ろで声がした。

反射的に振り返ると、一人の女子生徒と目が合った。

名前は知らないが、顔は見覚えがある。悠馬の前の席に座っていたはずだ。

女子生徒は、「どいて欲しいんだけど――」と淡々とした調子で告《つ》げる。淀みのない真っ直ぐなその声に気圧《けお》されたのか、マサユキが「あ、ゴメン」と悠馬から離れ、自分の席に戻っていった。

悠馬も、よたよたと道を空ける。

「おはよう」

女子生徒は、真っ直ぐに悠馬の目を見ながらそう言った。

今の挨拶《あいさつ》は自分に向けられたものだろうか？

いや、そんなはずはない。悠馬に、挨拶をする奴は、この教室にはいない。ただ一人を除いて――。

悠馬が戸惑《とまど》っている間に、女子生徒は、何事もなかったかのように、スタスタと教室の奥に向かって歩いていってしまった。

タイミングを逸した悠馬は、そのままとぼとぼと自分の席に向かう。

一歩、また一歩と足を踏み出す度《たび》に、重力が増しているような錯覚に陥《おちい》り、呼吸が苦しくなった。

何とか一番後ろの自分の席に到達したあと、全てを遮断《しゃだん》するように机に突っ伏した。

そのまま押し潰《つぶ》されそうになる。

悠馬にとって、学校はブラックホールのようなものだ。強烈な重力により、光さえ吸い込んでしまう空間。

それでも悠馬が、登校しているのは、母の為《ため》だ——。

あの事件以来、心に傷を負い、無気力になっている母。そんな母に、苛《いじ》めを受けているなんて言えなかったし、引きこもるような真似《まね》もできなかった。

毎日、変わらずに登校し、嘘《うそ》で塗り固められた学校での出来事を語ることが、悠馬に課せられた責務だと感じているからだ。

ふっと、誰かが自分の隣に立つ気配があった——。

「おはよう」

そう声をかけられ、悠馬は慌てて顔を上げる。

そこには、いつものように柔和な笑みを浮かべた暁斗の姿があった。

「おはよう」

悠馬は、ほっと息を吐きながら小声でそう返した。

不思議だった。暁斗が来ると、少しだけ気持ちが楽になる。まるで重力から解放されたように——。

「昨日、悠馬君に言われたアレ。試してみたんだ」

暁斗が、悠馬の隣の席に座りながら、周囲に気付かれないようにヒソヒソと話しかけてくる。

「どうだった？」

悠馬は、興奮を抑えつつ聞き返す。

「ばっちり。お陰《かげ》でランクが結構上がったよ」

「良かった」

「でも、あんなことできるなんて、悠馬君は、本当に凄《すご》いや」

「みんなには内緒《ないしょ》だよ。あれ、違法だから」

悠馬は、周囲に視線を走らせつつ暁斗を窘《たしな》める。

違法というほど大それたものではないが、運営側に見つかれば、アカウントの削除などの対策を取られる可能性がある。

そうなっては、せっかく強くなっても意味がない。

「そうだったね。ゴメン」

晩斗が、申《もう》し訳《わけ》無さそうに言う。

「いいよ」

「詳しくは、またあとで」

晩斗は、そのまま口を閉ざした。

クラスの中では、晩斗とほとんど会話をしないようにしている。悠馬が、そう提案したのだ。

もし、自分などと仲良くしていると知れ渡れば、晩斗まで苛めの対象になってしまう。そんなことは、とても耐えられない。

晩斗は一筋の光だ。

これまで悠馬にとって、学校はただ苦しいだけの場所だった。だが、晩斗が転校してきたことにより、それは覆《くつがえ》された。

相変わらずマサユキたちからの嫌がらせは続いているが、自分の理解者がいるというのは、それだけで心に平穏をもたらす。

どんな辛《つら》いことにも耐える勇気を得ることができる。

「ねぇ」

前の席に座っている女子生徒が振り返った。

さっき、ドアのところにいた娘《こ》だ。ただ、相変わらず名前は思い出せない。

悠馬がクラスメイトで名前を認識しているのは、直接的に嫌がらせをしてくるマサユキたちだけだ。

悠馬に話しかけることさえしない他の生徒は、風景と同じだった。

だから、こんな風に声をかけられることが意外だった。いや、そうではない。きっと彼女は、暁斗に声をかけたのだろう。

暁斗は、悠馬と違って格好いいし、運動もできる。何より分《わ》け隔《へだ》てなく、人に優しい。女子生徒から、好意を寄せられるのは当然だと思う。悠馬が、もし女子なら、やはり暁斗は気になる存在だっただろう。

悠馬が黙っていると、女子生徒は、もう一度「ねぇ」と声をかけてきた。

その目は、じっと悠馬を捕らえているように見える。

「え？　ぼく？」

「そう。あなた」

「な、何？」

悠馬は、どぎまぎしてしまう。

相手が女子だからではない。そもそも人に話しかけられることに慣れていないのだ。

「あのさ……」

言いかけた少女だったが、それを遮《さえぎ》るように教室のドアが開き、担任教師の坂本《さかもと》が入って来た。

「出席を取ります」

ボーカロイドのように、無気力で一方的な声が教室に響く。

女子生徒は、結局、言葉を呑み込み前を向いた。

次々と生徒の名前が読み上げられる。やがて、「相川涼音《あいかわすずね》」と呼ばれたとき、さっき声をかけてきた女子生徒が「はい」と返事をした。

彼女は涼音という名前なのか――と今になって知る。

簡単な伝達事項を伝えるだけのホームルームが終わったあと、涼音は一度だけ悠馬を振り返ったが、それだけだった。

さっきの会話の続きをするわけでもなく、すぐに前を向いてしまった。

授業が始まったところで、暁斗がみんなに気付かれないように、四角く折りたたんだ紙をすっと差し出してきた。

悠馬は、それをさり気なく受け取ると、机の下に隠すようにして開いた。

紙にはびっしりと英数字が羅列《られつ》してあった。無造作に書かれたように見えるかもしれないが、実際はそうではない。

この英数字には意味がある。

特定の法則に従って、この英数字を置き換えると文章に変化する。つまりは、暗号なのだ。

〈キョウ　イッショニカエロウ　イツモノトコロニシュウゴウ〉

この暗号式のやり取りは、悠馬が暁斗に教えたものだ。

最初は、四苦八苦していた暁斗だったが、今ではこうして文章のやり取りができるようになっている。

悠馬は暗号で〈リョウカイ〉と書いた紙を暁斗に渡した。

さっと見ただけで、内容を理解した暁斗が、ぐっと親指を立てて微笑《ほほえ》んだ。

2

「まだ、憎《にく》んでいらっしゃいますか？」

カウンセラーの羽村香織《はむらかおり》が、陣内寛人《じんないひろと》の顔をじっと見つめながら言う。

窓から射し込む日差しのように、柔らかく、澄んだ声が、陣内にとっては重荷に感じられる。

羽村は三十代の前半らしいが、実年齢に反して幼い顔立ちをしている。

純粋な少女にも見える顔立ちは、陣内にとって癒《い》やしにはならない。むしろ、責め立てられているような感覚に陥る。

風がふわっと流れ込んできて、カーテンを揺らす。

「はい」

陣内は、苦笑いとともに答えた。

羽村が長い睫《まつげ》を伏せ、少しだけ哀《かな》しげな顔をする。もしかしたら、憐《あわ》れみも含まれているのかもしれない。

本人に、そのつもりはないだろうが、マウンティングをされているようで不快だ。

「お気持ちは分かります。もし、同じ立場だったとしたら、私も相手を憎むかもしれません――」

羽村の言葉に、陣内は思わず噴き出して笑いそうになった。

気持ちが分かると断言しながら、そのすぐ後に、もし――という仮定の話をしている。

表面上は同情しているだけで、彼女の言葉はとてつもなく薄っぺらい。

そもそも、考えていることや感じていることを、他人が理解するなんて不可能だ。

上司の強い薦《すす》めで、カウンセリングを受けることにはなったが、こんな時間に、いったい何の意味があるのだろう。

何より、羽村は大きな勘違《かんちが》いをしている。陣内が憎しみを向けているのは、相手ではなく、むしろ自分自身に対してだ。

「そうですか」

適当に相槌《あいづち》を打つ。

時計に目をやる。陽の光が反射して、文字盤がよく見えない。それでも、あと五分もすれば、カウンセリングの時間が終わるだろう。卑屈《ひくつ》な考えだとは思うが、時間で料金を取るシステムで、いったいどうやって他人の心を癒やすというのだろう。

ふっと頭の中に、あの光景がフラッシュバックした。

コンクリートの上に、その死体は横たわっていた。四肢《しし》があらぬ方向に曲がり、頭部が割れ、そこから血が流れ出ていた。

うつ伏せだったことが、幸いだったかもしれない。

死ぬ寸前の顔を見なくて済んだ。死の間際の感情をダイレクトに受け止めてしまっていたら、正気を保つことはできなかっただろう。

じりっと胸の奥から、強烈な熱をもった感情が湧《わ》き上がってくる。

怒りと憎しみの入り混じった、どす黒い感情だ。

尊い命を奪った直接の原因は、あいつらかもしれないが、元を辿《たど》れば陣内に行き着く。

自分は、あまりに無関心だった。

今になって、後悔しても手遅れなのだが、それを考えずにはいられない。

——すまなかった。

陣内は、脳内で絞り出すようにして詫びた。

だが、その言葉は届かない。何もかもが手遅れ。こんな謝罪は自己満足に過ぎない。

いつから間違った？　何を間違えた？

考えてみたが、明確な答えを出すことができなかった。分岐点はたくさんあった。あのとき、ああしていれば、あのとき、こうしていれば――。

あのとき――。

修正する機会はたくさんあったのに、陣内はその全てを間違えた。

自分本位にものごとを捕らえ、仕方ないという言葉を免罪符のように使い、現実を見ようとしていなかった。

仕事が忙しかったのは事実だ。やり甲斐《がい》云々《うんぬん》というより、誰かがやらなければならないという義務感に突き動かされていたところもある。

激務で家に帰れないことも、頻繁《ひんぱん》にあった。

予定など立てられないし、一般の家庭のように連休で行楽地に観光に出かけるというようなこともなかった。

突然の呼び出しを受けることは日常茶飯事だ。

最初は良かった。だが、結婚生活が長くなってくると、妻がそのことに対して不満を口にするようになった。

別に遊んでいるわけではない。家庭を支える為に、仕事をこなしていたにもかかわらず、疲弊《ひへい》して帰宅するなり、小言を言われるとげんなりした。

次第に、家から足が遠のくようになっていった。

実際は帰宅できる時間帯であっても、カイシャに宿泊するようにもなった。

疲れていたとしても、少しくらい話を聞けば良かったのに、陣内はそうすることはせず、ただ単純に逃げ回ったのだ。

妻が離婚という結論を導き出したのは、必然だったのかもしれない。

その結果がこれだ――。

陣内は辞職願いを提出した。上司は、判断を下すのは性急過ぎると、一旦休職扱いにし、その後、部署異動ということで、一応の話はついた。

ただ、それは、上司の引き留めが、あまりにしつこかったからだ。こうやって引き留めてもらえるというのは、本来なら嬉しいことかもしれないが、無気力になっている陣内にとっては、煩《わずら》わしいだけだった。

おまけに、カウンセラーまでつけられる始末だ。

異動すれば、上司も代わる。頃合いをみて、再び辞職願いを提出するつもりでいる。

「陣内さん」

急に大きな声で呼びかけられ、はっと顔を上げる。

「何でしょう？」

陣内は問い返した。

途中から、何一つ聞こえていなかった。羽村も、分かっていただろう。だから、こうして声をかけたのだ。

ただ、羽村が咎《とが》めることはなかった。

カウンセラーのマニュアル等《など》に、こういうときは咎めてはいけない——という趣旨《しゅし》のことが書いてあるのかもしれない。

「焦《あせ》ることはありません。時間をかけて、向き合っていきましょう。私も、陣内さんに寄り添っていきますので——」

羽村の優しい言葉は、陣内を苛立《いらだ》たせるだけだった。

こんなことを繰り返していても、何の意味もない。失われた命が戻るというなら、何だってやる。だが、そうではない。

陣内が顔を上げると、一羽の蝶《ちょう》が窓枠に留《とど》まり羽根を休めていた。

ビルの窓に蝶が留まっているのは、何だか不自然な気がした。

何かを間違えてしまったのだろう。陣内と同じように——。

尚《なお》も続く羽村の同情の言葉を聞き流しながら見つめていると、青い羽根をしたその蝶は、ふわっと宙に舞い、そのままひらひらと飛んでいった。

目で追いかけたが、やがて見えなくなった。

もしかしたら、ここに来ていたのかもしれないと思ったものの、その考えをすぐに打ち消した。

死んだ者が、別の何かの姿になり現れるというのは、現世に残されたものの願望の集積に過ぎない。

後悔を和《やわ》らげる為に生み出した幻想だ。

陣内は、苦しみから逃《のが》れることはできない。いや、逃れてはいけないのだ。羽村には申し訳ないが、陣内はあの事件から解放されることを望んでいない。重荷を下ろすつもりは最初からないのだ。

むしろ、自分の精神を痛めつける為に、この場所にいる。

3

悠馬は、階段の踊り場で亀のように蹲《うずくま》っていた――。

そうすることで、全ての感覚を遮断しようとしていた。感情さえも。

ただ、人間にはそれができない。ゲームなら、ガードしていれば体力ゲージが減ることはないが、現実の世界では違う。

蹴られる痛みは嫌でも肌を通して伝わってくるし、悔《くや》しさや惨《みじ》めさは、止めどなく溢《あふ》れてきてしまう。

「お前さ。持って来いって言ったよな」

マサユキが言った。

蹲っているので、顔は見えないが、汚いものでも見るような、蔑《さげす》みに満ちた視線を向けているのが、ありありと分かった。

「聞こえてんのかよ」

脇腹のあたりに、どんっと何かが当たった。また蹴られたのだろう。

悠馬は、返事をすることなく固くなっている。

「――ったく。明日までに必ず持って来いよ」

マサユキが、悠馬の髪《かみ》を鷲摑《わしづか》みにして、ぐいっと引き上げる。

見たくもないのに、マサユキの顔が視界に入る。

その顔は、もはや人間のものではなかった。犬歯が顎先《あごさき》まで伸び、額にはサイのような巨大な一本角が生えている。

それればかりか、身体《からだ》全体がまるで岩のようにゴツゴツとしていた。

またしても、禁止されている薬物ビーストを使ったのだろう。

「何ぶつぶつ言ってんだよ！」

マサユキが、地響きのするような声で言う。

「…………」

「お前は、いつも気持ち悪いんだよ。訳の分かんねぇことばっか言いやがって」

「…………」

「いいか。明日は必ず持って来いよ」

悠馬は「はい」とか細い声で返事をするしかなかった。

マサユキは、ようやく悠馬から手を離すと、他のガードナーたちを引き連れ、いかにも愉快《ゆかい》そうに笑いながら階段を降りて行った。

悠馬がその姿を見ていると、階段下の廊下《ろうか》を、教師の坂本が通りかかった。

マサユキたちと鉢合わせになった坂本は、一瞬だけ階段の踊り場で這《は》いつくばっている悠馬に目を向けた。

何も言わずとも、この状況を見れば、何が行われていたかは、バカでも理解できる。

もしかしたら、坂本がマサユキたちを咎めるなり、悠馬に事情を問《と》い質《ただ》したりするのではないか――そんな期待が頭を過《よ》ぎったが無駄だった。

坂本は、何も言わずにただ黙って通り過ぎた。

余計な仕事は増やしたくない。顔にそう書いてあった。見なかったことにして、全てを黙認する。それが、坂本のやり方だ。

ただ、それを責める気にはなれなかった。

別に坂本に限ったことではない。教師など、所詮《しょせん》は職業だ。断じて正義の味方ではない。給料が変わらなければ、楽な方を選ぶのが人というものだ。

悠馬は、ゆっくりと起き上がった。

だが、足許《あしもと》がふらついて、すぐに尻餅《しりもち》をついてしまう。

我慢していたはずの涙が、ぼろっと零《こぼ》れた。

耐《た》え難《がた》い悔しさがこみ上げてきて、全身を突き抜ける。何より悔しいのは、自分自身の無力さだった。

抗《あらが》う術《すべ》を、何一つ持たない弱い自分——。

残念ながら、現在の悠馬にマサユキを打ち倒す力はない。今は、耐えるときだ。やがて、マサユキたちガードナーを倒し、世界に平穏をもたらす為に——。

「何してんの？」

急に聞こえてきた声に、悠馬は慌てて顔を向ける。

階段の下。さっき坂本がいたところに、涼音が立っていた。

「べ、別に何でもない」

悠馬は、慌てて立ち上がり涼音に背中を向けた。惨めに泣いている顔を見られたくなかった。

相手が女子だからということではない。誰であっても嫌だった。

「そう。あなたが、それでいいなら好きにすれば」

涼音が、呟《つぶや》くように言った。

別に、これがいいなんて思っていない。だけど、どうしようもないのが現実だ。悠馬は、俯《うつむ》きながらバレないように涙を拭《ぬぐ》った。

鏡を確認したわけではないが、きっと目は真っ赤に腫《は》れているだろう。

——どうしてこんな目に遭《あ》わなきゃならないんだ。

　悠馬は、上履きを見つめながら内心で呟いた。

　答えなんて分かっている。分かっているからこそ苛立たしい。解決の方法なんて、何一つない。

　生きている限り、このままずっと耐え続けなければならないのかと思うと、心が重くなり、また涙が出そうになった。

　——泣いたって、何も解決しない。

　悠馬は自分に言い聞かせると、制服の汚れを払い、鞄《かばん》を手に取ってから階段を降りようとした。

「え？」

　思わず声を上げる。

　てっきり、その場を立ち去ったと思っていたのに、涼音はまだそこにいた。

　——どうして？

　その疑問はあったが、それより泣き腫らした顔を見られることが恥ずかしくて、顔を背《そむ》けた。

「訊《き》きたいことがあるんだけど」

　涼音が言った。

　顔を逸《そ》らしていても、真っ直ぐに悠馬を見据《みす》えているのが分かる。

「な、何のこと？」

悠馬は、聞き返しながらも、逃げ出すタイミングを計っていた。

涼音が何を問おうとしているのかは分からないが、今はこの場から逃げ出したいという気持ちが強かった。

「これ。何て書いてあるの？」

涼音が途中まで階段を上がってきて、顔を背けた悠馬にも見えるように、紙片を差し出してきた。

それを目にして、ぎょっとなる。

その紙には、英数字が並んでいた。暁斗と交《か》わしている暗号文の紙だった。

——どうして涼音がこれを？

驚いた悠馬だったが、すぐにその答えに行き当たった。

たぶん、何かの拍子に、うっかり落としてしまったのだろう。それを涼音が拾《ひろ》った。

何が書いてあるのか説明するなんてもってのほかだ。暁斗との秘密のやり取りの中に、割り込まれるなんて絶対に容認できない。

とはいえ、この状況では誤魔化《ごまか》す言葉も思い浮かばない。

「な、な、何でもない」

結局、それだけ言うと、悠馬は涼音の脇を擦《す》り抜けるようにして、階段を駆け下りた。

途中で足がもつれて転びそうになったが、何とか堪《こら》えて廊下を走る。

振り返ってみたが、涼音は追いかけてくることはなかった。ほっとしながらも、どこか寂《さび》しいような、不思議な感覚だった――。

4

細い路地の脇には、彼岸花《ひがんばな》が咲いていた。

赤く染まるその花の周りを一羽の蝶が舞っていた。

涼音は、一度足を止め、スマホのメッセージを確認する。この通路の突き当たりが、目指すべき場所のようだ。

本当は、もっと早く来たかったし、そうするべきだった。お通夜や葬儀にも参列するべきだったかもしれない。

だが、涼音はお通夜や葬儀に足を運ぶことはなかった。知り合いと顔を合わせることを嫌ったのだ。

その人が、亡くなったことを知ったのは、テレビのニュースだった。

名前を見て愕然《がくぜん》とした。

ずっと連絡を取っていなかった。そもそも、連絡を取り合うような間柄《あいだがら》ではなかった。

それでも、伝えたいことがたくさんあった。

そうした涼音の思いは、無残にも打《う》ち砕《くだ》かれてしまった。

テレビやネットのニュースなどで、何が起きたのかは理解した。だが、どうしても分からないことがあった。

――なぜ？

そう。なぜ、あの人が死ななければならなかったのか？

その疑問が涼音の頭にこびりつき、いくら刮《そ》ぎ落とそうとしても、消えることはなかった。

今さら、何が起きていたかを知ったところで、過去を変えることはできない。失われた命は二度と戻ってこない。それでも、知りたいと思った。

だから、こうしてお墓参りに来た。

目当ての墓石の近くまで来たところで、涼音はふと足を止めた。

誰かがいた。頭を下げて合掌《がっしょう》している男の人が見えた。

かっちりとしたスーツを着て、肩幅の広い背中だった。

声をかけるべきかどうか迷った。ただ、涼音が声を発することはなかった。この男性がこの墓で眠る人物とどういった関わりの人かもわからない。

しばらくして、男性が振り返った。

視線がぶつかった――。

思わず、ぞっとする。何処を見ているのか定かではないほど、焦点が合っていなかったからだ。

暗くどんよりとした目をしている。

男性は、黙礼したあとに、ゆっくりと涼音の脇を抜けて歩いて行った。涼音は、引き寄せられるように、その姿を目で追いかける。

——やはり、何か声をかけた方がいいだろうか？

思うだけで、結局は何も言うことができなかった。そもそも、何を訊《たず》ねればいいのだろう。

やがて、男性の姿は見えなくなった。

涼音は小さくため息を吐いてから、墓石の前に立った。

墓石には、石板に彫刻された遺影が取り付けられていた。微笑むその顔を見て、本当にあの人は死んでしまったのだと、今さらのように実感した。もちろん、死んだことは分かっていた。だから、墓参りに来たのだ。

それでも——。

心の何処かで、何かの間違いなんじゃないかという思いがあった。

だが、違った。

あの人は、もうこの世にはいない。伝えなければならないことは、何一つ伝えられなかった。

こんなことなら、あのとき、感謝の言葉を口にしておけばよかった。気の済むまで謝罪すればよかった。

何もできなかったことが悔しい。

嫌な思い出を封印する為とはいえ、一切合切の関わりを絶ち、偽りの世界での生活を選んだ自分が情けなかった。

墓石の前で、合掌してみたものの、こういうとき、心の内で何を念じればいいのだろう。

戸惑いながら、涼音は視線を上げた。

いつの間にか空は茜色《あかねいろ》に染まっていた。彼岸花と同じ色だと思うと、妙に哀しい気持ちになった。

5

悠馬は学校の校門を出て、右に曲がった先にあるバス停に足を運んだ。

雨よけのアーチ型の屋根があって、その下にベンチが置いてある。三十分置きに町を巡回するバスが走っているが、生徒は誰も利用しないので見付かる心配がない。

ここが、暁斗とのいつもの待ち合わせ場所だ。

「悠馬君――」

ベンチに座っていた暁斗が、立ち上がる。

その嬉しそうな顔を見て、悠馬は強く下唇《したくちびる》を噛《か》んで顔を伏せた。

暁斗の顔を見れば、いくらか気持ちが楽になる。それは分かっている。だが、それに甘えてしまっては、また涙を流すことになりそうな気がする。

そんな惨めな姿を、暁斗に見せたくはなかった。

「悠馬君。大丈夫？」

駆け寄ってきた暁斗が、そっと悠馬の肩に手を触れる。

どうやら、何も言わずとも、悠馬の姿を見て、何が起きたのかを察したようだ。

暁斗の温かい手の感触が、悠馬の傷ついた心を癒やしてくれるようだった。実際、暁斗にはそういう力がある気がする。

キャッスルでいえば僧侶だ。

どんなに体力が減っていても、呪文《じゅもん》一つで快復させてくれる。

「うん」

悠馬は小さく頷《うなず》く。

「マサユキたちだね。許せない」

悠馬の肩に乗った暁斗の手に、ぐっと力が入るのが分かった。

暁斗が、マサユキたちに報復しに行くつもりであることが、肌を通して伝わってきた。

「違うよ。ただ、転んだだけ」

悠馬は、顔を上げると暁斗に微笑んでみせた。

暁斗が行ったところで、マサユキたちには勝てない。自分のせいで、大切な友だちが傷つくなんて、とても見ていられない。

悠馬が、教室では暗号でやり取りしたり、わざわざバス停で待ち合わせをしているのも、暁斗に危害が及ばないようにする為だ。

もし、悠馬と仲良くしていることがマサユキたちに知られれば、暁斗にまで害が及ぶことになる。

唯一の希望である暁斗を失うわけにはいかない。悠馬が我慢すれば、それで済む話だ。

「めちゃくちゃ痛かったけど、もう大丈夫だから。ありがとう」

悠馬は笑顔で答えた。

暁斗の目は、納得なんてしていなかった。悠馬の嘘を見抜いているのだろう。そればかりか、その理由すら分かっているようだった。

しばらく黙って悠馬を見つめていた暁斗だったが、やがてふっと表情を緩《ゆる》めた。

「もう。気を付けないと駄目じゃないか」

暁斗が、悠馬の嘘に付き合って笑った。

悠馬の意思を尊重してくれているのだ。本当に優しい。

「そうだね」

「それより、もう帰ろう」

いつもと変わらない表情に戻った暁斗が促《うなが》す。

「うん」

悠馬は即答すると、暁斗と一緒に歩き出した。

ここから家に帰るには、一度学校の方角に戻ったほうが早いのだが、敢《あ》えて別の道を行く。

クラスメイトたちに見つかりたくないし、この方がゆっくり暁斗と話すことができる。

「ねえ。悠馬君」

「何？」

「あの娘《こ》、何を言おうとしてたんだろうね？」

「あの娘って？」

暁斗が誰のことを言っているか分からず聞き返した。

「涼音ちゃん」

名前を出されて、ドキッとする。

それが何の感情からくるものなのかは分からないが、動揺を気取《けど》られないように視線を逸らす。

「ああ。前の席の――」

悠馬は、今気付いたみたいに言う。少し芝居がかってしまったかもしれない。

「ほら、今日、何か話したそうにしてたじゃないか」

おそらく、暁斗はホームルームの前、涼音が声をかけてきたときのことを言っているのだろう。

彼女は暗号の内容を知りたがっていた。理由は分からないけど――。

ただ、そのことを説明するには、階段での一件を話さなければならない。

「あ、そうだね。何だったんだろう?」

悠馬は惚《とぼ》けてみせた。

「気になるよね」

「別に気にするようなことじゃないと思うけど……」

「そうかな? ぼくは、何かとても大切なことを伝えようとしていたように見えたけど」

暁斗は、まだその話題に拘《こだわ》っていたが、悠馬は聞こえないふりをした。

彼女が――涼音がどうして暗号文に興味を持ったかは分からないが、何にしても、あまり関わらない方がいい。

暁斗も、悠馬がこの話題を避《さ》けていることを悟ったのか、いつものようにキャッスルの話題に切り替わった。

「ホント、悠馬君のお陰で、どんどんランクが上がってるよ」

「良かった」

嬉しそうに語る暁斗を見て、悠馬も心が躍《おど》った。

悠馬は、暁斗が使用しているキャラクターのデータを改造してあげた。

ゲームデータを改造するなんて、卑怯《ひきょう》な手かもしれないが、課金をしなければ勝てないようなゲームを作っている運営にも問題がある。

それに、悠馬が施《ほどこ》した改造は、チューニング程度のものだ。

ゲームデータの中から、キャラクターのパラメーターを設定している箇所《かしょ》を探し出し、そこに修正を加えた。

通常のパラメーターを、それぞれ一〇％ずつ割り増ししたのだ。

この一〇％というのが肝《きも》だ。欲張って、二倍、三倍というような設定をしてしまうと、誰もがおかしいことに気付く。

ローカルプレイのゲームなら問題ないが、キャッスルはネットワークを介してプレイするゲームだ。

周囲のプレーヤーに不自然な印象を与えれば、運営側に通報されることもあり得る。一〇％程度なら、誰も不審に思わないだろう。

「でも、悠馬君は凄いよ。ゲームデータを改造できちゃうんだもん」

「別に、難しいことじゃないよ」

悠馬は肩を竦《すく》めた。

謙遜《けんそん》ではない。データの改竄《かいざん》自体は、大したことではない。ゲームデータの中身を見ることなんて、誰だってできる。

その中で、パラメーターが書かれているデータの数値を入力し直せばいいだけだ。ただ、運営側も、そういう改造が行われることが分かっている。だから、特殊な暗号を組み、どれがどの数値なのかを分からなくしている。

悠馬が、そのことを説明すると、暁斗は「うーん」と難しい顔をした。

「それは分かるんだけど、悠馬君は、どうやって暗号化されているデータの中から、パラメーター値を見つけ出したの？　それが問題じゃない？」

暁斗の質問は、的《まと》を射ている。

ただ、どうやって——ということについて、説明は難しい。

「強《し》いて言うなら勘——かな」

「勘？」

「そう。データをじっと見ているとね、次第にそこに隠《かく》された法則が見えてくるんだ」

悠馬がそう言うと、暁斗は立ち止まって口をぽかんと開けた。

「やっぱ、悠馬君は凄いよ」

「そんなことないって」

首を振って否定したが、褒《ほ》められるのは嬉しかった。

悠馬のこうした知識は全て、父から教わったものだ。自分だけでなく、父まで褒められているような感覚になる。

「ねえ。悠馬君——」

改まった口調で暁斗が言う。

「何？」

「それだけの力があったら、お父さんの事件の真犯人を捕まえることが、できるんじゃない？」

暁斗は純粋に思ったことを口にしただけなのだろうが、悠馬からしてみれば衝撃的な問いだった。

——真犯人を捕まえる。

これまで、そんなことを考えたことは一度もなかった。

「それは無理だよ。そもそも警察がやることだし……」

笑みを浮かべたものの、自分でも分かるほどに引き攣《つ》っていた。

——本当に無理なのか？

「そっか……。もし、真犯人を見つけることができたら、今の状況が、少しは変わるんじゃないかって思ったんだけど……」

落胆に満ちた暁斗の声が、胸の奥に突き刺さったような気がした。

暁斗は、苛めを受けている悠馬の環境を変える方法がないかと模索《もさく》してくれているのだろう。

口には出さずとも、そんな風に気に掛けてくれているだけで心強かった。

「そんなことをしても、意味はないよ。あいつらは、誰だっていいんだ」

——そうだ。誰だっていいんだ。

自分たちの鬱憤《うっぷん》の捌《は》け口《ぐち》になるなら、相手は悠馬でなくてもいい。父の事件は、単なるきっかけに過ぎない。

どう足掻《あが》こうとも、現実は変わらない。

ゲームデータはパラメーターを修正することができるが、現実社会の中では、一度割り振られた役割を変えることはできない。

どんなに理不尽な設定だろうと、その現実を生きなければならないのだ。

「じゃあ、また明日——」

しばらく行ったところで、暁斗が手を振りながら駆け出した。

「うん。また明日」

手を振り返したあと、悠馬は家に向かって歩き出した。

足取りが、重かった。

さっきの暁斗の言葉が、ぐるぐると頭の中を巡る。

悠馬の父は、ある事件の容疑者として誤認逮捕された。それをきっかけに、何かが狂いだした。

マサユキたちからの苛めが始まったのも、同時期のことだ。

もしかしたら、暁斗の言う通りかもしれない。父の事件の真犯人を、悠馬が捕まえることができれば、何か変わるかもしれない。マサユキたちに、悠馬の力を示すことができる。

そうなれば、あるいは、現在の自分の設定をひっくり返すことができるかもしれない。

家の玄関に立ち、ドアを開けようとしたところで、悠馬はぴたりと動きを止めた。

後ろに、誰かが立っているような気がしたからだ。

ぱっと振り返る。

すぐ近くの路地に、見慣れない中年の男が立っているのが見えた。

黒のスーツで、きっちりとネクタイを締《し》めている。服装だけ見ると、会社帰りのサラリーマンのようだが、何かが違った。

その男は、荷物を持たずに両手をポケットに突っ込み、鋭い眼光で悠馬を睨《にら》みつけていた。

まるで、キャッスルに出てくる暗黒の騎士、ダークナイトのようだった。

男は、悠馬と目が合うと、顎を突き出すようにしたあと、口許《くちもと》に笑みを浮かべた。

そのくせ、眉間《みけん》には深い皺《しわ》が刻まれている。

やがて、左手をポケットから出し、ゆっくりと悠馬を指さした。

——何だ？

悠馬は、あまりに不気味な男の動きに戦《おのの》き、大慌てでドアを開けて中に入った。

後ろ手にドアを閉め、ずるずるとその場に座り込む。

——さっきの男は、何だったのだろう?

考えてみたが、思い当たることは、何一つなかった。

6

陣内は、玄関のドアを開けた——。

部屋の中は暗く、水を打ったような静寂に包まれていた。

妙な感覚だった。これまでも一人で暮らしていた。だから、部屋が暗いことも、静かなことも当たり前のはずだった。

それなのに——。

この空間が恐ろしいと感じた。

孤独という現実を、突きつけられているようで、息をするのもままならない。

電気を点《つ》けると、今度は光の強さに目眩《めまい》がした。

幾度となく目を瞬《しばた》かせたあと、陣内は靴《くつ》を脱いで家に上がる。

上着をハンガーに掛け、床に直に座り、帰りに買ってきたコンビニの弁当に手をつける。

味が濃いめのはずのコンビニの弁当を食べているのに、まるで味がしなかった。無味無臭の固形物を咀嚼《そしゃく》していると、吐き気すら感じる。

それでも、ペットボトルのお茶で無理矢理流し込んだ。

こんなに苦しみながらも尚、生きようとしている自分が、あまりに滑稽《こっけい》に思えてならなかった。

ふと視線を向けると、サイドボードに飾ってあるフォトフレームが目に入った。

その中に収まる写真を見ていると、胃をぎゅっと絞《しぼ》られるような痛みが走った。堪《たま》らず視線を逸《そ》らして天井に向ける。

三年前は、自分がこんな風になるとは、考えも及ばなかった。

人生なんて、いくらでもやり直しが利《き》くと、根拠のない自信も持っていた。だが、それこそが誤りだった。

ゲームのように、都合よく最初からやり直すことはできない。

過《あやま》ちは無かったことにはできない。当然だ。どう足掻いても、時間を巻き戻すことなんて、不可能なのだから。

腹を満たした陣内は、再び靴を履いて家を出た。

夜の道を黙々と歩く。

行き交《か》う人々の目が、全て自分に向けられているような気がする。陣内が何をしたのかを知っていて、蔑《さげす》み、嘲《あざけ》り、罵《ののし》っているとすら感じる。

そんなはずはないのに、そう思わずにはいられなかった。それほどまでに、自分は罪深い。

頭の中では、ずっとあの日のことが反芻《はんすう》される。

コンクリートの上にできた血溜《ちだ》まり。

そこに映る月。

走り去って行く救急車のサイレンの音。

それを、好奇に満ちた目で見送る野次馬たちの目。

そのどれもが、記憶に焼き付いている。不思議なことに、一ヶ月近く経過した今の方が、より精度を増しているような気がする。

しばらく歩みを進めたところで、小さな公園に辿り着いた。

滑り台とベンチが置かれていた。

陣内は、公園の中に足を踏み入れ、ベンチに腰掛ける。

——いったい何をしているのだろう?

こんな風に、当てもなく街を彷徨《さまよ》い歩いたところで、何一つ解決しない。それは分かっている。だが、家に一人でいることもできなかった。

休職という上司の判断は、間違いだったのかもしれない。

時間を持て余すと、嫌なことばかり思い出すし、どうしても自分を責めてしまう。精神が徐々に削られているようだ。

とはいえ、職場に戻ったところで、これまでと同じように仕事に没頭できるかといえば、正直自信がない。

「まるで抜《ぬ》け殻《がら》だな」

陣内は、呟くように言ってから立ち上がった。そのまま来た道を引き返そうとしたところで、スマホに着信があった。

画面には、かつての同僚である藤田《ふじた》の名前が表示される。

出ることを一瞬、躊躇《ためら》った。何を言われるのか、大凡《おおよそ》見当が付いているからだ。「お前が悪いわけじゃない」とか、「気を落とすな」といった慰《なぐさ》めの言葉を聞くのは、正直きつい。

だが、きついからこそ、陣内は敢えて電話に出た。自分を痛めつける為に――。

「はい」

〈久しぶりだな〉

藤田の声は、これまでと変わらぬ朗《ほが》らかなものだった。

人一倍気を遣《つか》う藤田のことだ。散々悩んだ末に、普段と変わらぬ調子で話そうと決めたのだろう。

「そうだな」

陣内は、努めて明るい声を出した。

〈今、少しいいか？〉

陣内は、歩き出しながら「何か用？」と応じる。

躊躇うような間があった。

「どうした？」

陣内は、もう一度訊ねる。

〈実は、ちょっと気にかかることがあって……〉

「だから何だよ」

陣内は、言葉に笑みを含ませた。

〈SNSはやってるか？〉

「いいや」

〈そうか。いや、だったらいいんだ。お前じゃないってことが分かれば……〉

要領を得ない言い様に、少しだけ苛立ちが募《つの》る。

「おれじゃないって、何のことだ？」

〈いや、忘れてくれ〉

電話を切ろうとした藤田を、慌《あわ》てて呼び止めた。

こんな中途半端な話をされたら、先が気になってしまうのが、人間の性《さが》というものだ。

「忘れるって何を？　そもそも、何の電話なんだ？」

〈悪い。ただ、SNSでちょっと奇妙なものを見つけて……もしかして、お前がやってるのかと思って、心配になって電話しただけなんだ〉

藤田の慌てた口調が、余計に陣内の不信感を煽《あお》る恰好《かっこう》になった。

「言いたいことがあるなら、はっきり言えよ」

抑えていたつもりが、つい詰問《きつもん》口調になってしまった。

〈口で説明するより、自分で見た方が早いと思う。今からURLを送るから、確認してみてくれ〉

藤田は、そう告げると電話を切った。

妙なやり取りになってしまった。釈然《しゃくぜん》としない思いを抱えたものの、改めて電話を掛け直す気にはなれなかった。

再び、歩きだそうとしたところで、スマホに着信があった。

電話ではなくメールだ。差出人は藤田だ。タイトルも挨拶文もなく、ただURLが貼り付けられていた。

陣内は、タップしてそのURLを開く。

やがて画面に表示されたものを目にして、陣内は愕然《がくぜん》とした。血の気が引き、その場に頽《くずお》れそうになった。

同時に、藤田が何を言わんとしているのかを理解した。

7

四人がけのダイニングテーブルに、二人で向き合って座っている。かつては、三人だった。

父が死んだことで、二人になった。

一人減っただけなのに、酷《ひど》く空間が余っているように感じられるのは、なぜだろう。

父の死によって、家のローンの返済義務はなくなった。この家を売って、アパートかに引っ越せば、少しは生活も楽になるのだろうが、母はそうしなかった。

理由は訊いたことがないので分からないが、多分、母はまだ父の死を乗り越えることができないでいる。

「学校は、どうだった?」

母親に訊ねられた悠馬は、間髪《かんはつ》を容《い》れずに「楽しかったよ――」と答えた。

「そう」

母親が、微《かす》かに笑った。

それが作られたものであることが分かってしまった。表情も疲れているし、思い詰めたようにも感じられる。

それでも、悠馬は気付かないふりをした。悠馬に限ったことではない。母親も、悠馬の学校生活が、決して楽しいものでないことは、何となく察しているはずだ。

だが、何も言わない。

お互いに——。

昔、悠馬が生まれる前に発売されたゲームをやったことがある。ポリゴンが使われ始めた頃のものだ。それを思い出す。

口をパクパクさせながら、キャラクターが会話をしているが、表情が全く動かなかった。死ぬときでさえ、無表情だった。

今は、そのゲームによく似ている。

この状況を、父が見たら、何と言うだろう？　そんな疑問が浮かぶと同時に、母の隣の席に置かれたままになっている骨壺《こつつぼ》に目がいった。

父が死んだあと、火葬までしたものの、母は未だに納骨できないでいる。

「ごちそうさま——」

食事を終えた悠馬は、流し台に自分の分の食器を運ぶと、重苦しい空気から逃れるように階段を上った。

自分の部屋に入ろうとしたが、父が書斎として使っていた部屋のドアが目に入り、足を止めた。

父の荷物は整理されることなく残っているはずだ。

――悠馬君が、真犯人を捕まえることが、できるんじゃない？

暁斗の言葉が脳裏を過ぎる。

あのときは、無理だと答えたが、可能か不可能かでいえば、真犯人を見つけ出すことは不可能ではない。

父は、ハッキング犯罪の容疑者として逮捕された。

それは突然だった。

いつもと変わりない日常のある朝、いきなり警察が踏み込んで来たのだ。

横暴な態度でインターホンを鳴らし、家に入ってくるなり、捜査令状を突きつけ、一方的に内容を告げ、家宅捜索を始めた。

訳も分からないまま、父親は任意同行を求められ、警察と一緒に家から出ていった。

父親は、容疑を否認していたが、そのまま逮捕されてしまった。父親にかけられた容疑は、インターネット詐欺《さぎ》だった。

自宅のパソコンから、勤めていた会社の経理のネットバンキングのシステムに侵入。データを操作して、会社の金を不正に自分の口座に振り込んだのだ。

もちろん、父はそんなことはしていない。

後の捜査で、父のパソコンを何者かがハッキングし、遠隔操作して行った犯罪だということが明らかになった。

父は、インターネットのセキュリティーコンサルタントだった。そうした犯罪をするとしても、侵入の形跡を残すような愚《おろ》か者ではない。

そもそも、自分名義の口座にお金を移したりしたら、疑ってくれと言っているようなものだ。

だが、警察にはそれが分からなかった。

警察が集めた情報は正しかったが、その分析に誤りがあったのだ。

父は、釈放されたものの、家に帰ってきたときには、別人のように憔悴《しょうすい》し切っていた。

専門知識の乏《とぼ》しい警察は、ただキャッシュの情報だけを見て、父を犯人だと決めつけ、昼夜問わずに自供を引き出そうと責め立てたそうだ。

思えば、あのときから父の様子はおかしくなっていた。

問題はそれだけに留《とど》まらなかった。父が逮捕されたという情報は、すぐに近隣を回り、町中に広まった。

テレビでも報道されたので、当然といえば当然だ。

だが、その後、誤認逮捕であったという話は、全くといっていいほど広まらなかった。

世間が欲しいのは、正しい情報ではなく求めている情報なのだということを悠馬は思い知らされた。

そして、世論が求めているのは、誰かが失墜《しっつい》していく様だ――。

結果として、いわれのない誹謗中傷《ひぼうちゅうしょう》に晒《さら》されることになった。ネットの書き込みはもちろん、悪戯《いたずら》電話も頻繁《ひんぱん》にかかってきた。石が投げ込まれて窓ガラスが割られたり、ポストの中に汚物が入っていることもあった。

きっと、そうした行動をとる連中は、相手が誰でも良かったのだ。ただ、日頃の鬱憤を晴らす相手が欲しかったのだろう。

犯罪者というのは、恰好のターゲットだったわけだ。

悠馬が学校で苛めを受けるようになったのも、この頃からだった。

父は、会社こそ解雇されなかったものの、鬱病を患《わずら》い、業務に支障を来すようになり、休職することになった。

ある日、駅のホームから転落し、ちょうど入ってきた特急列車に撥《は》ねられて死んだ。

事故ということで処理されたが、自殺であったと悠馬は思っている。

今でも、沸々《ふつふつ》と怒りが込み上げてくる。未だに捕まっていない真犯人に対するものが大半だが、ろくに捜査もせずに逮捕に踏み切っただけでなく、頭一つ下げに来ない警察。冤罪《えんざい》だと分かったあとも、嫌がらせを続けた厚顔無恥《こうがんむち》な連中。

さらに――それを口実として、悠馬を苛め続けるマサユキたち。

かっと下っ腹が熱くなり、身体がぶるぶると震えた。この怒りを静める為には、暁斗が言ったように、真犯人を捕まえることが必要なのかもしれない――。

「違う」

自然に言葉となって口から出た。

おそらく、真犯人を捕まえたところで、何一つ状況は変わらない。

父が冤罪であったことは、既に証明されていた。それでも尚、周囲の嫌がらせはあったし、悠馬に対する苛めも終わらなかった。

今さら真犯人を捕まえたところで、何一つ変わらないのだから、やる意味などない。

悠馬は、父の書斎に背を向け、自分の部屋に入った。

デスクに座り、ノートパソコンの電源を入れる。起動を待つ間に、スマホでTwitterの暁斗のアカウントを見る。

そこには、何でもない日常が綴《つづ》られている。学校に行ったとか、ご飯を食べたとか。あと、キャッスルでランクが上がったとか、他愛のないものだが、悠馬はそれを見るのが好きだった。

あの事件さえなければ、自分も、暁斗と同じように、何でもない日常を綴っていたのかもしれない。

そう思うと、胸がじくじくした。

タイミングを見計らったように、暁斗からメッセージが届いた。ドラゴンが倒せないという内容のものだった。

キャッスルは、ランクが上がれば、それだけ冒険できる幅が広がるが、同時に飛躍的《ひやくてき》に難敵が増える。

そうすることで、課金のスパイラルに巻き込もうとしている。キャッスルは基本無料でプレイできるので、運営会社としては、課金するように仕向けるのは当然だ。

またデータを改造することを考えたものの、これ以上、暁斗のパラメーターを上げてしまうと、気付かれる怖れがある。何か別の手を考えた方がいいだろう。

悠馬は、そう返信をして、パソコンに向き直った。

パソコン上に、キャッスルのゲームデータのソースを表示させた悠馬は、それをじっと凝視する。

悠馬は、こうして膨大な英数字の羅列を見ているのが好きだった。

インターネットのセキュリティーコンサルタントだった父は、その英数字が何を示すのか、丁寧《ていねい》に教えてくれた。不規則なように見えて、そこには法則があり、秩序がある。データには全て意味がある。

父は、よくそう言っていた。配列される全てに必ず役割がある。それがデータの世界だ。

冷淡ではあるが、理不尽さはない。現実社会より、はるかに理に適《かな》っているように思える。

この英数字の海に隠された法則を見つけると、父は「悠馬にはセンスがある――」と褒めてくれた。

悠馬自身、まるで宝物でも見つけたかのような興奮を覚えた。

しばし感慨《かんがい》に耽《ふけ》っていた悠馬だったが、ふと違和感を覚えた。それは、ほんの些細《ささい》なものだった。

現実世界であれば、さして気になるものでもないが、データの世界ではそうではない。

「バグかな？」

悠馬は、呟《つぶや》きつつもデータの海に引き込まれていった。

8

「ただいま――」

誰もいないことをわかっていて、涼音は呟くように言った。

もちろん返事はない。

前は、寂しいと感じていたこともあったけれど、今は何とも思わない。それでも、帰宅の挨拶をするのは、単なる習慣だ。

――本当にそうだろうか？

疑問が脳裏を過ぎる。

戻るはずのない過去の日常にすがっているだけなのかもしれない。

ここは、涼音が生まれ育った家ではない。去年引っ越してきた賃貸マンションだ。そもそもの環境が違うのだから、すがったところで意味なんてないのに――。

そんなことを考えてしまう自分に呆《あき》れつつ、涼音は玄関で靴を脱ぎ、真っ直ぐ自分の部屋に向かった。

ベッドと机、それに書棚があるだけの殺風景な部屋。

自分の趣味は、完全に排除している。あれ以来、同年代の他の女の子のように、何かに夢中になることがない。

誰に言われたわけでもないが、自分の生活を楽しんではいけない――という気がしていた。

机の上に鞄を置き、椅子《いす》に腰掛ける。

小学校入学のときに買ってもらったもので、高さは調整できるものの、中学生になった涼音には小さすぎる。

無造作に張られたステッカーや、落書きの痕《あと》も残っていて、あまり見栄えのいいものではないが、それでも涼音はこの机を使い続けている。

やはり想い出にすがっているのかもしれない。

鞄の中からスマホを取り出すと、メッセージアプリに、幾つかのメッセージが入っていた。

そのほとんどが、女子同士のグループで繰り広げられる、下らない噂話《うわさばなし》のやり取りだ。

正直どうでもいい。

それでも涼音は、当《あ》たり障《さわ》りのないスタンプを送信する。

何も反応しなければ、爪弾《つまはじ》きにあうからだ。

学校というコミュニティーは、弱肉強食の世界だ。つけいる隙を見せたら、すぐに餌《え》食《じき》になってしまう。

理由なんて何だっていい。飢えているのだ。日頃の鬱憤を吐き出す場所を求めて、目を光らせている。

クラスメイトの悠馬などがいい例だ。

彼自身は何かをしたわけではない。ただ、少し大人しいだけだった。

だが、彼の父親がある事件を起こした。

彼は何一つ悪くない。

それなのに、マサユキを始めとしたクラスの連中は、悠馬に対して執拗《しつよう》に嫌がらせを繰り返している。

詳しいことは分からないけれど、彼の父親は冤罪であったことが明らかになった。

それでも、苛めは終わらなかった。

クラスメイトたちに、きっかけを与えてしまったのだ。あとから、それが間違いだと分かっても手遅れだ。

一度、始まってしまった苛めは次の獲物が見つかるまで絶対に終わらない。

涼音には、悠馬が抱えている鬱屈した気持ちが、痛いほどに分かる。何とかしてやりたいとも思う。

だが――。

その方法が分からない。担任教師ですら、黙認しているというのに、涼音にできることなど一つもない。

今日、階段で見かけた悠馬の顔が浮かんだ。

目を腫らし、屈辱《くつじょく》に耐えている表情は、見るに堪《た》えないものだった。そう思うなら、何かをするべきではなかったのか？

頭に浮かんだ疑問に、じりっと胸が痛む。

たぶん、涼音は怖いのだ。悠馬を庇《かば》うことで、自らに飛び火することを恐れている。

考えを遮るように、スマホがメッセージを着信した。

〈涼ちゃん今日どうしてすぐ帰っちゃったの？〉

グループの一人。リーダー格の恵美《えみ》だ。

平凡な名前であることを嫌い、友人たちにエメロンとか呼ばせているだけでなく、自らもそう名乗っている気色の悪い女だ。

学校が終わったあと、誰が何処で何をしていようと勝手なはずだが、群れを形成する連中は、それを知りたがる。

相手の行動を知ることで、安堵《あんど》するのだろう。

〈ゴメンね。家で用事を頼まれてたんだ〉

涼音は、また当たり障りのないメッセージを送った。

彼女たちに真実を語る気にはなれなかった。どうせ、説明したところで理解しない。

そもそも、説明などすれば、隙を与えることになる。

〈そうなんだ。何の用事？〉

すぐに返信があった。

「ウザい……」

涼音は、思わず口に出した。

そんなにも他人のことが気になるのか？　知ったところでどうする？　彼氏でもあるまいし――いや、彼氏であったとしても、こんな風に行動をいちいち聞かれたのでは、たまったものではない。

いっそのこと、さっきの言葉を、そのままメッセージとして送ってやろうかと思ったが、苦笑いとともにその考えを打ち消した。

そんなことをすれば、どうなるかは火を見るより明らかだ。

グループから除外され、涼音に対する罵詈《ばり》雑言《ぞうごん》が、スマホの間を飛び交うことになるだろう。

それだけなら、無視すれば済むのだが、直接的な嫌がらせを受けたりするのは、やはり面倒だ。嫌な記憶が脳裏を過ぎる。

〈今日、お母さんがいないから、家のことをやらなきゃいけなくて〉

真実をねじ曲げた表現だが、嘘を吐《つ》いているわけではない。

〈そっか。涼ちゃんは偉いね〉

――心にもないことを。

〈そんなことないよ〉

――私も、心にもないメッセージを送っている。

電子データでやり取りされるメッセージは、こうも嘘に塗《まみ》れているのかと、思わず笑ってしまった。

でも、これは電子に限ったことではない。世の中は、嘘で溢《あふ》れている。涼音自身、クラスメイトたちに語っている家庭環境は、嘘で塗《ぬ》り固められている。

余計な詮索《せんさく》を避けるように、かつ目立たないように、嘘で自分の周りを固めている。そうすることで、本当の自分を守っているのだ。

スマホを手放そうとしたところで、またメッセージに着信があった。

てっきり恵美かと思ったが、そうではなかった。クラスメイトのマサユキだ。

〈この前のこと、考えてくれた?〉

そのメッセージを見て、げんなりする。

一週間ほど前のメッセージの返事を催促《さいそく》している。

〈もし、涼音ちゃんに彼氏とかいなければ、おれと付き合わない？　ヒロたちが、おれたちは合うんじゃないかって言うんだよね。急な話だから、じっくり考えてくれていいよ――〉

それが、マサユキから送られてきたメッセージの内容だった。

先週のメッセージを既読したことは、向こうに表示されているはずだ。それでも、何一つ返事をしていないことで、察して欲しいものだ。

マサユキは、そこそこ外見がいいだけに、過剰なまでの自信家だ。ただ、それに反して中身は空っぽだ。

悪ぶってはいるが、悠馬を苛めることくらいしかやることのない、ゴミ屑《くず》のような男だ。

好きと伝えてくれるならまだしも、友人がお似合いだと言っているから――なんて他人に責任を転嫁《てんか》しているところなんて、キモイことこの上ない。

そんな男を好きになる女の気が知れない。

返事を自分から先延ばししているのも、振られたショックを受けたくない気持ちの表れだろう。

急な話だから――という言い訳を最初に作っておくところもムカつく。

傷つかないように、無視してあげたのだから、そのままお互いにスルーすれば良かったのに、こうして催促してくるのであれば、はっきりと断るしかなくなる。

〈お断りします〉

ひと言、そう書いて送信しようとしたが、ふと手が止まった。

恵美が、マサユキに惚《ほ》れているのを思い出したからだ。余計なことをして、彼女の耳に入ったりしたら、色々と厄介なことになりそうだ。

恵美とマサユキはお似合いな気もするが、だからと言って、間を取り持つようなことをすれば、話がこじれる。

結局、涼音は再びメッセージを無視することにした——。

そんなことより、涼音にはどうしてもやらなければならないことがあった。

制服のポケットから、英数字が羅列された紙を取り出した。数日前、悠馬の机の下に落ちているのを見つけた。

意味不明な英数字に見えるが、そうでないことは、何となく察しがついた。

これは、暗号によって書かれたメッセージだ。

机の中を確認してみると、大量に同様の紙が押し込まれていた。

どういうわけか、その正体が無性に気になり、机の中に入っているものも、纏《まと》めて取り出し持ち帰ってきたのだ。

今日のホームルームの前、悠馬に問い質そうとしたが、タイミングを逸してしまった。階段のところでも逃げられてしまった。

暗号の内容を知ったところで、何かが変わるわけではない。それが分かっていながら、涼音はその紙に向き合った。

9

再び家に戻った陣内は、オブジェと化していたノートパソコンを開き、改めて藤田から聞いたSNSを調べ始めた。

そこには、日常の様子が綴られていた。

だが、そのことが陣内にとっては衝撃だった。

思わず手を伸ばし、モニターに触れる。そんなことをしたところで、相手に届くはずがないのに、そうせずにはいられなかった。

――これは何かの悪戯《いたずら》だろうか？

いや、悪戯でも構わない。虚構だろうが何だろうが、それでも、取り返しのつかない自分の過《あやま》ちを、変えられる気がした。

視界がぼやける。

どうしたというのだろう。目に手を当ててみると、わずかに指先が濡れた。

知らず知らずのうちに涙を流していたらしい。

陣内は、腕で無造作に涙を拭うと、スマホを手に取り、同僚の藤田に連絡を入れた。

〈もしもし〉

すぐに藤田が出る。

「さっきの件だ」

陣内が早口に言う。

〈見たか？〉

「見た」

〈あれは……〉

「幾つか訊きたいことがある」

陣内は藤田の言葉を遮るように言った。

申し訳ないが、今は藤田の感想などどうでも良かった。雑感を言い合ったところで、何かが変わるわけではない。

〈何だ？〉

「このSNSの件は、何処で知った？」

偶々見つけたとは考え難い。誰かから情報をもたらされたに違いない。

藤田が、少し考えるような間を置いた。

〈あの連中からだ〉

慎重な言い回しだった。

あの連中が、誰を指すのかは、いちいち問わなくても分かる。心の底に沈殿《ちんでん》していた憎悪《ぞうお》が、一気に膨張し、身体を破裂させるのではないかとすら思えた。

「どういうことだ？」

〈あの連中は、まだ犯行を否認している。自分たちじゃないってな。それで、お前に教えたSNSの話を持ち出し、それをやってる奴が犯人だと言い出したんだ〉

話を聞きながら、掌《てのひら》に大量の汗が滲《にじ》んだ。

この期《ご》に及んでまだシラを切り通す。その厚かましさに、怒りを覚える。本当に、人間なのかと疑いたくなる。

「そうか……」

休職中で、事件に関わっていない陣内には、そう返すしかなかった。

〈一応、調べはするが、事件とは無関係だとは思う〉

「だろうな」

〈すまない。もっと早く逮捕に漕《こ》ぎ着《つ》けると踏んでいたんだが、思いのほか、証拠が集まっていないんだ〉

藤田の声は、屈辱に塗《まみ》れていた。

彼らが真剣に捜査をしていることは、誰よりも陣内が分かっている。こういった事件は、証拠を集め難いというのも承知している。

だから、責めるつもりは毛頭ない。

「分かってる」

〈本当は、お前に伝えるかどうか悩んだ。ただ、どうしてもな……〉

「ここまで話してくれたなら、ついでに一つ頼みを聞いてもらえないか？」

陣内は、ゴクリと喉《のど》を鳴らして唾《つば》を飲み込んでから口にした。

〈何だ？〉

訊ねながらも、藤田は陣内の考えていることが、分かっているようだった。むしろ、こういう展開を予測して、わざわざ陣内に情報を提供してきたのではないかとすら思える。

陣内は、未だに、自分がどうすべきなのか判断がつかない。ただ、このまま黙っていたところで、何も変わらない。

「これまでに分かっている情報を、教えて欲しい。このSNSの件も含めて――」

陣内が言うと、スマホの向こうで藤田が押し黙った。

判断に迷っているのだろう。そうなる気持ちは分かる。陣内が同じ立場であったとしても、即答することはできない。

同僚とはいえ、担当ではない休職中の刑事に、捜査情報を漏《も》らすことに抵抗があるのはもちろん、それを知ったあとの陣内の行動が予測できないからだろう。

「頼む」

無理は承知で、陣内はもう一度言った。

スマホを握る手に、自然と力が入る。そのまま、握り潰してしまうのではないか――と思うほどだ。

〈分かった〉

長い沈黙のあと、藤田が言った。

その声には、何かを諦《あきら》めたような響きがあった。

10

悠馬は、急いで学校に向かった――。

昨晩の発見を、早く暁斗に伝えたかった。まだ、解析が終わったわけではないが、あのデータは、かなり重要なものである気がした。

いつもより、足取りが軽いのは、興奮しているせいかもしれない。

次の角を曲がれば、学校の校門だ。

角を曲がった瞬間に、悠馬は停止ボタンを押されたように動きを止めた。

校門の近くに、男が立っているのが見えた。

黒いスーツを着て、彫《ほ》りの深い顔立ちをした男。見覚えがあった。昨日、悠馬の家の前にいた男だ――。

「ダークナイト」

男は、昨日と同じように両手をポケットに突っ込んだまま立ち、何かを捜すように辺りに視線を走らせている。

――いったい何を捜しているのだろう？

もしかして、自分を捜しているのかもしれない。そう思った悠馬だったが、すぐにその考えを打ち消した。

自分のことをわざわざ捜すような奇特《きとく》な人物がいるはずがない。

悠馬は、ゆっくりと校門に向かって歩き出した。

が、すぐに誰かに腕を引っ張られた。

「え？」

驚きながら振り返ると、そこには暁斗の姿があった。

暁斗は、しっと口の前で人差し指を立てると、そのまま学校とは反対の方向に向かって悠馬を引っ張っていく。

角を曲がったところで、暁斗は足を止め、悠馬から手を離してふうっと息を吐く。

「どうしたの？」

悠馬が困惑しながら訊ねると、暁斗は待ってて――という風に手で制したあと、角から校門の様子を窺《うかが》う。

——いったい、何をそんなに気にしているのだろう？

「大丈夫そうだ」

晩斗が悠馬の方に身体を向けながら言う。

「ねぇ。何があったの？」

悠馬が訊ねると、暁斗の顔が一気に強張《こわば》った。

「校門の前に、黒いスーツの男がいたよね」

「うん」

「あの男が、悠馬君のことを、あれこれ訊いて回っていたんだよ」

暁斗の言葉が、強い衝撃となって悠馬の中に広がった。

やはり勘違いではなかった。あの男は、昨日から悠馬のことを追い回していたのだ。

「ど、どうして……」

悠馬は、絞り出すようにして口にした。

追われる理由に、心当たりが一つもない。そんなことをしたところで、何のメリットもないはずだ。

「それは、ぼくにも分からないよ。でも……」

暁斗が途中で言葉を切った。

どうやら、暁斗には、悠馬が追われる理由に、何か心当たりがあるようだ。

「でも何？」

悠馬は、すがるようにして訊ねる。

暁斗は話すべきかどうか、迷った素振りを見せたものの、やがて「これは、あくまでぼくの勘だけど――」と前置きしてから話を始めた。

「もしかしたらだけど、悠馬君のお父さんの事件に関係しているのかもしれない」

「父さんの？」

声が裏返ってしまう。

「うん。だから、悠馬君を捜しているんじゃないかな」

「で、でも、あの事件は、もう終わっているわけだし……」

悠馬の父は、パソコンを遠隔操作されて犯罪に使われ、警察に誤認逮捕された。容疑は晴れたが、真犯人は今もなお捕まっていない。

未解決の事件だが、だからといって悠馬が追われる理由は何もないはずだ。

「まだ、終わっていなかったとしたら？」

暁斗が暗い声で言った。

こんな表情をする暁斗を、悠馬は初めて見た。

「終わってないってどういうこと？」

「例えばだけど、悠馬君のお父さんは、知らず知らずのうちに、何かとんでもない秘密を握ってしまった。その秘密を隠す為に、ハッキング詐欺事件の犯人に仕立て上げられたってことは考えられないかな？」

晩斗が真剣な眼差《まなざ》しを悠馬に向ける。

言わんとしていることは分かるが、それはあまりに飛躍し過ぎている気がする。それに、その推論には一つ穴がある。

「もし、そうだったとしても、父さんはもう……」

——死んだのだ。

父が死んだことで、秘密は守られるのだから、今になって悠馬が追い回される理由にはならない。

だが、暁斗には別の考えがあるらしく、諦めなかった。

「それは分かっている。でも、例えば、家のパソコンとかに、まだその秘密が残っていたとしたらどうだろう?」

昨晩、父の書斎の前に、立ちつくしたことが思い返される。

死んでから、一度も足を踏み入れていない。あのドアの向こうに、何かが隠されているというのだろうか?

——そんなはずはない。

悠馬は、心の内で強く否定したが、それを言葉にすることができなかった。

その理由はすぐに見つかった。昨晩、悠馬が見つけたデータだ。解析は終わっていないが、あのデータは明らかにおかしかった。

あのデータの中に、暁斗が言うように、何かしらの重大な秘密が隠されていたとしたらどうだろう？

考えるのと同時に怖くなった。

「ヤバイ！」

悠馬の思考を遮るように、暁斗が鋭《するど》く叫んだ。

「へ？」

暁斗が、戸惑っている悠馬の腕を掴み、そのまま走り出した。

悠馬は引き摺られるように、走らざるを得なくなった。

「ねぇ。どうしたの？」

悠馬が訊ねると、暁斗が走りながらも振り返る。その顔は、鬼気《きき》迫るものだった。

「さっきの男が、追って来てる」

――嘘でしょ。

悠馬は、信じられない思いで振り返った。

思わずぎょっとなる。

暁斗が指摘した通り、校門前にいた黒いスーツの男――ダークナイトが、悠馬たちのあとを真っ直ぐに追いかけて来ていた。

――なぜ？　どうして？

疑問ばかりが頭の中を駆け巡る。あまりに、非現実的な状況に、パニックに陥りそうになったが、暁斗の手の感触が、それを押しとどめてくれた。

色々と分からないことはあるが、今は逃げることが先決だ。

悠馬は、暁斗のあとを追いかけるようにして、ひたすら走り続けた。

どれくらい走ったのだろう。

やがて、暁斗が「こっち」と、悠馬の腕を引っ張り、ビニールシートで囲われた、解体途中のビルの中に飛び込んだ。

何処をどう走ったのか、悠馬にはよく分からない。ただ、引っ張られるままに、足を動かし続けただけだ。

「隠れて」

暁斗の指示に合わせて、悠馬は近くにあった廃材の陰に身を屈《かが》める。

呼吸が乱れて上手《うま》く言葉が出て来ない。

暁斗は、首を伸ばして外の様子を窺っていたが、やがてふうっと息を吐いてその場に座り込んだ。

「上手くまいたと思う」

ほっとしたように暁斗が言った。

——ありがとう。

そう言おうとしたが、散々走ったせいで口の中は干上がり、喉《のど》が張り付いて声が出なかった。

暁斗も、相当に呼吸が乱れているらしく、何度も深呼吸を繰り返していた。

その姿を見ていて、急に申し訳なくなった。

追われているのは悠馬であって暁斗ではない。それなのに、暁斗は一緒に逃げてくれた。悠馬を助ける為に――。

「ぼくのせいで……ゴメン……」

悠馬が呟くように言うと、暁斗が不思議そうに首を傾《かし》げた。

「どうして謝るの？」

「だって……ぼくのせいで暁斗君まで……」

「友だちが困ってるんだ。それを助けるのは、当然のことだよ」

「友だち？」

「うん。あれ？　違ったの？　ぼくは、悠馬君のこと友だちだと思ってるけど――」

迷いなく言った暁斗の言葉が、胸の奥に染みた。

苛めを受け始めてから、こんな風に、自分のことを友だちだなどと言ってくれる人は、一人もいなかった。

何処かで、寂しさを感じつつも、仕方ないと諦め、自分は孤独だと心の周囲に壁を張り巡らせていた。

でも、これからはそうではない。

自分のことを友だちだと言ってくれる人がいる――そのことが、たまらなく嬉しかった。

荒廃していた悠馬の心は、暁斗のひと言で、光に満ちた温かいものへと変貌《へんぼう》したような気がした。

まるで魔法だ——。

「ありがとう……」

悠馬は、両手で顔を覆《おお》いながら言った。

涙が溢れて止まらなかった。

自分は、存在していていいのだと、初めて認められた気がする。

「そんなことより、このまま逃げ回ってばかりじゃ、何も始まらない。真相を突きとめよう」

「真相？」

「そう。ホワイトハッカーとして、逆に奴らを追い詰めるんだ」

ホワイトハッカーとは、ハッキングの知識や技術を善いことに活かす人のことだ。

暁斗は、ホワイトハッカーとして悠馬に闘えと言っている。

「で、でも……ぼく一人じゃ何も……」

「一人じゃないよ」

「え？」

「ぼくもいる。何もできないかもしれないけど、ぼくも一緒に真相を追いかけるよ」

暁斗が、笑みを浮かべた。

これまで悠馬の中にあった、淀んだ何かを全て洗い流してくれているようだった。ただ、それでも不安は残る。

警察でさえ、捕まえることのできなかった犯罪者を、自分たちだけで捕まえるなんて、いくらなんでも無謀過ぎる。

悠馬は、そう主張してみたが、暁斗の顔から笑みが消えることはなかった。

「大丈夫。ネットの中なら、ぼくたちは、誰にだってなれる。何だってできる。そうだろ。悠馬君――」

暁斗の言葉が、悠馬の心を刺激した。

正直、真相を突きとめることに、それほどの意義は感じない。ただ、暁斗の為に、やれることをやろう――そう決意を固めた。

二章　旅のはじまり

1

悠馬は、扉の前に立った――。

遥か古《はるいにしえ》に、魔道士《まどうし》によって封印が施《ほどこ》された扉だ。

予言によれば、この扉を開くことができるのは、この国を統《す》べる運命にあるホワイトナイトだけだ。

これまで、幾人もの猛者《もさ》が、扉を開けようとしてその命を落としてきた。

――果たして、ぼくにこの扉を開けることができるのか？

扉の取っ手に手を伸ばそうとした悠馬だったが、思うように身体《からだ》が動かなかった。

恐れているのだ。

自らに、その資質があるのか、正直自信がない。ダークナイトを倒すホワイトナイトになれるだろうか？

「悠馬君。大丈夫だよ」

隣に立つ暁斗が、そっと悠馬の肩に手をかけた。

「うん」

返事をしたものの、それでも身体は動かなかった。

さっき、真相を突きとめると覚悟を決めたはずなのに、いざ父の書斎を目の前にすると怖《お》じ気《け》づいてしまう。

真犯人を捕まえるには、父の使っていたパソコンに残っているキャッシュデータを解析することは必須だ。

でも――。

その為《ため》には、このドアを開けて中に入らなければならない。

「分かった。ぼくが開けて、中からパソコンを持ってくるよ」

暁斗が明るい口調で言った。

うん――と頷《うなず》きかけた悠馬だったが、慌てて首を左右に振った。

――それでは駄目《だめ》だ。

心の奥で、そんな声が聞こえた。

そうだ。ここで暁斗にドアを開けてもらったのでは、本当の意味で事件と向き合うことはできない。

自分こそがホワイトナイトであると証明しなければならない。

「大丈夫。ぼくがやる。いや、ぼくが開けなきゃ駄目なんだ」

悠馬が力を込めて言うと、暁斗が嬉しそうに笑った。

「そう言うと思ってた」

暁斗の言葉を聞き、思わずはっとなる。

どうやら暁斗は、悠馬を試していたようだ。もし悠馬が、暁斗にドアを開けるように頼んだりしたら、帰ってしまっていたかもしれない。

意地悪《いじわる》なように思えるが、悠馬はそこに暁斗の優しさを感じた。

本当の意味で覚悟ができたことで、これまで硬直していた身体の筋肉が、一気に和《やわ》らいだ気がした。

悠馬は、ゆっくりと手を伸ばしてドアノブを回す。

カチッと微《かす》かな金属音がして、すうっとドアが開いた。

カーテンの閉め切られた部屋の中は薄暗く、淀んだ空気に満ちている。

まるで、結界が張られているように感じられて足が竦《すく》んだ。そんな悠馬の背中を、暁斗がぽんっと押した。

悠馬は、その力に従い、部屋の中に足を踏み入れた。

父の匂《にお》いがした。

お通夜や葬式のときは、父から匂いがしなかったのに、死んだ後に、部屋の中で父の匂いを感じるなんて不思議だった。

悠馬は、父の匂いが漂う空気を肺の中に吸い込んでから、部屋の中を見回した。

入ってすぐの壁際には、パソコン関係の専門書が詰まった書棚が置かれ、部屋の奥には窓に向いたかたちでガラス板のデスクがあった。

そこに、コード類を全て外したノートパソコンが、ぽつんと置かれていた。

ごくりと喉《のど》を鳴らして息を呑《の》み込んでから、ゆっくりとデスクに向かって歩みを進めていく。

デスクの前にあるゲーミングチェアを引き、一度そこに腰を下ろす。

懐《なつ》かしい感触だった。

よくここに座り、父からパソコンの操作方法を教えてもらっていた。

最初は、単純な入力程度だったが、次第にその内容は複雑化していき、システムの組み方なども教えてもらった。

今になって思えば、小学生に教えるようなことではないが、それでも、悠馬は楽しくて仕方なかった。

父も嬉しそうにしていた。

母は、そんな二人を見て、半《なか》ば呆《あき》れてため息を吐《つ》いた。

でもその顔は、どこか楽しそうでもあった。

じわっと目に涙が浮かんだ。

「平気？」

暁斗が訊《たず》ねてきた。

「うん」

悠馬は、腕で瞼《まぶた》をごしごしと擦《こす》った。

どうして今まで、この部屋に入らなかったのだろう——後悔がこみ上げてくる。

ここに来れば、父との楽しい思い出に浸《ひた》ることができたのに——。

きっと、感傷に浸るのが怖かったのだと思う。それは、父がもう二度と戻ってこないことを認める行為でもある。

悠馬は、心のどこかで、父がまた戻ってくるのではないかと思っていたのだろう。

だから——。

この部屋を避《さ》けていた。中に入って、父の死を実感するのが嫌だったのだ。

現実を受《う》け容《い》れなければいけない。

「カーテンを開けよう」

暁斗が言った。

悠馬は少し迷った。

カーテンや窓を開けたりしたら、父の匂いが消えてしまうんじゃないか。

でも——。

きっといつかは開けなければならないのだろう。今は残《のこ》り香《が》があっても、やがてそれは消えていくものだから。

「分かった」

悠馬は大きく頷いて、カーテンを開けた。

射し込む日差しに思わず目を細める。

こんなにも、光が強かったのか——。

鍵を外して窓も開けた。

びゅうっと風が吹き込んできて、部屋の中を掻《か》き回《まわ》したあと、父の匂いを連れ去っていってしまった。

「お父さんも、きっと見ていると思うよ」

暁斗が、囁《ささや》くように言った。

まるで悠馬の考えていることが、全て伝わっているかのような言葉だった。

「そうだね」

悠馬は、そう応じると早速、作業に取りかかった。

父のパソコンは、警察の家宅捜索が入ったときに、一度押収されている。段ボール箱からは出されているが、電源コードの類《たぐ》いは外されたままだ。

パソコンに電源を繋《つな》いでから、スイッチを入れる。

ログインする為のパスワードは、知っている。毎回、父が入力するのを目にしていた。

パソコンを起動する。

ただ、それだけなのに、暁斗が「おおっ」と歓声を上げた。

悠馬も同じ気持ちだった。

いよいよ始まるのだ――という高揚感があった。

今までは、ただやられっぱなしだった。だが、これからは違う。父を陥《おとしい》れ、自分が苛《いじ》められるきっかけを作った犯人を追い詰めて行くのだ。

それは、さながらキャッスルの登場人物、エリック・ダンテスのようだ。

「我が王国を取り戻す為に――」

悠馬の口から、自然と言葉が漏《も》れた。

言ってから、あまりに芝居がかった言い方だと気付き、恥ずかしくなった。暁斗に笑われるかと思ったが、反応は全く逆だった。

「それいい！　我が王国を取り戻す為に――」

暁斗が、悠馬に向かって拳《こぶし》を突き出す。

「我が王国を取り戻す為に――」

悠馬は、もう一度言ってから暁斗と拳を突き合わせた。

2

涼音は、頬杖《ほおづえ》を突きながらため息を吐いた――。

退屈な授業が続いている。どうすれば、こんなに眠くなる喋《しゃべ》り方ができるのかと不思議に思う。

実際、居眠りをしている生徒の姿が、あちこちに見える。

涼音は、わずかに振り返る。誰も座っていない机が、ぽつんと置かれている。机の上には、マサユキたちが書いたのであろう、悪趣味な落書きがされている。

今日こそは、色々と問《と》い質《ただ》したいと思っていただけに、姿が見えないことに拍子《ひょうし》抜けしてしまった。

何度目かのため息を吐いたところで「相川さん」と名前を呼ばれた。

どうやら、坂本が質問をしているらしい。

授業は、まるきり聞いていなかったので、何を質問されたかが分からない。黒板に答えが空欄になった数式があるので、それを解けばいいのかもしれないが、答える気にならなかった。

「分かりません」

はっきりとそう答えると、坂本は不満そうに眉《まゆ》を顰《ひそ》めたが、それだけだった。別の生徒を指名し、質問に答えさせる。

事なかれ主義こそが、正義だと考えているかのような対応だ。

ああやって問題の全てに目を瞑《つむ》り、何も無かったかのように振る舞い続ける。このクラスで苛めが起きていることも、承知しているはずだが、決してそれを咎《とが》めようとはしない。

面倒なことに首を突っ込むことを嫌っているのだ。

そうやって問題を放置すれば、やがては収拾《しゅうしゅう》のつかない大事件を引き起こすことにもなり兼ねないことは、中学生である涼音だって知っている。

だが、大人であるはずの坂本は、それが分かっていないらしい。

見ていてうんざりする。

涼音は、チラリと窓の外に目を向けた。

校門の近くに、シルバーのセダンが一台停まっているのが確認できた。朝からずっと、あの場所に停まっている。

彼――悠馬が、学校に来ていないことと、何か関係があるのだろうか？

考えを巡らせているうちに、チャイムが鳴った。

坂本は、話をしている途中だったが、ピタッと喋るのを止め、授業の終《お》わりを宣言した。

号令に合わせて、起立し、形だけの「ありがとうございました」を口にする。

坂本が教室を出て行くなり、涼音は着席する間も惜しんで鞄《かばん》を手に取った。そのまま、教室を出て行こうとしたのだが、厄介なことにマサユキが声をかけてきた。

取り巻きの男が二人いる。

一人で、声もかけられないのか――と呆れてしまう。

「あのさ。昨日送ったメッセージなんだけど、届いた？」

悠馬を吊《つる》し上げているときとは、別人のようにもじもじとした口調に、虫酸《むしず》が走る。

そもそも、メッセージは既読になっているはずだ。届いていたかを確認するなんて、愚《おろ》かとしか言い様がない。

涼音は、返答をするのも億劫《おっくう》で黙っていた。すると、マサユキが照れ隠しをするように頭を掻いた。

「信じられないかもしれないけど、あのメッセージ、結構、本気だから。考えておいてよ。悪い話じゃないと思うよ」

涼音は、我が耳を疑った。

マサユキは、涼音が本気にしていないから返信しなかったのだと思っているようだ。それで、わざわざこうして伝えに来た。

涼音が、マサユキのことを好きだという前提の話し方だ。

――どんだけ自信家なんだよ。

出掛かった言葉をどうにか呑み込んだ。胃の奥から酸っぱい物がこみ上げてくるような気がした。

「カレシいるから」

涼音は、ぼそっと口にした。

もちろん嘘だ。ただ、このウザい男をかわすには、もっとも効果的である気がした。

効果覿面《てきめん》。マサユキの表情は、完全に固まった。

涼音は、黙って彼らの横を通り過ぎようとしたが、ふと足を止めた。

「あなたたち、悠馬に何かした？」

悠馬は、苛めにあいながらも、毎日学校にだけは来ていた。それが、今日は姿を見せていない。

もしかしたら、マサユキたちが、これまで以上の何かをしたのかもしれない。

しばらく呆気《あっけ》に取られた表情で黙っていたマサユキだったが、やがて怒りを覚えたのか顔を紅潮させる。

「どうして悠馬なんだよ。あいつは、犯罪者だぞ」

めちゃくちゃな理屈だ。

悠馬は犯罪者ではない。警察に逮捕されたのは、彼の父親だ。その父親も、冤罪であったことが証明されている。

何にしても、マサユキは勘違《かんちが》いをしているようだ。

ただ、訂正する気にもなれなかった。それをすれば、また付き合う、付き合わないを蒸し返されるだけだ。

涼音は、それ以上、何も言わずに教室を出た。

廊下《ろうか》を歩いているときに、恵美が血相を変えて駆け寄って来た。

「ねぇ！」

無視したい気持ちでいっぱいだったが、やむを得ず立ち止まる。

「何？」

「あのさ。マサユキ君と、何を話してたの？」

咎めるような視線と、怒りに満ちた口調。本当に、うんざりする。

マサユキは自分の男だ——と主張したいのだろう。だったら、ウジウジしてないで、さっさと想《つ》いを告げればいいのに。

中途半端に気持ちを隠して、恋愛ごっこをするからややこしくなる。

「恵美ちゃんに、好きな人がいるかどうか聞かれた」

涼音が口にすると、恵美の表情が豹変《ひょうへん》した。

幸せに満ちた、甘ったるい笑い。

「え？　ホント？」

「本当」

——嘘だ。

「ねぇねぇ。それってどういう意味かな？」

ニヤニヤと緩《ゆる》んだ表情で訊ねてくる。

答えが分かっているクセに、それを他人に言わせようとする。そういうあざとさが、鼻につく。

「さあ？　本人に訊いてみた方がいいんじゃない。私、これから用事があるから」

涼音は、早口に言うと、恵美の視線を断ち切って歩き始めた。

階段を降り、下駄箱で靴《くつ》に履き替えて外に出る。校門の辺りに視線を走らせると、まだシルバーのセダンが停まっているのが見えた。

涼音は校門を抜け、セダンに近付いて行く。

運転席に座っている男の顔が見えた。

見覚えのある顔だ。どうして、彼はこんなところをうろついているのか？

運転席の男と目が合った。

涼音は、真っ直ぐに男の目を見据《みす》えたまま、セダンの脇まで歩み寄り、コンコンとサイドガラスを叩いた。

男は、怪訝《けげん》な表情を浮かべて涼音の方を見たあと、無言のまま車をスタートさせた。

「あの——」

涼音は、慌《あわ》てて声をかけたが、聞こえていなかったのか、車はあっという間に走り去ってしまった。

涼音は、遠ざかるテールランプを見つめながら、小さくため息を吐いた。

3

悠馬は父の書斎に籠《こ》もって、パソコンの解析作業に没頭していた――。

校門の前にいたあの男が何者かは、今も分かっていない。だからこそ、下手《へた》に学校に近付くべきではない。

暁斗の意見だった。

悠馬もそれに賛同した。

母には、体調が悪いと嘘をついた。昼間の時間帯、母はずっと仕事に出ているので、こうやって作業をしていても怪しまれることはない。

以前だったら、悠馬の仮病は見抜かれていたかもしれない。だが、今の母の目には、何も映っていない。

それに母は、父の死後、二階に上がることを嫌っている。まるで禁断の地であるかのようだ。

ふと目を向けると、デスクの上にスノードームが置いてあった。

ディズニーランドにあるようなお城が入っている。確か、クリスマスのときに、母が父にプレゼントしたものだ。

一度ひっくり返し、雪を上底に集めてから、もう一度元に戻す。

ひらひらと雪が舞い降りる様は、幻想的でとても綺麗《きれい》だった。

だが、こうやって改めて見ると、スノードームの上部に、わずかにヒビが入っているのが見えた。

遠目には分からなくても、確かにそこにある。

ガラスに入ったヒビは、二度と消えない。どんなに取《と》り繕《つくろ》おうと、隠し通すことはできない。

次第にヒビは成長し、ガラス全体を覆い尽くすことになるだろう。そして——僅かな衝撃で砕《くだ》け散る。

今になって思えば、警察がやって来たあの日、この家にヒビが入ったのだろう。

気付かぬうちに、それはどんどん大きくなり、取り返しのつかないことになっていた。

今さら、修復しようと躍起《やっき》になったところで、全てが手遅れなのだ。

そう思うと、今、悠馬がやっている作業は、全くの無意味なのかもしれない。真犯人が捕まっても、ガラスに入ったヒビが消えるわけではない。

心が沈みかけたところで、学校に戻った暁斗からスマホにメッセージが入った。

〈進展はあった？〉

時計に目をやると、丁度授業が終わった時間だった。

タイミングを見計らってメッセージを送ってきてくれたようだ。それだけ悠馬のことを気に掛けてくれているのだろう。

暁斗のその優しさが、じわっと胸に染みる。

どんなに辛くて、哀しいことがあったとしても、暁斗がいてくれたら、前に進めそうな気がする。

一人では何もできない。でも、暁斗と一緒なら、何だってできる。

〈ありがとう。まだ、始まったばかりだけど、幾つか分かったことがある。詳しくは、あとで説明するね〉

悠馬は、そうメッセージを返した。

実際には、これまでの解析で、分かったことはそれほど多くはない。

父のパソコンに残るキャッシュを調べたところ、確かに、会社のサーバーにアクセスした痕跡《こんせき》が確認できた。

警察は、これを因《もと》に父を容疑者と見なし、家宅捜索に踏み切ったのだ。

ただ、その後の捜査で、アクセスされた時間帯を全て洗い出した結果、父が会社に出勤している時間帯や、出張中などにも、アクセスされていたことが判明した。

つまり、父がパソコンに触れていないのに、操作されていたということだ。

それだけではなく、父のパソコンに何者かが不正にアクセスした形跡があったのだ。

父の嫌疑《けんぎ》は晴れることになった。

だが――。

真犯人が捕まることはなかった。

父のパソコンにウイルスが仕込まれ、セキュリティーホールができていたことで、容易に外部からアクセスできるようになっていた。

警察は、そのアクセスの痕跡を追ったが、海外のサーバーとプリペイド携帯を経由していた為に、犯人を特定できなかったそうだ。

ネット犯罪では、よくあることだ。

警察は、近年サイバー犯罪対策班などを立ち上げたものの、ノウハウが少なく、人員も不足していることから、対策が間に合っていない。

ほとんどのネット犯罪が野放しになっているというのが実情だ。

とはいえ、父のパソコンの中のデータは、くまなく調べられているはずだ。それでも、真犯人につながる手がかりを見つけることができなかった。

――自分にできるだろうか？

不安が首をもたげたところで、再び暁斗からメッセージが着信した。

〈頑張《がんば》って！　我が王国を取り戻す為に〉

悠馬は、メッセージを見て思わず笑ってしまった。

計ったようなタイミングだ。まるで、近くで見ていたのではないか――と思えてしまう。

暁斗はいつもそういうところがある。

勘が働くというか、悠馬の考えを的確に見透かし、絶妙なタイミングで背中を押してくれる。

もしかしたら、エスパーなのではないかとさえ思える。

〈我が王国を取り戻す為に〉

悠馬は、そう返信したあとに大きく伸びをする。

〈息抜きも大事だよ〉

すぐに、暁斗から返信があった。

そう言われて、まだ昼食を食べていないことに気付いた。自覚すると、急にお腹が鳴った。糖分を摂取《せっしゅ》しなければ、頭も働かない。

悠馬は、父の書斎を出て階段を降り、そのままキッチンに向かった。

冷蔵庫を開けたり、戸棚の中を探したりしてみたが、食べるものが何も見つからなかった。

自分の部屋に行き、財布の中身を確認してみる。

幸いにして、五百円玉が一枚あった。近くのコンビニで、シリアルバーあたりを買って食べよう。

悠馬は、着替えて家を出た。

風は冷たいが、日差しは強かった。

こうして出歩いているところを、他の人に見られたら、咎められたりするだろうか？

歩き始めてから、急にそのことが気になった。

いや、大丈夫だ。コンビニまで、二百メートルほどの距離だ。急いで行って帰ってくれば五分もかからない。

歩調を速めたところで、悠馬の前に何者かが立ち塞《ふさ》がった。

黒い影が悠馬を覆う。

その顔を見て、悠馬はぎょっとなった。

そこにいたのは、昨日、学校の校門の前にいた、あの男だった。

男は、ひどく暗い目で悠馬を見つめる。

逃げ出さなければ——そう思っているのに、どうにも身体が動かないのだ。蛇《へび》に睨《にら》まれた蛙《かえる》みたいだ。

「お父さんのことで、君に話がある」

男は、低く地響きのするような声でそう言った。

「ぼ、ぼ、ぼくは、何も知らない……」

悠馬は、立ち竦《すく》んだまま、どうにか絞り出すように言った。

「君が何をしようとしているのか、我々には分かっている」

男がずいっと顔を近付ける。

悠馬を見据えるその目は、真っ赤に染まっていた。これまでダークナイトが、数え切れないほどの人を血祭に上げてきた証《あか》しに違いない。

恐怖が悠馬を包み込む。だが、心の奥底で声がした。

——我が王国を取り戻す為に。

男が、悠馬に向かってぬうっと手を伸ばしてくる。悠馬は、咄嗟《とっさ》にそれを振り払うと、踵《きびす》を返して走り出した。

すぐ後ろから、靴音が追いかけてくる。

——嫌だ！　絶対に捕まりたくない！

悠馬は心の内で何度もそう念じながら、がむしゃらに走り続けた。すぐに自分の家のドアを開けて中に入ると、内側から鍵をかけた。

ふっと息を吐く。

こういう場合、警察に連絡すべきなのだろうか？

ただ、何と説明したらいいのか分からない。妙な男に、追われていると言って、果たして警察は信じてくれるだろうか？

——ひとまず暁斗君に相談してみよう。

そう思った矢先、ガタッと家の奥で音がした。

はっと振り返る。

母が、仕事を終えて帰ってきた。そう思おうとしたが、こんな時間に、母が帰ってくるはずがない。

かといって、確認しに行く勇気もない。

悠馬は、大急ぎで階段を駆け上がり、そのまま自分の部屋の中に飛び込み、内側からドアを押さえた。

部屋の中に籠城《ろうじょう》して時間を稼《かせ》ぎながら、警察に通報するつもりだった。だが、その目論見《もくろみ》は不発に終わった。

「ようやく見つけた」

部屋の中で声がした。

慌てて振り返ると、そこには黒いスーツの男が立っていた。さっきの男かと思ったが違った。

服装は同じだが、年齢はかなり若く、顔立ちも違っている。

若い男はスーツの内ポケットに手を突っ込み、中から何かを取りだした。窓から射し込む光を受けて煌《きら》めくそれは、バタフライナイフだった。

「わぁぁ！」

悠馬は、力一杯悲鳴を上げた。

だが、若い男は一気に距離を詰めて来て、悠馬の口を左手で塞ぎ、右手で持ったナイフを首筋に宛《あて》がった。

「声を出すな」

若い男が悠馬の耳許《みみもと》で囁《ささや》くように言った。

その途端、悠馬は身動きが取れなくなった。首筋にある刃物の冷たい感触のせいで、生きた心地がしない。

「返事はしなくていい。分かったら瞬《まばた》きをしろ」

若い男がそう告げる。

悠馬は、言われるままに瞬きをした。

「今日は警告に来た。これ以上、余計なことをして、おれたちを困らせるんじゃない。いいな」

悠馬は瞬きをする。

具体的に明言されなくても分かる。きっと、父の事件の真相を嗅《か》ぎ回るなということだろう。

震えだけでなく、額《ひたい》をつつっと冷や汗が伝う。

警告とは言ったが、本当にそれだけで済むとは、到底思えない。もしかしたら、このまま殺されるかもしれない。その恐怖が、全身を覆い尽くした。

若い男が、にっと笑う。

と、そのとき、インターホンが鳴った。

「声を出すなよ」

若い男が、三白眼で睨み付けてくる。

悠馬は瞬きで答える。

再び、インターホンが鳴る。間を置いて、もう一度——。

若い男は、ちっと舌打ちをすると、悠馬から手を離し、部屋の窓から外へ出て行った。

確認はしていないが、そのまま一階に飛び降りて逃げたのだろう。

悠馬は、安堵《あんど》しつつその場に座り込んだ。

4

喫茶店の奥にある席に座った陣内は、ポケットの中から買ったばかりの煙草《たばこ》を取り出し、ビニールを剝《は》がすと、一本手に取った。

これもまた買ったばかりのライターを取り出し、火を点《つ》けた。

ずしりと重さのある煙が、肺の中に流れ込んできて、思わず噎《む》せ返ってしまった。

「高校生みたいなことやってんじゃねぇよ」

声に反応して顔を上げると、そこには藤田が立っていた。

呆れた表情を浮かべながらも、ウェイターに自分の分の珈琲《コーヒー》を注文して、向かいの席に腰を下ろした。

「やつれたな」

陣内の顔を、まじまじと見つめながら藤田が言う。

「そうか?」

惚《とぼ》けてみたが、自覚はある。

鏡を見る度に頰《ほお》の肉が削《そ》げ落《お》ちているように見える。それだけではなく、髭《ひげ》も剃《そ》っていないし、風呂にもあまり入っていない。やつれたように感じるのは、当然だろう。

「おれにも一本くれ」

藤田はテーブルの上に置いた煙草の箱から一本抜き、同じく置きっぱなしになっているライターで火を点けた。

陣内とは違い、噎せ返ることもなく、慣れた仕草で煙草の煙を吸い込む。

「止《や》めたんじゃなかったのか？」

陣内が問うと、藤田は苦笑いを浮かべる。

「ときどき吸ってる」

「へえ」

「それより、お前はどうして急に煙草なんか吸おうと思ったんだ？」

「どうしてだろうな？」

チクリと胸に刺すような痛みが走った。

陣内が煙草を止めたのは、息子が生まれたときだった。誰に言われたわけでもなく、子どもに害になるからと、自主的に止めたのだ。

もしかしたら、もう一度煙草を吸うことで、あの頃に時間を巻き戻そうとしているのかもしれない。

そんなことをしたところで、現実が変わるわけもないのに——。

藤田の珈琲が運ばれてきた。藤田は、ブラックのままその珈琲を啜《すす》ると、ふうっと長いため息を吐いた。

「前にも言ったが、あまり自分を責めるのは止めろ。お前のせいじゃない」

藤田の言葉は、中途半端な慰《なぐさ》めや同情ではなく、本心から出たものであることは、ひしひしと伝わってきた。

だが、だからこそ、素直にそれを受け止めることはできなかった。

どんなに言い訳をしようと、責任の一端が陣内にあることは明らかだ。止《と》めようはあった。それなのに、止められなかった。

その罪を背負い続けなければならない。

ただ、それを口にすれば、藤田に余計な心配をかけることになる。「ありがとう」そう返すに留《とど》めておいた。

「それより、頼んだものは？」

陣内は、話題から逃れるように訊ねた。

「一応、おれが調べられる範囲の情報は、ここに纏《まと》めてある」

藤田がジャケットの内ポケットから、茶封筒を取り出し、テーブルの上に置いた。

手を伸ばそうとした陣内だったが、藤田がそれを遮《さえぎ》るように、ドンッと封筒の上に手を置いた。

「これを渡す前に、お前に訊きたいことがある」

藤田が睨むような視線を向けてくる。

普段から温厚な藤田が、こんな目をするのは珍しいことだ。

「何だ？」

陣内が聞き返すと、藤田はさらに視線を鋭くする。

どんな些細《ささい》な嘘も見落とさない。そんな意思が、ひしひしと伝わってくる。実際、藤田には嘘を見抜くスキルがある。

「お前は、いったい何を調べているんだ？」

「何だろうな……自分でも、よく分からないんだ」

陣内がぽつりと言う。

「分からない？」

「ああ。自分でも、何をしようとしているのか、よく分からない。今さら、こんなことを調べたところで、どうにもならないことは分かっている。それなのに、どうしても止められないんだ」

「お前、大丈夫か？」

藤田が眉を顰めた。

「多分」

「多分って……」

「おれの過《あやま》ちは、どうしたって無かったことにはできない。だけど、だからこそ、知りたいんだと思う」

陣内が言うと、藤田の顔は益々歪《ますますゆが》んだ。どう接していいのか分からない。口に出さずとも、顔にそう書いてある。

「知ってどうする?」

「分からない。知ってから考える」

それが嘘偽《いつわ》りのない陣内の考えだった。

藤田は、封筒の上に手を置いたまま、じっと考えを巡らせているようだった。

「熱っ」

藤田が、急に声を上げて持っていた煙草の吸《す》い殻《がら》を灰皿に放り込んだ。どうやらフィルターまで燃えた煙草の熱が、藤田に伝わったらしい。

一口吸っただけの陣内の煙草もまた、灰皿の中でフィルターだけになっていた。

何だか急におかしくなり、陣内は思わず笑ってしまった。

腹を立てたらしく、しばらく陣内を睨んでいた藤田だったが、やがて釣られたように笑い出した。

「分かった。持っていけ」

ひとしきり笑ったあとに藤田が言った。

「ありがとう」

封筒を取ろうとした陣内だったが、藤田の手は相変わらず封筒の上に置かれたままになっていた。

「但《ただ》し条件がある」

「条件？」

「そうだ。何か行動を起こすときには、必ずおれに連絡をしろ。それが約束できなきゃ、これを渡すわけにはいかない」

有無《うむ》を言わさない響きがあった。

ここで頷かなければ、藤田は封筒を渡すことはないだろう。

「分かった」

陣内は、そう応じたものの、藤田はしばらく動かなかった。

おそらく陣内の言葉の真偽を測っているのだろう。だが、判断がつかないという顔をしている。

それはそうだ。陣内自身、どうするか決めかねているのだ。

どれくらい時間が経っただろう。やがて、藤田は諦《あきら》めたように封筒から手を放して立った。

「ありがとう」

陣内がもう一度言うと、藤田はふんっと鼻を鳴らして笑った。

ポケットから財布を取り出し、藤田が珈琲代を払おうとする。陣内は、「ここはおれがもつ」とそれを固辞《こじ》した。

藤田は、それには応じず、千円札をテーブルの上に置くと、「代わりにこれをもらってく」と、テーブルの上に置いてある煙草を自分のポケットに仕舞った。

店を出て行く藤田を見送ったあと、陣内はテーブルの上の封筒に目をやった。

手に取ろうとしたところで、スマホが鳴った。表示されたのは、カウンセラーの羽村の名前だった。

今日は、カウンセリングの予定が入っていたが、行かなかった。それを咎める内容だろう。

陣内は、電話に出ることなく、封筒を手に取った。

5

悠馬は、落ち着かない気持ちで部屋を見回した——。

ベッドがあって、勉強机が置いてあるだけの殺風景な部屋だった。部屋の明かりも、心なしか暗い気がする。

「ゴメンね。狭いところで」

暁斗が、恥ずかしそうに言いながら、悠馬の向かいに腰を下ろした。

「全然。そんなことより、迷惑をかけちゃって、こっちこそゴメン」

悠馬は家に男が侵入してきた一件のあと、暁斗に電話を入れた。暁斗は、すぐに来てくれただけでなく、このままでは悠馬が危ないからと、隠れ家として自分の部屋を提供してくれたのだ。

古い公営団地に暁斗の部屋はあった。かつては、満室だったが、今は半分ほどしか埋まっていないらしい。

「気にすることないよ。それに、今回の件は、ぼくが言い出したことでもあるんだから」

そう言った暁斗の顔は、心なしか曇《くも》っているようだった。

責任感の強い暁斗のことだ。自分を責めているに違いない。

「そうじゃない。どうするかを決めたのは、ぼくだよ」

悠馬が強く主張すると、暁斗は嬉しそうに笑った。

「悠馬君が決めたんじゃない。ぼくたちの選択だ――」

暁斗の言葉が、じわっと胸に染みた。

自分は一人じゃない。その実感を噛《か》み締《し》めると、不思議に怖さが消えていくようだった。誰かと一緒だというのが、こんなにも心強いものだと初めて知った。

「でも、本当に大丈夫？　暁斗君のお父さんとか、お母さんにも迷惑がかかっちゃう」

暁斗は良くても、その家族はこの状況を快く思わないかもしれない。

悠馬の言葉を受けた暁斗は、これまで見せたことのないような、複雑な表情を浮かべた。やはり、問題があるのだろう。

「やっぱり、ぼく帰るよ」

立ち上がろうとした悠馬だったが、暁斗がそれを制した。

「そうじゃないんだ」

「でも……」

「母さんは、ずいぶん前に家を出て行った。父さんの他に、好きな人ができたんだって」

「ごめん……」

何に対しての謝罪なのか、自分でもよく分からなかった。

ただ、暁斗の悲しそうな顔を見て、いたたまれなくなったのだ。

「別に悠馬君が謝ることじゃないよ。父さんは、仕事が忙しくて、ほとんど家に帰ってこないんだ。今も海外に出張中で、来週まで家に帰ってこないし」

「そうなんだ」

「悠馬君の家と逆だね」

「そうだね」

悠馬の家は父がいない。暁斗の家は母がいない。

「引っ越す前の学校では、色々あって友だちができなかったんだ」

「え？」

悠馬には、到底信じられなかった。

暁斗は明るくて優しい。運動もできるし、顔だって恰好いい。黙っていても、友だちはたくさんできそうなのに――。

「本当だよ。母さんのことがあったから、変な噂《うわさ》が広まって……それで、誰もぼくに寄りつかなくなったんだ……」

「そんなの理不尽だよ。暁斗君が悪いわけじゃない」

自分でもビックリするくらい大きな声が出た。それくらい腹が立ったのだ。自分は何もしていないのに、親のやったことで子どもが虐《しいた》げられるなんて、納得できない。

「やっぱり悠馬君は、優しいね」

暁斗が嬉しそうに目を細めた。

「別に優しいわけじゃないよ。それが、普通のことだから」

「分かってる。ぼくも、そう思う。でも、世の中のほとんどの人は、そんな風に思ってはくれないんだ」

「…………」

返す言葉がなかった。

なぜなら、悠馬自身が、その理不尽に晒《さら》されているからだ。

「本当は、転校したときもの凄《すご》く不安だったんだ。また、変な噂を立てられないかビクビクしてたし、苛められるかもって思ってた。だけど、悠馬君に出会ったんだ。一緒にいて、心を許せる友だちに――」

晩斗の言葉を聞き、じわっと胸が熱くなった。

どうして暁斗が、ここまで悠馬に肩入れしてくれるのか？　その理由が初めて分かった気がする。

親のせいで辛い状況に追い込まれた悠馬の姿に、自分の境遇を重ねたのだろう。

同時に、これまで暁斗が抱える悲しみや苦しみ、それに不安。そういったものに、全く気付かなかった自分が嫌になった。

自分の身勝手な幻想に、暁斗を無理矢理押し込めていたのではないか――という気さえする。

もっとちゃんと暁斗を見ていれば、気付いてあげることができたのに――。

「ゴメン」

何度目か分からない謝罪が漏れた。

「だから、悠馬君が謝ることじゃないよ。ぼくは、悠馬君がいたから、孤独にならずに済んだんだ」

「ぼくだって、暁斗君がいたから……」

涙が零《こぼ》れてその先は、言葉にならなかった。

暁斗が悠馬の理解者として、近くにいてくれたからこそ、マサユキたちの苛めにも耐えることができているのだし、父の事件とも向き合おうと思えたのだ。

「泣かないでよ。ぼくまで悲しくなってくるから」

暁斗は微笑《ほほえ》んでみせたが、その目には涙の膜が張っていた。

不思議だった。こうして色々と打ち明けたことで、暁斗が完全無欠な存在ではなく、自分と同じ人間なのだと実感した。

そのことで、暁斗との距離が、これまでにないほど近付いた気がする。

「とにかく、まずは色々と整理しないとね」

湿った空気を振り払うように、暁斗がパンッと手を叩く。

「うん」

悠馬は涙を拭《ぬぐ》ってから頷いた。そうだ。まだ状況は何一つ改善されていない。いったい何が起きているのか、それを整理する必要がある。

「まず、悠馬君が外に出たとき、声をかけてきた人物が、何者か——だけど。今朝、校門にいた男で間違いない？」

「はっきりとは言い切れない」

「どうして？」

「校門で見たときは、遠くに居たから、顔をはっきり見ていない。服装は似ている気がするけど……」

あの場で会ったときは、同一人物だと咄嗟《とっさ》に思ったが、冷静に考えると、そうだと断言するだけの材料がないように思う。

「さすが悠馬君。冷静だね」

「そう？」

「うん。こういうとき、決めつけてかかるのが一番危険だからね。真実を明らかにする為には、疑ってかかることが大事だよ」

「そうかな？」

記憶が曖昧《あいまい》なだけなのに、そんな風に言われると何だか恥ずかしい。

「もう一人、さっき悠馬君の部屋の中にいた男の特徴は？」

暁斗に問われて、悠馬は思い出せる範囲で、男の特徴を羅列《られつ》した。

あの目は、今思い出してもぞっとする。明らかに普通ではなかった。もし、インターホンが鳴らなければ、どうなっていたか分かったものではない。

「問題は、部屋に入ってきた男と、悠馬君に声をかけてきた男の関係だよね」

「そうだね」

悠馬は同意を示した。

あの二人はグルなのか？　それとも、無関係なのかによって、状況は全然変わってくる。

「証拠はないけど、二人が仲間である可能性は高いね」

「ぼくもそう思う」

「問題は、彼らが何者か――だけど、やっぱり悠馬君のお父さんの事件に、関係しているはずだ」

悠馬は、頷きつつ軽く唇《くちびる》を噛んだ。

晩斗の言う通りだと思う。タイミング的に考えても、悠馬が父の事件を調べ始めたことで、彼らも動き出したと考えるのが妥当だ。

やはり、父の事件には何か裏があるのかもしれない。

「あと一つ訊きたいんだけど――」

「何？」

「インターホンを押したのは誰？」

ちゃんと確認してはいない。

家に帰って、インターホンに録画された映像を見れば分かるのだが、そこはあまり問題ではない気がする。

「誰かは分からないけど、多分、宅配便とかだと思う」

「本当にそうかな？」

どういうわけか、暁斗は懐疑的だった。

「どういうこと？」

「何度もインターホンを鳴らしたんだよね？」

「うん」

「宅配便なら、そこまでしないと思う。もしかしたら、異変を察して、誰かが助けに来たってことは考えられない？」

「まさか」

悠馬は首を左右に振った。

いくら何でも、それは飛躍《ひやく》し過ぎな気がする。一応は、折りを見て確認するにしても、今はそれほど深く考えることではないように思う。

「そうだよね。ここであれこれ考えるより、あいつらの正体を突きとめる為にも、まずは悠馬君のお父さんのパソコンの解析だね」

暁斗が、気持ちを切り替えるように言った。悠馬も、大きく頷いてそれに答える。

家から父のノートパソコンを持ってきた。これがあれば、問題なく解析ができるはずだ。

「我が王国を取り戻す為に――」

暁斗が、拳を突き出してきた。

「我が王国を取り戻す為に――」

悠馬は、拳を合わせてそれに応じた。

6

涼音が教室に入ると、いつもとは明らかに空気が違っていた――。

まるで涼音が教室に来ることを拒絶しているかのような、堅さを感じた。

それでも、涼音は構わず歩みを進める。

クラスの女子全員が、一斉に視線を逸《そ》らしたような気がした。勘違いや被害妄想ではない。

その証拠に、誰一人として涼音に挨拶をしてこなかった。

席に座ろうとした涼音だったが、ふと動きを止めた。椅子《いす》の上が水で濡れていた。誰かが意図的にここに水を零したのだろう。

机には〈嘘つき〉とマジックで書き込まれていた。涼音が、登校する前に教室にやってきて、書き込んだのだろう。

こんな無駄なことに労力をかけているのかと思うと、笑えてくる。

原因は分かっている。マサユキの件だ。

廊下で恵美に声をかけられたとき、妙なことに巻き込まれるのは嫌だと思い、適当な嘘を吐いたのだが、どうやらそのことがお気に召さないらしい。

いや、ここに書かれている〈嘘つき〉の意味は、それだけではないかもしれない。

涼音から、これまで本音を隠し続けてきたメッキが剝《は》がれ落ちたこともあるだろう。

平凡な家庭に育った、平凡な生徒。周囲に同調する為に、吐いてきた数々の嘘が、マサユキの件をきっかけに明るみに出たのかもしれない。

一度ため息を吐き、改めて教室を見回してみる。さっきまでそっぽを向いていたクセに、涼音がどう振る舞うのか様子を窺っている。

下らないとは思うが、ここで対応を間違えたら、ずっと嫌がらせを受け続けることになるだろう。

別に、無視されるのは構わない。

前から、クラスメイトたちとの不毛な会話には、うんざりしていたから、かえって好都合だ。

だが、この手の下らない嫌がらせをされるのは避けたい。

片付けをするだけで一苦労だ。

教師に報告したりすれば逆効果になるのは明らかだ。そもそも、担任教師の坂本なら、黙殺することも充分に考えられる。

だからといって、ここでしくしくと泣いてみせたり、癇癪《かんしゃく》を起こして叫んだりすれば、それこそ思う壺だ。

涼音は、無言のまま鞄の中からスマホを取りだし、カメラで自分の机の撮影を始めた。

引いた全体像だけでなく、寄ったものや角度を変えたりして、十枚ほどの写真を撮影した。

そのあと、手帳を取り出し、「十月七日。机の上に落書き。椅子の上に水」と声に出しながら書き記した。

教室内の空気がざわざわと揺れた。

何人かは、涼音がやっていることの意味を理解したのだろう。

これは、法的措置《そち》をとる為の準備行動だ。こうした嫌がらせを続けた場合、訴えるという意思表示に他ならない。

涼音は、そのまま教室の隅《すみ》にある掃除《そうじ》ロッカーへ行き、中から雑巾《ぞうきん》を取り出し、椅子を拭《ふ》いた。机の落書きは、そのまま放置することにした。

前の学校での経験を活かした対応だ。

「なあ」

涼音が席に着いたところで、マサユキが声をかけてきた。

「何？」

「涼音ちゃん。ゴメン」

「は？」

「いや、おれのせいで、涼音ちゃんが嫌がらせを受けているみたいだから。でも、安心して。おれが涼音ちゃんを守るから」

──こいつ何言ってんの？

悪寒《おかん》が走った。よくもまあ、そんな意味不明なことを大まじめな顔で言えたものだ。

さっきまで黙っていたクセに。おそらく、マサユキも何らかのかたちで荷担《かたん》しているはずだ。

ただ、涼音の行動を見て、旗色が悪いと感じ、尻尾《しっぽ》を振りつつ恩を売ろうという腹なのだろう。

浅はかにも程がある。

それだけじゃない。そもそも、日常的に悠馬を苛めていたのは、マサユキだ。そんな奴の言葉を真《ま》に受けるほど能天気じゃない。

ただ、そんなことをくどくどと説明したところで、理解するようなタイプではないし、そこにかける時間が無駄だと感じた。

「キモイ。消えて」

涼音がぴしゃりと言うと、マサユキの顔が引き攣《つ》った。

プライドをズタズタに引き裂かれた――そんな顔をしている。だが、同情する気にはなれない。

呆然《ぼうぜん》としたまま、そこに立ち尽くしていたマサユキだったが、やがて始業のチャイムが鳴る。それで、ようやくマサユキは涼音の席から離れた。

しばらくして、坂本が教室に入って来た。

相変わらず無気力な顔で教壇に立った坂本は、ふうっと一息吐いてから話を始めた。

「悠馬君が、昨晩から家に帰っていないそうです。お母様が、警察に捜索願いを出しました。心当たりのある生徒がいたら、授業のあとで職員室まで来て下さい」

淡々とした調子で告げたあと、坂本はいつものように出席を取り始めた。

坂本が、あまりに平然と喋るので、涼音を含め、教室にいる生徒たちが事態の深刻さを理解するのに時間がかかった。

いや、問題だったのは喋り方だけではない。

普通なら、今ここで知っている人間がいたら名乗り出るように促《うなが》すべきところだ。事態は急を要するはずだ。

それなのに、授業を優先させるとは、もはや正気の沙汰《さた》ではない。

涼音は、振り返って確認する。

悠馬の姿はない。

昨日、彼に色々と訊きたいことがあって、家まで足を運んだ。だが、いくらインターホンを押しても、彼が出てくることはなかった。

インターホンを押す前、悲鳴のようなものを聞いた気がしたが、もしかしたら、そのことが関係しているのかもしれない。

やはり、色々と調べてみる必要がありそうだ。

「体調が悪いので早退します」

涼音は、手を挙げて宣言すると、さっさと教室をあとにした。

7

悠馬は、父のパソコンが複数回に亘《わた》って、不正にアクセスされた痕跡を発見した。

だが、ここで満足してはいけないと気持ちを落ち着ける。

警察もここまでの解析はできている。問題は、ここからの追跡だ。ＩＰアドレスの所有者は、プロバイダーを通して全て登録されている。

警察が申請すれば、プロバイダーがその情報を開示する。そこから、使用者を特定することができる。

しかし、悠馬は警察ではない。

ＩＰアドレスの所有者の情報を得ることはできない。そもそも、警察はＩＰアドレスの追跡を行ったが、その結果として犯人を特定できなかった。

所有者の情報を得ることができたとしても、悠馬も同じルートを辿《たど》り、犯人に行き着けないという可能性が極めて高い。

意気揚々と始めた調査だったが、行き詰まってしまった。

これまで悠馬がやったことは、警察の捜査をもう一度繰り返しただけだ。いや、情報が得られない分、中途半端になってしまっている。

こんなことで、本当に犯人を捕まえることができるのだろうか？

今になって不安が首を擡《もた》げてくる。

「どうすればいいんだ……」

悠馬は、髪をがりがりと掻き回し、天井を仰いだ。

くすんだ色をした低い天井が、ずんっとのしかかってくるような錯覚を覚える。静寂に包まれている。

暁斗は、学校に行っているし、暁斗の父も出張中で、ここには誰もいない。

静まり返った部屋が、何だか急に不気味な場所に思えた。

スマホがメッセージの着信を告げた。

暁斗からだった。

〈作業は進んでる？　こっちは、色々と大変だけど上手く誤魔化《ごまか》しておくよ〉

暁斗が、取り繕ってくれるなら問題ないだろう。

〈ありがとう〉

そう返信したところで、新たにメッセージが届いた。

母からだった。

しばらく友だちの家に泊まる——という書き置きを残しておいたのだが、昨晩から何度もメッセージを送ってきている。

心配なのだろう。安心させる為にも、メッセージを返した方がいいのかもしれないが、奴らは悠馬の家を知っている。

　下手なことをして、母にまで迷惑をかけたくなかった。

　ともかく、こうやってメッセージを送ってきているということは、母は無事なのだろう。

　家に戻る為にも、何とかして父の事件の真犯人を見つけ出し、奴らの正体を暴かなければならない。

　そう。奴らは、直接的な手段を使い、悠馬を攻撃してきた。つまり、悠馬が真相に近付いたということを意味する。

　だけど——どうしてだろう？

　そこが分からなかった。悠馬がこれまでやったことは、警察の捜査の域を出ていないだろう。放置しておいたとしても、奴らに害はないはずだ。

　それでも、奴らは悠馬を攻撃してきた。

「どうして？」

　口に出して言ってみる。

　しばらく考えを巡らせてみたが、一向に答えが見えてこない。

　思考を遮《さえぎ》るように、暁斗からメッセージが届いた。

〈そう言えば、最近、事件ばかりで全然キャッスルやってないね。息抜きに、帰ったら

やろうよ〉

行き詰まっている姿を間近で見ていたかのようなタイミングだ。

重くなっていた心が、ふっと軽くなった気がする。

〈そうだね。久しぶりに一緒にやろう〉

そう返したあと、悠馬は改めてノートパソコンに向き直った。

暁斗が帰ってくるまでに、少しでも調査を進展させておこうと思ったのだ。だが——。

やはり何をどうしたらいいのか分からない。さっきと同じ考えを、繰り返すだけだ。

抜け道のないループ。

諦めかけたとき、ふっとキャッスルのアイコンが目に入った。

悠馬の頭の中で何かが弾《はじ》けた——。

パソコンには、外部からの侵入を防ぐ為のファイヤーウォールがある。城を守る為の城壁のようなものだ。

だが、父のパソコンはそのファイヤーウォールに穴が開いていた。犯人は、そこから侵入し、父のパソコンを遠隔操作したのだ。

この穴は、ウイルスソフトによって、意図的に作られたものであったらしい。

だとしたら、このウイルスソフトは、いつ父のパソコンにインストールされたのか？

自分でインストールしたりしない。よく使われる手口は、ウイルスソフトをメールなどに添付しておいて、クリックした瞬間にインストールされるという手法だ。

ただ、インターネットのセキュリティーコンサルタントだった父が、不用意にメールの添付ファイルを開くはずがない。悠馬にも、見知らぬ差出人の添付ファイルは、絶対に開いてはいけない——と口を酸っぱくして言っていた。

では、知っている人からの添付ファイルだった場合はどうか？

例えば、会社の人が、意図的に父を陥れる為に、会社の資料に紛《まぎ》れ込ませたウイルスをメールに添付して送りつける。そうすれば、誤って開いてしまうことは、充分に考えられる。

技術が高い人が作ったものであれば、パソコン上では何も表示されず、バックグラウンドでのみ起動するウイルスを作ることも、さほど難しいことではない。

ただ、メールの添付ファイルについては、警察でも調査をしているはずだ。その段階で、ウイルスが仕込まれていたファイルを割り出すこともできる。

そうなれば、送信者が真っ先に疑われるのだから、いくら遠隔操作の段階で、複数のサーバーを経由していたとしても、バレるのは時間の問題だ。

犯人は、もっと違う方法でセキュリティーホールを作ったはずだ。きっと、それを解明することが真犯人につながる鍵になる。

そう確信した悠馬は、キャッシュからの追跡を諦め、パソコンの中に仕込まれているであろうウイルスを見つけ出す作業に比重を置くことにした。

大きく伸びをしたところで、ガチャッとドアノブが回る音がした。

——暁斗が帰ってきたのだろうか？

時計を確認してみる。まだ暁斗が戻ってくる時間ではない。暁斗の父親は、出張で来週まで帰ってこない。

別の誰か——だ。

郵便や新聞の集金などと考えてみたが、それも違う。それならば、最初にインターホンを鳴らすはずだ。いきなり、ドアノブを回したりはしない。

悠馬は、立ち上がると部屋のドアを開ける。

真っ直ぐ伸びる廊下の向こうに、鉄製の古いドアが見える。

ガチャ——。

再び音がして、ドアノブが回る。鍵がかかっているので、開けることはできないはずだ。

悠馬は、足音を忍ばせながらドアに近付く。

その間も、ガチャガチャと何度かドアノブが回る。ここを開けろと急《せ》かすように——。

悠馬は、ゴクリと喉を鳴らして息を呑み込み、ドアの覗《のぞ》き穴に顔を近付けると、そこから向こう側を覗いた。

その途端、ドンッともの凄い音がして、ドアが揺れた。

悠馬は、驚きでその場に尻餅《しりもち》をつく。

おそらく、ドアの向こうの人物が、強引に開けようと叩くか蹴るかしたのだろう。

さっき、ドアの向こうを覗いたのは一瞬だったが、それでも、黒いスーツを着た男が立っているのが見えた。

あれは、間違いなく昨日の男だ——。

「逃げても無駄だ。そこにいるのは分かっている」

ドアの向こうから、威圧するような声が響いてきた。

——どうしてここが分かったんだ？

疑問が浮かんだものの、その答えはすぐに出た。おそらく、悠馬は昨日からずっと尾《び》行《こう》されていたのだろう。

奴らは、悠馬が一人になるのを待ち構えていたのだ。

「早くここを開けろ。さもないと——」

悠馬は、その声を最後まで聞くことなく、玄関に置いてあった靴を摑んで部屋に舞い戻った。

玄関から出るのは、絶対に不可能だ。だとしたら、もう逃げる場所は窓しかない。

悠馬は、ノートパソコンを抱えるようにして持つと、そのまま窓から身を乗り出して外を見た。

ここは三階の高さがある。

落ちたらただでは済まない。やはり、逃げるのは無謀だろうか？

躊躇《ためら》っている間にも、ドアを叩く音はどんどん大きくなっていく。突破されるのは、時間の問題だ。

悠馬は意を決して窓から出ると、狭い庇《ひさし》の上に乗った。

足が竦《すく》んだが、このままここに居ては、間違いなく捕まってしまう。

悠馬は、ノートパソコンをズボンの後ろに差し込むと、ベルトをきつく締めて固定した。これで両手が使える。

「我が王国を取り戻す為に――」

暁斗との合い言葉を口にして、気持ちを奮《ふる》い立たせると、懸垂《けんすい》の要領で庇からぶら下がる。

見てはいけない――そう思っていたのに、視線が下に吸い寄せられる。

あまりの怖さに、手を放しそうになったのを辛《かろ》うじて堪《こら》えた。

身体を内側に振りつつ、二階の庇に着地できるように調整してから、手を放した。

何とか着地に成功したものの、バランスを崩し、そのまま後ろ向きに転落しそうになる。慌てて手を伸ばして、近くにあった雨樋《あまどい》を摑んだ。

バキッと嫌な音がしたが、何とか持ちこたえてくれた。

悠馬は、呼吸を整えてから、もう一度同じことを繰り返し、地面に着地した。

ふうっと安堵しつつ視線を上げると、さっきまで悠馬がいた三階の窓から、例の男が顔を出していた。

男は、苦々しい顔で悠馬を一瞥《いちべつ》したあと、すっと窓から姿を消した。どうやら、そのまま追ってくるつもりのようだ。

悠馬は、ノートパソコンをズボンの隙間から出して左脇に抱えると、全速力で駆け出した。

走りながらも、右手でスマホを取り出し、暁斗に電話をかける。

幸いにも、暁斗はすぐに電話に出てくれた。

「暁斗君。大変だ。あいつらが……」

8

陣内は、手を翳《かざ》して顔を上げた。

雲一つない秋晴れの空は、今の陣内には少しばかり眩《まぶ》し過ぎる気がした。

公園や貯水池、あるいは変電所など、様々なところを当てもなく歩き回っている。なぜ、こんなことをしているのか、自分でもよく分からなかった。

ただ、そうしなければならないという衝動に駆られていた。自分のやっていることが、無意味であることは承知しているが、そうでもしないと心が落ち着かなかった。

藤田によれば、昨晩、一人の少年が行方不明になったと母親から捜索願いが出された。

しばらく友人の家に泊まる旨《むね》の書き置きがされていて、事件性は低いとのことだったが、それでも未成年ということもあり、捜索はしているらしい。

少年が所持しているとみられる、スマホの電波の基地局を探索したところ、この辺り一帯にいることが判明したというわけだ。

警察は、現在のところ少年を発見できていない。

捜索は警察に任せておけばいいのだが、陣内はどうしても、じっとしていることができなかった。

もしかしたら、件《くだん》の少年は、あの事件の真相を知っているかもしれないのだ――。

黙々と歩みを進めていた陣内は、やがて広いグラウンドに辿り着いた。平日の昼間の時間帯ということもあって、閑散としていた。

フェンスの向こうに、サッカーボールが一つだけ転がっていた。

誰かが忘れていったのだろう。

ふっと記憶が蘇《よみがえ》る。

中学高校と陣内はサッカー部に所属していた。ボールを追いかけて走るのが好きだった。プロを目指そうと思ったこともある。

だが、どうにもならない才能の壁に気付いて断念した。

思えばいつも自分はそうだった。自分の限界を、自分で決め、あらゆることを諦めてきたように思う。

実際は、ただ自分が傷つくのが怖かっただけ――。

お前には、才能がないと、誰かに言われるのが、堪らなく怖ろしかった。全力で挑み、挫折《ざせつ》してしまったとき、自分の心が保《も》たないと思った。

だから、自分からあらゆることを諦めながら生きてきた。

今の職場にしてもそうだ。出世する為には、筆記試験をパスしなければならないが、そもそもその試験にチャレンジしなかった。

頑張っても駄目だという現実を突きつけられるのが、嫌だったのだ。

もちろん、仕事のことだけではない。崩壊してしまった家庭のことにしてもそうだ。壊れかけていることに気付きながら、何もしようとしなかった。

何かをして駄目だったときのことばかり考えていた。

仕事が忙しいから仕方ないと、改善する為の努力を何一つしようとはしなかった。理解してくれない妻に、うんざりしている夫を演じた。

――おれは、お前のことをそれほど大切にしていない。

そういう態度を取っていたように思う。

カウンセラーの羽村は、あれこれと原因を分析し、ぐだぐだと能書きを口にするが、そんなものはまやかしだ。

その一点だけ見たところで、根本的な解決にはならない。

根を絶たなければ、やがては同様の問題を引き起こしてしまうだけのことだ。

自分でもネガティブになっていることは、充分過ぎるほどに分かっている。だが、それでも——。

グラウンドに背を向け、歩きだそうとしたところで、何かにぶつかった。

不意打ちを食らった恰好だが、陣内は転倒することなく踏み留まることができた。

だが、ぶつかって来た人物は違った。アスファルトの上に、尻餅をついていた。

「大丈夫か？」

声をかけながら手を差し出したが、その人物は陣内には目もくれず、素速く立ち上がるとそのまま駆け出した。

走り去る間際、その人物の顔が見えた。

「あれは……」

陣内は、驚きのあまりその場にフリーズしてしまった。

9

悠馬は、必死に足を動かして走り続けた——。

途中、人にぶつかって転倒して尻餅をついたせいで、腰のあたりが痛んだが、それに構っている余裕などなかった。

走りながら一度、背後を確認する。

追っ手の姿は見えなかったが、走るのを止《や》めるつもりはなかった。そうした油断を見せれば、すぐにでも追いつかれてしまう気がした。

さっき、走りながら暁斗と連絡を取り、学校の近くにある工場で落ち合うことになっている。

かつては、自動車の整備工場だったらしいが、今は操業していない。人目につかないし、隠れ場所としてはもってこいだ。

そこまでは、何としても逃げ切らなければならない。

やがて、目的地である工場が見えてきた。

トタンで囲われた小屋のような建物で、あちこちに穴が開いている。

悠馬は、ここにきて一度足を止めると、注意深く周囲を見回し、誰もいないことを確認する。

そのまま、半開きになったシャッターを潜《くぐ》って中に入ろうとしたが、はっと動きを止めた。

もし、ここに奴らが乗り込んできたら、完全に逃げ場がなくなる。自分たちが生き残る為には、何か保険が必要だ。

まだ、多くは分かっていないが、奴らが躍起になっているのは父の事件が調べ直されるのを恐れているからに間違いない。となると、このパソコンの中身は、どうあっても手に入れたいところだろう。

悠馬は、ノートパソコンを近くにあった自動販売機の後ろに隠してから工場の中に入った。

建物の中は薄暗く、オイルとガソリンの混じった匂いが充満していた。

悠馬は工場の中に視線を走らせる。

暁斗は、まだ来ていないようだった。学校に近い場所なので、暁斗の方が早く到着していると思ったのに――。

悠馬は、そう思いながらも、何か使えそうな物を探す。奴らが現れたときに、少しでも反撃する術《すべ》が必要だ。

やがて、悠馬は壁に立てかけてあるバール――いや鋼《はがね》の剣を見つけた。

悠馬はそれを手に取る。

かなりの重量感がある。一度、ブンッと横に振ってみたが、身体ごと持っていかれそうになる。

――流石《さすが》は伝説の剣だ。

悠馬は、その大剣《たいけん》を掲《かか》げるようにして眺める。

並の人間では持つことすら叶《かな》わぬ、巨大な刀身は、神々《こうごう》しいまでの光を放っている。

今の悠馬では、まともに扱うことはできない。

そう今は――。

鍛錬を積み、この大剣を使いこなすことができれば、ダークナイトを打ち倒すことができるはずだ。

悠馬は、大剣を敢《あ》えて片手で持ち、大きく両足を開いて構える。

はぁ――と意識を集中させるとバリバリッと弾《はじ》けるような音とともに、大剣が青白い光を帯びる。

「悠馬君」

名前を呼ばれてはっとなる。

見ると、そこには暁斗が立っていた。

大剣が瞬《またた》く間にバールに変貌する。

いや、そもそも、最初から大剣などない。悠馬の妄想《もうそう》に過ぎない。

それを自覚すると同時に、急に気恥ずかしくなった。

だが、同時に嬉しくもあった。これは、まさに暁斗との出会いの再現だったからだ。

「暁斗君――」

「動くな」

近付こうとした悠馬を、声が制した。

見ると、暁斗の脇には黒いスーツを着た男が立っていた。それだけではない。暁斗の背後には、昨日、悠馬の部屋の中に侵入してきた若い男の姿もあった。

やはり、この二人は仲間だった。

「悠馬君、ゴメン。捕まった……」

暁斗が悔しそうに下唇を噛《か》む。

自分のせいだと責めているのだろう。暁斗が悪いわけではない。悪いのは奴らだ。

悠馬は、悔しさからバールを握る手が震えた。

が、それはすぐに収まった。そうだ。今、自分は武器を持っている。隙を突けば、暁斗を助けられるかもしれない。

怖いけど、たった一人の友だちを助ける為なら、何だってできる。

——我が王国を取り戻す為に。

悠馬は心の内で呟《つぶや》き、バールをぎゅっと握り直した。

「余計な動きはしない方がいい」

黒いスーツの男は、そう言って暁斗の背後にいる若い男に目を向けた。

見ると若い男は、この前と同じバタフライナイフを握っていて、それを暁斗の首筋に宛がっていた。

若い男は、へらへらと笑いながらも、ぎらついた目をしている。

この前、悠馬に見せた顔だ。単なる脅《おど》しではなく、指示があれば、本当に暁斗を殺すことも厭《いと》わないだろう。

「武器を捨てろ」

黒いスーツの男が言う。

その赤い目が冷徹に光り、黒い鎧の隙間から瘴気《しょうき》が立ち上る。

「悠馬君！　駄目だ！」

暁斗が、身を乗り出すようにして叫んだ。

わずかにナイフが首に当たったらしく、赤い血がすうっと流れ落ちる。それでも、暁斗の目に怯《おび》えはなかった。

本気で、自分の命を捨てても悠馬を助けようとしているのだ。

そんな姿を見てしまったら、悠馬にできることは一つだ。

悠馬は、指示されたようにバールから手を放した。ガンッという音とともに、バールが地面に落下する。

暁斗が、悔しそうに目を閉じた。

「ぶ、武器は捨てた。あ、あ、暁斗君を放してよ」

悠馬は、絞り出すように言った。

吃音《きつおん》になっているのが面白いのか、若い男が声を上げて笑った。だが、全然気にならなかった。それより暁斗を――。

「まだ彼を放すわけにはいかない」

ダークナイトが冷淡に告げる。

「ど、どうして？」

「君は、分かっていないようだな。我々が欲しいのは、君の父親のパソコンのデータなんだよ」

「え？」

「これまでは、警察に押収されていたので、我々も手を出せなかった。あの中には、とても重要なデータが入っているんだ。それを渡してもらおう」

「い、家にあるから、か、勝手に持っていけばいい」

「我々が、何も知らないとでも思っているのか？」

ダークナイトの口調が変わった。

これまでとは比べものにならないほど、威圧感の籠《こ》もった声に、悠馬はたじろいだ。

「父親のデータを、ノートパソコンを持ち出しただろ。それを渡してもらおう」

「な、何のこと？」

全部お見通しだったようだ。

ノートパソコンは、自動販売機の裏に隠してある。それを伝えることを考えたが、本当にそれでいいのだろうか？

彼らが何を目的にしているかは不明だが、ノートパソコンを渡した瞬間、用無しと判断され、殺されないとも限らない。

「悠馬君」

暁斗が声をかけてくる。

その先、言葉はなかったが、ノートパソコンを渡してはいけないと目で訴えている。悠馬と同じことを考えているのかもしれない。

だが、渡さなければ暁斗の命はない。

――どうすればいい？

万策尽きた。自分たちは、もう逃げられないかもしれない。そう思ったとき、遠くでサイレンの音が聞こえた。

パトカーだと思われるサイレンだ。

ダークナイトが舌打ちをする。

「いいか。必ずデータを寄越《よこ》せ。それまで、こいつは預かっておく。いいな」

ダークナイトが、若い男に合図する。

若い男は、大きく頷くと、暁斗を連れて工場を出て行く。

「ま、待って！」

追いかけようとした悠馬だったが、何かに突き飛ばされて、仰向《あおむ》けに倒れ込んでしまった。

起き上がろうとする悠馬の顔を、ダークナイトが覗き込む。

「友だちの命と引き替えだ。必ずデータを渡せ。それから、このことを警察に言うなよ。もし余計なことを喋ったら、君の友だちは死ぬことになる」

そう言い残して、彼らは去って行った。

「暁斗君！」

悠馬は、何とか起き上がり、工場の外に出る。

ちょうど、黒塗りのワンボックスカーが走り出すところだった。スモークガラスに、張り付くようにしてこちらを見ている暁斗の姿が見えた。

何かを叫んでいるようだったが、何を言っているのか悠馬には分からなかった。

「暁斗君！」

悠馬は、必死で車を追いかけた。

追いつくはずなどない。それでも、そうせずにはいられなかった。

道路に飛び出したところで、急ブレーキの音がした。

あっと思ったときには、もう遅かった。

悠馬の身体は撥《は》ね上げられ、アスファルトの地面に落下した。

「暁斗君を助けなきゃ……」

悠馬の意識は、闇に呑まれた。

三章　黒騎士

1

涼音は、沈んだ気持ちで介護施設の建物を見上げた――。

学校を出たあと、悠馬の家を訪れて、インターホンを押しても、誰も家から出てくる気配《けはい》はなかった。

悠馬が行方不明になっているのだ。連絡を待つ為《ため》に、彼の母親は家にいると思っていたのだけれど、当てが外《はず》れたようだ。

学校を抜け出してまで、足を運んだというのに、無駄足になってしまった。

なぜ、こんなに必死になっているのか、自分でも不思議だった。

これまでも同じクラスだったが、悠馬と会話らしい会話をしたことは、ただの一度もなかった。

何もなければ、卒業するまで会話をすることもなかっただろうし、何年かして、名前を聞いても、思い出せないでいただろう。

それくらい、涼音にとっては影が薄い存在だった。

それがあることをきっかけに一変した。

今、彼は何かをしようとしている。

それがいったい何なのか？　涼音は、どうしても知りたかった。

――なぜそんなに知りたいの？

涼音は、自分に問い掛けてみる。

上手《うま》く説明できないが、きっとやり直したいのだと思う。

失われた時間を取り戻すように、あの日、涼音ができなかったことを――。

涼音は、考えを巡らせたまま施設のエントランスを潜《くぐ》り、受付で面会の手続きをすると、そのままエレベーターに乗った。

施設のエレベーターの中に、ぽつんと立っていると、何処《どこ》かに自分の心を置き去りにしたような気分になる。

四階でエレベーターを降り、廊下《ろうか》を歩く。

いつものことだが、気分が重くなる。この先に、母がいる。顔を合わせるのが怖い。

逃げ出したい気持ちになるが、ぐっとそれを堪《こら》える。

個室のドアを開けると、そこに母の姿があった。

リクライニングするベッドに背中を預け、ぼんやりと窓の外に目を向けている。

涼音の気配に気付くと、母がゆっくりとこちらを向いた。

まだ、四十代だというのに、実年齢より二十歳は上に見える。皺《しわ》だらけで、水気を失い、ばらけた髪《かみ》のほとんどは、白く染まっている。

化粧をしていないせいもあるが、肌が土色に近く、ごわごわとした感じがする。

その姿を見る度《たび》に、涼音は奈落に突き落とされたような気分になる。

「お母さん。具合はどう?」

涼音が呼びかけると、母は眉間《みけん》に皺を寄せたあとに、首を傾《かし》げた。

――今日は、分からない日なんだな。

内心で呟《つぶや》いて、少しだけほっとする自分がいることに驚いた。

母が、若年性のアルツハイマーと診断されたのは、三年前のことだった。

兆候はあった。ただ、あとになって思えば――という程度で、そのときは、気付かなかった。

もっと早く気付いていれば、治らないまでも、進行を遅らせることはできた。

中学校のクラスメイトたちには、母のことは言っていない。小学校で、母が病《やまい》であることを告《つ》げたとき、クラスメイトたちの反応は、酷《ひど》いものだった。

アルツハイマーという言葉の響きから、母のことを老婆《ろうば》呼ばわりされたり、どこでどう勘違《かんちが》いしたのか、まるでゾンビのような動きをして、からかってきた男子児童もいた。

もっとも許せなかったのは、同情したふりをしつつ、陰でコソコソと噂話《うわさばなし》をする連中だった。

怒りでおかしくなりそうだった。

親が病気だというだけで、理不尽に苛《いじ》められる理由が、さっぱり分からなかった。

ただ、その生活は長くは続かなかった。母を介護施設に入れることになり、涼音の中学入学と同時に、母の実家が近いこの街に引っ越すことになったのだ。

母の介護の件は口実で、苛めにあっている涼音を守る為の配慮《はいりよ》だったような気がする。

だから、中学に入ってからは、母の病のことは一切、口に出さないようにした。

お見舞いや、汚れ物を引き取る為に、週三回ほど施設に通っているが、そのことも、一切口にしていない。

今、仲良くしている連中も、母の病のことを知れば、途端に態度を豹変《ひょうへん》させるはずだ。

涼音は、そのことを怖れながら学校生活を送っている。

だから、必要以上にクラスメイトたちに近付かないようにしていた。

「私が分かる？」

涼音が訊《たず》ねると、母がじっと虚《うつ》ろな目を向けてきた。

やっぱり、分からないようだ。正直、その方が気は楽だ。母は、涼音のことを認識する日と、そうでない日がある。

認識する日は、色々と話すこともできるのだが、どうしても記憶が三年前で止まっていて嚙《か》み合わない。

いくら説明したところで、次に来たときには忘れてしまうのだ。

何より、喋《しゃべ》れることで希望を抱いてしまう。もう、二度と回復することはないのに、いつかまた昔のように、一緒に買い物に行ったり、食事をしたり、できるようになるかもしれない——と。

今日は、分からない日なのだから、このまま部屋を出て、持ってきた着替えを預け、汚れた洗濯物を引き取り、それで終わりだ。

こうやって、ほっとしてしまう自分が、浅ましくて嫌いだった。

「涼音」

部屋を出ようとしたところで、母が掠《かす》れた声で言った。

涼音は、驚きつつも振り返る。

「なに？」

涼音は、努めて穏《おだ》やかな声を出しながら聞き返す。

「ノンちゃん、最近来ないわね」

母の言葉にドキッとした。

ノンちゃんは、涼音の家の向かいに住んでいた幼馴染《おさななじ》みだ。

毎日のようにお互いの家を行き来していた親友だった。

「色々と忙しいみたい」

涼音は、笑みを浮かべてみせた。

「そう。元気にしてるの？」

「相変わらずだよ」

それ以降、返答はなかった。

母は、いつの間にか眠ってしまっていた。

涼音は、黙って部屋を出ると、後ろ手にドアを閉め、そのままドアに寄りかかるようにして両手で顔を覆《おお》った。

少しだけ、涙が出た——。

2

白い天井が見えた。

同じ色ではあるが、自分の部屋とは違うことは、すぐに分かった。

身体《からだ》を起こそうとすると、腰のあたりがわずかに痛んだ。その痛みとともに、急速に記憶が蘇《よみがえ》る。

そうだ。あのあと、暁斗を乗せた車を追いかけて道路に飛び出した。そこで、車に撥《は》ねられたのだ。

「痛みはない？」

急に声をかけられ、はっとする。

ベッドの脇に、四十代くらいの医者が座っていた。穏やかな笑みを浮かべつつ、悠馬の顔を覗《のぞ》き込む。

「は、はい」

腰の痛みは、軽くぶつけた程度のもので、それほど気にはならない。

他に、これといった痛みがあるわけではない。

「気分が悪いとか、嘔吐《おうと》感は？」

「だ、大丈夫です」

「頭に痛みは？」

「あ、ありません」

悠馬がそこまで答えると、医者はペンライトの光を当て、瞳孔《どうこう》の動きを確認する。

「レントゲンも異常がないし、大丈夫だとは思うけど、今日のところは病院で様子を見ることにしましょう」

医者は、そう言うと席を立ち、看護師と一緒に部屋を出て行った。

それと入れ替わるように、母が部屋に飛び込んで来た。

脇目もふらずに悠馬の許《もと》まで駆け寄ると、そのまま強く悠馬の身体を抱き締めた。

久しぶりに、母の匂《にお》いを嗅《か》いだ気がする。

「良かった。本当に良かった」

母は、呪文《じゅもん》のように繰り返しながら、締め付けるように腕に力を込める。

この感じからして、単に悠馬が車に撥ねられたことを心配しているだけではなさそうだ。家出のように姿を消したことで、相当に気を揉《も》んだのだということが伝わってきた。

「あなたまでいなくなったら、お母さんは……。ゴメンね。気付いてあげられなくて……」

その先は、言葉にならなかった。

呻《うめ》くような声を上げた。顔は見えないが、泣いているのだろう。

きっと母の中には、父が死んだあの日のことが、鮮明に蘇っているのだろう。

あの日、父はいつもと変わらない様子で家を出た。病院に行くはずだった。だが、時間を過ぎても帰って来なかった。

何度となくスマホに連絡を入れたが、つながることはなかった。

夜になっても父は戻らない。

さすがにおかしいと、捜しに行こうとしたところで、警察から電話がかかってきた。

父が、駅のホームから転落し、ちょうど入ってきた特急列車に撥ねられて死んだ——という残酷な報せだった。

きっと、母はあのときの自分を責めているのだろう。事故ということだったが、母は自殺だと思っている。父の変化に気付いていたら、死なせずに済んだかもしれないのに——と。

今もなお、後悔を抱き続けている。

悠馬が行方不明になったとき、母が感じた不安と恐怖は、想像を絶するものだったはずだ。

家を出るとき、迷惑をかけたくないと思ったからこそ、書き置きだけで済ませたのだが、もっと母のことを考えるべきだったかもしれない。

だが、悠馬は震える母を抱き返そうとは思わなかった。

久しぶりに味わう母の温《ぬく》もりの中で、全てを忘れることができるなら、どんなに楽だろう。

奴らの恐怖から、逃《のが》れることができる。

でも——駄目だ。

暁斗が、奴らに連れ去られてしまっているのだ。何としても救い出さなければならないし、それができるのは自分だけだ。

——ごめんなさい。

悠馬は、心の内で詫《わ》びた。

警察に言えば、暁斗の命はないと奴らは言った。それが、真実か否かは分からないが。何処《どこ》で見張っているのか分からないのだ。リスクを冒《おか》すわけにはいかない。

何としても、病院を抜け出して、暁斗を救う為に行動を起こさなければならない。

悠馬は、一人決意を固めた。

それに水を差すように、コンコンとノックをする音がした。

母は、ようやく悠馬の身体を放し、涙を拭《ぬぐ》い、洟《はな》をすすってから「どうぞ」と声を上げた。

入ってきたのは、スーツ姿の二人の男だった。

一瞬、あの男たちかと思い、身体がビクッと震えたが、すぐに別人だと気付き、ほっと胸を撫《な》で下《お》ろす。

二人は、刑事らしく、一人は藤田。もう一人は陣内と名乗った。

陣内と名乗った方の刑事は、どこかで見たことがある気がしたが、思い出せなかった。

「事故のことで、少しお話を伺いたいのですが、よろしいでしょうか？　お時間は取らせませんので――」

藤田という刑事が言う。

その口調は、やんわりだったが眼光は鋭く、反論を拒絶しているようだった。

母が「少しなら」と席を立ち、二人に場所を譲った。

刑事たちは、椅子《いす》には座ることなく、悠馬のベッドの脇に並び立った。接近されると、迫ってくるような威圧感があった。

「私は、ここにいて構いませんよね」

母が念押しするように言うと、藤田が「はい」と母に背中を向けたまま答えた。

どういうわけか、母の声は少しだけ怒っているように聞こえた。実際、怒っていたのかもしれない。

父は、警察の誤認逮捕によって追い詰められていったのだ。母が、警察に対していい感情を抱いているはずがない。

四つの目が、真っ直ぐに悠馬を見据える。

悠馬は、ゴクリと喉《のど》を鳴らして息を呑み込んだ。余計なことを喋れば、暁斗の命が危ない。冷静にならなければ――そう思うほどに、緊張が高まっていくようだった。

てっきり、藤田という刑事が、質問するのかと思っていたが、口を開いたのは陣内の方だった。

「君は、事故のとき、どうして道路に飛び出したんだ?」

「よ、よく覚えていません。で、でも、飛び出したつもりは……」

奴らや、暁斗に関することを訊《たず》ねられると思っていたが、そうでないと知り、少しだけ気持ちが楽になる。

この刑事たちは、事故の原因を究明する為に、悠馬に話を聞いているのだ。

「それは、本当か?」

「は、はい」

「運転手は、君が急に道に飛び出して来たと証言しているんだが……」

「そ、そうだったかもしれませんけど、よ、よく思い出せません」

悠馬は首を振った。

車を運転していた人には申し訳《わけ》ないが、今は正直に話す訳にはいかない。

悠馬の言葉を信じたかどうかは分からないが、陣内と藤田は無言のままお互いの顔を見合わせた。

目だけで会話しているようにも見える。

「もう一つ、聞かせてもらえるかな？」

陣内が、改めて悠馬を見る。

暗い目をしていた。陣内の顔をどこかで見たことがあると思ったが、そうではなかった。

この目は、父と同じ目だ。

優しかった頃ではなく、事件が起きたあとの抜《ぬ》け殻《がら》のような父の目だ――。

「な、何でしょう？」

「君が、誰かに追われているようだった――という証言もあるんだが、心当たりはないか？」

「い、いいえ」

悠馬は顔を伏せつつ首を振った。

鏡を見なくても分かる。今の悠馬は、かなり動揺が表れてしまっているはずだ。

「分かりました。ご協力、感謝します。また、何か思い出したら、連絡をして下さい」

追及されるかと思ったが、意外にもあっさりと刑事たちは引いてくれた。

安心してため息が漏れそうになったが、慌ててそれを抑えた。そんな態度を取ったら、何か隠していると疑われてしまう。

病室の戸に手をかけ、出て行こうとした陣内だったが、急に動きを止めて振り返った。

「アキトというのは、君の友だちか？」

心臓が飛び出るかと思った。

どうしてここで、暁斗の名前が出るのか、気にはなったが、それを訊ねたりしたら、墓穴を掘ることになる。

「ク、クラスメイトです」

「仲のいい友だちのようだね」

「は、はい」

「事故に遭《あ》った直後、君はそのクラスメイトの名を呼んでいた」

絶句した。

どうして、それを知っているのか？　現場近くにいた誰かが証言したのだろうか？

「君が事故に遭ったとき、偶々《たまたま》現場の近くにいて、救急車を呼んだのが、陣内なんだよ」

藤田が、肩を竦《すく》めるようにして言った。

──そうだったのか。

だから、暁斗のことが気になったのかと、ようやく納得する。

「あ、ありがとうございます」

慌《あわ》てて頭を下げたが、顔を上げたときには、もう二人の姿は病室から消えていた。見ると、流石《さすが》に母も腰を折って頭を下げていた。

3

「あの少年、嘘を吐《つ》いてるな」

病室を出て、待合室のベンチに並んで腰掛けたところで、藤田が呟くように言った。

陣内も、全く同じ感想を持っていた。

喋り言葉が吃音《きつおん》になっているから、そう感じたのではない。彼の表情だ。

本人は隠し通せていると思っているようだが、感情が表に滲《にじ》み出てしまっている。

そもそも、陣内は事故に遭う前に、あの少年——悠馬とぶつかっている。

あのときの様子を見れば、わざわざ話を聞くまでもなく、彼が何者かに追われていたことは明らかだ。

「やっぱり、父親の事件が関係しているのか？」

藤田は、呟くような口調だった。

「かもしれない」

「あれは、嫌な事件だったな……」

いつも快活な藤田にしては珍しく、がっくりと肩を落とした。

かく言う陣内も同じだった。「そうだな」と応じつつ、頭の中にあのときの記憶が、蘇ってくる。

不思議なもので、嫌な記憶ほど鮮明に残るのだからたちが悪い。

悠馬の父親である、雄太《ゆうた》を逮捕したとき、陣内も藤田も現場にいた。とはいっても、実際に捜査に加わったわけではない。

新設されたサイバー犯罪対策班の応援というかたちで、家宅捜索の手伝いをしただけだ。幸か不幸か、悠馬たちは覚えていないようだった。

捜査令状を出したり、取り調べを行ったならまだしも、ただ現場で荷物を運んでいた刑事のことなど、いちいち覚えていなくて当然だろう。

まして、何が起きたのか分からず、混乱している最中なのだから尚《なお》のことだ。

あのときの、雄太のきょとんとした顔は、今でも忘れない。

自分が直接の担当ではなかったので、ほとんど話さなかったが、彼が犯人でないことは、あのときの顔から感じた。

それでも、陣内は黙って作業を続けた。

同僚たちの捜査を信じていたし、裁判所から令状も出たのだから、犯人に間違いないのだろうと高をくくっていた。

これまで、捜査一課に籍を置き、強盗や殺人といった事件の捜査に慣れていたというのもある。

サイバー関連の事件が、そうした事件とは異なり、酷《ひど》く複雑で、証拠の掴み難いものであると知ったのは、後になってからだ。

結果として、雄太は死んだ。

事故ということになっているが、誰もが自殺を疑った。

事件のあと、雄太がどういう状況に陥ったかは、わざわざ調べるまでもなく明らかだ。陣内たち警察官ですら、雄太が犯人だと考えていたのだ。近隣の住民や、会社の人間、あるいは友人たちが、彼をどんな目で見たかは推《お》して知るべしだ。

逮捕という事実だけが一人歩きし、いわれのない誹謗中傷《ひぼうちゅうしょう》に晒《さら》され、追い詰められていったのだろう。

そう考えると、雄太は自殺ではない。我々警察が殺したのと同じだ。見えない凶器で、徐々に精神を傷付けるという、もっとも残酷なやり方で、彼を追い詰めていったのだ。

「あの少年を見て、お前が没頭していった理由が分かる気がするよ」

藤田が、自嘲《じちょう》したように笑いながら言った。

「のめり込むのとは、少し違う」

陣内は首を左右に振った。

「じゃあ、何だ？」

「ただ、知りたいんだ。今、何が起きているのか？　その責任の一端は、おれにもある」

「そうやって、自分を責め続けてもいいことないぞ」

「いいことなんて望んでない」

「本当に、不器用な奴だな」

「そうかもな」

同意を示しつつも、内心では別のことを考えていた。

おそらく、不器用とは異なる。今まで、逃げ続けてきたのだ。色んなことを諦《あきら》め、自分が傷つかないように、ただ必死に逃げていた。

その結果、大切なものを失うことになった。

だから、もう逃げたくないのだと思う。きっかけは、些細《ささい》な疑問だったが、今はその答えを見つけ出すことこそが、贖罪《しょくざい》の道であるような気がしている。

もしかしたら、自分が失った大切なものを悠馬と重ねているのかもしれない。

「で、これからどうするつもりだ？」

「分からない」

陣内は、逃げるように立ち上がった。

「分からないってどういうことだ？」

「言葉のままだよ。分からないから、自分なりに向き合ってみようと思ってる」

藤田が、これみよがしにため息を吐いた。

「好きにしろ」

「ああ。そうする」

「警察には、戻るのか？」

歩き始めたところで、藤田が問い掛けてきた。

思わず足が止まる。

また、嫌な記憶が首を擡《もた》げる。

コンクリートの上で、四肢《しし》がいびつな方向に曲がり、頭から血を流している。生々しく、それでいて現実味のない死体だった。

「きっと、もう戻らない」

陣内は静かに言った。

引き留めにあい、上手《うま》く反論できなかったから、惰性《だせい》のように休職という扱いのままになっているだけだ。

あのあと、自分でも散々考えたし、カウンセリングも受けた。様々な選択肢を想定もしたが、今に至るも警察に戻る気にはなれない。

きっと、この先も、それは変わらないだろう。

「頑固《がんこ》だな」

藤田のぼやきを背に、陣内はゆっくりと歩き出した。

4

教科書に「走れメロス」という小説が掲載されていた。

友人の為に、どんな困難にも果敢《かかん》に挑み、走り続けた男の物語だ。メロスは、きっとこんな心境だったのかもしれない。

だが、今の状況は小説でもゲームでもなく、残酷な現実だ。

思い通りの結末になるとは限らない。しかし、気に入らないからといって、ゲームのようにやり直すこともできない。

与えられた現実の中で、前に進み続けるしかない。

走りながらも、悠馬は自分の考えに思わず笑ってしまった。いつから、自分はこんな風に少年マンガみたいなことを考えるようになったのだろう。

きっと暁斗の影響だ。

彼の存在が、悠馬の中で眠り続けていた何かを呼び覚《さ》ましたのだ。あの日、体育倉庫での出会いが、ずいぶんと遠い昔のように思える。

必死に走っていた悠馬だったが、次第に足がもつれてきた。

元々体格のいい方ではないし、普段から運動をしているわけでもない。こうなるのは、分かりきっていたことでもある。

やがて、悠馬は走ることができなくなってしまった。

ただ、前に進むことは止《や》めなかった。汗を拭い、乱れる呼吸を必死に整えながら、足を動かす。

ふと、母の顔が浮かんだ。

面会時間が終わる八時まで、母は悠馬に付き添っていた。離れたら、またどこかに行ってしまうのではないかという不安を抱え、いてもたってもいられないといった感じだった。

母が病室を去ったあとも、悠馬はベッドの中で時を待った。下手に動き回って、連れ戻されたりしたら、後々厄介《やっかい》なことになると思ったからだ。

九時を回り、病院内の電気が落とされてから、悠馬は急いで着替えを済ませ、こっそりと病室を抜け出した。

看護師に見つからないように、最大限の注意を払い、忍者のように身を屈《かが》めたまま移動し、裏口から外に出ることに成功した。

そして今、暁斗が拉致《らち》されたあの工場に向かっている。

ワンボックスカーが通る度に、ビクッと身体を震わせ、辺りを見回すことになった。いつ、奴らが襲ってくるか分からないのだ。

——奴らの目的は何なのだろう？

歩みを進めながら、改めてそのことに思いを馳《は》せる。

父のパソコンに、重大なデータが隠されているようなことを言っていたが、人の命を危険に晒すほどのデータとは、いったい何なのか？

一通り、パソコンのデータは目にしているが、それほど貴重なデータがあったとは思えない。

そもそも、何だってそれほどまでに重要なデータが、父のパソコンの中に隠されているのだろう。

奴らが欲している隠されたデータと、冤罪によって逮捕された父の事件とは、どうにも結びつかない気がする。

もしかしたら、悠馬は、とんでもない思い違いをしているのかもしれない。

そもそもの思考が、間違っていたとしたらどうだろう？　配線を組むときなどに、ちょっとした思い違いで繋《つな》ぐ順番を間違えることなんかはよくある。

悠馬は、思わず足を止めた。

——順番。

その言葉が頭の中で、ぐるぐると回り、やがて一つのアイデアを導き出した。

悠馬は、あの男たちが、父を陥《おとし》いれた犯人だと思っていた。インターネット詐欺《さぎ》を働く為に、父のパソコンを乗っ取ったのだ——と。

だが、それだと奴らが、悠馬の前に現れた理由にはならない。

確かに、悠馬は暁斗と真犯人を捕らえる為に、あれこれ探っていたが、ＩＰアドレスの所有者情報を得られないことで、警察の捜査を越えることはできなかった。

放っておいても、大した問題にはならないはずだ。

それなのに、奴らは姿を現した。自分たちが捕まる危険を冒《おか》してまで――。

だが、ここで順番を変えて考えてみると、色々なことに納得がいく。

奴らの目的は、インターネット詐欺ではなく、最初から父の持っているデータだったとしたらどうだろう？

インターネットのセキュリティーコンサルタントであった父は、何かとんでもないシステムのデータを開発した。例えば、全世界のパソコンに自由に出入りできるような、強力なソフトウエア。

もし、そうしたソフトが開発されれば、ファイヤーウォールなんて何の意味もなくなり、ガラスで造った城壁に等しい。

だが、父は、それを公表しようとはしなかった。その危険性を充分に分かっていたからだ。

そんなものが出回れば、インターネットにおいて個人情報は守られなくなる。今の時代、インターネット無しでは成立しないことだらけだ。ＳＮＳはもちろん、ネット通販やインターネットバンキング。現在のシステムが、瞬く間に崩壊するのだ。

だから、父は自分の開発したデータを秘匿《ひとく》した。

ところが、それに気付き、どうしても欲しいと望んだ連中がいる。それが——奴らだ。父からデータを奪う為、まず手始めにインターネット詐欺の犯人に仕立て上げる。その上で、父を電車のホームから突き飛ばして殺害。

タイミングを見て、データを手に入れるはずだったが、思わぬ邪魔が入った。それが、父の事件の犯人を捕まえようとした悠馬と暁斗というわけだ。

悠馬は、自分の推論に震えた。

不可解な事象に対する答えが、全て出揃ったような気がする。

そうなると、相手はかなり強大な組織——ということになる。果たして、自分に抗《あらが》うことができるだろうか？

疑問が浮かんだが、悠馬はそれをすぐに打ち消した。

できるかどうかではない。現に、既に暁斗は拉致されてしまっているのだ。相手が何であれ、誰であれ、行動しなければならないのだ。

「我が王国を取り戻す為に——」

悠馬は決意の言葉を口にして、再び歩き出した。

工場の前は、ひっそりと静まり返っていた。昼間に来たときも思ったが、人の気配がしないとここまで気味が悪いとは——。

悠馬は、そんな中、充分に周りを見回し、誰もいないことを確認してから、煌々《こうこう》と光りを放つ自動販売機に歩みよった。

誰かに、盗まれていたりしたら大変なことになると思っていたが、幸いにして、ノートパソコンは同じ場所に隠されていた。

悠馬は、手を伸ばしてノートパソコンを取る。

あとは奴らが接触して来るのを待つだけだ。いや、ただ待っているだけでは駄目だ。奴らが、素直に暁斗を解放するとは思えない。何か対策を練っておく必要がある。何にしても、ここでは作業ができない。場所を移動しよう。

歩きだそうとした悠馬の腕を、何かが掴んだ。人間の手だった。

「うわぁ！」

悠馬は、悲鳴を上げながらその手を振り払おうとしたが、ビクともしなかった。さらに暴れようとしたが、ノートパソコンを落とすわけにはいかない。

――奴らか！

悠馬が、顔を向けると、そこには一人の男が立っていた。

見覚えがある。病室で顔を合わせた、陣内という刑事だった――。

「悠馬君だね。こんなところで、何をしているんだい？」

何か言おうとしたのだが、言葉が一つも出てこなかった。この状況を誤魔化《ごまか》す為の言い訳を考えつかなかったのだ。

ただ、黙っていては、疑いを強めてしまうだけだ。何か言わなければ――焦《あせ》るほどに、頭の中が白く染まっていく。

「君は、病院に入院しているはずだろ？」

陣内が、さらに詰め寄ってくる。

「わ、忘れ物をしたので、そ、それを取りに来ただけです」

苦し紛《まぎ》れに口にする。

「そのパソコン？」

陣内が、悠馬の持っているパソコンに目を向ける。

「は、はい。も、もう病院に戻ります」

悠馬は、陣内の腕から逃れるように身体を引いた。

陣内は刑事だ。ここで悠馬が余計なことを喋れば、それこそ暁斗の命が危険に晒されることになる。

何としても、沈黙を守ったまま逃げ切らなければならない。

「君は、いったい何を隠してる？」

陣内が、詰め寄ってくる。

その目は、既《すで》に何かを知っているかのようだった。

「い、いえ。何も隠していません」

「怖がることはない。君の力になりたいだけだ。話してくれないか？」

「ほ、本当に、何でもないんです」

悠馬は、一歩、二歩と後退《あとずさ》る。

距離を置いてから、一気に逃げ出すつもりでいた。逃げ切れるかどうかは分からないが、このまま詮索《せんさく》を受け続けて、嘘を吐き通す自信がなかった。

本当は、怖くて、怖くて堪《たま》らないのだ。今すぐにでも、弱音を吐《は》いて、誰かにすがりたい。

そうしないのは、暁斗の命が懸《か》かっているからだ。

「君は、何から逃げている？」

「ご、ごめんなさい！」

悠馬は、逃げ出そうとしたが、その前に陣内から放たれた言葉により、身体が硬直した。

「暁斗――」

「…………」

「暁斗君を助けなきゃ――君は、意識を失う前に、そう言っていたんだ」

病院でも言っていた。車に撥ねられた悠馬を助けてくれたのは、陣内だったと。もしかしたら、混乱して、あのときそうした言葉を口にしてしまっていたのかもしれない。

「ぼくは……」

「何があったか、話してくれないか？」

陣内が腰を屈めて視線を合わせる。

その目は、真剣そのものだった。担任の坂本なんかとは全然違って、悠馬のことを真剣に考えていることが伝わってくる。

それでも、やはり言うわけにはいかない。

「む、無理です」

「友だちの暁斗君を救いたい。君のその気持ちは分かる。だけど、君一人でどうやって救うんだ？」

「そ、それは……」

まだ、考えていない。

取り敢えずは、ノートパソコンを回収し、先のことについては、それから考える。

「誰かに追われているのだとしたら、君一人で逃げ切ることは、不可能だ」

「そ、そうかもしれないけど……そ、それでも……」

「それでも、何だ？」

「け、警察には言えないんです！」

悠馬は、声を荒らげた。

そのまま陣内の視線を断ち切って逃げようとしたが、そうする前に、がっと両肩を力強く摑まれた。

「警察に言うなと、脅されているんだね？」

陣内が問い掛けてくる。

どうやら、余計なことを口走ってしまったらしい。或いは、陣内にそうなるように導かれたのかもしれない。

ただ、ここで素直に認めるわけにはいかない。否定の言葉を発しようとしたが、その前に無意識に視線を逸《そ》らしてしまった。

「そうか。それなら、安心していい。おじさんは、警察官じゃない」

「で、でも、病室で……」

あのとき、陣内は警察だと名乗ったはずだ。

「実は、警察を辞めることになっているんだ。今は休職中でもある。病室に行ったとき、おじさんは警察手帳を出さなかっただろ。あれは、持っていないからなんだ」

確かに警察手帳は出さなかった。だが、そうなると、逆に分からなくなる。なぜ、あのとき、事情を訊きに来たのか？

言葉にしなくても、悠馬の疑問を察したらしく、陣内が自嘲したような笑みを浮かべてから話を続ける。

「ある事件があってね。そのとき、おじさんはとても心を痛めたんだ。それで、もう警察にはいられないと感じて、辞めることにしたんだ」

「じ、事件？」

てっきり病室に来た理由を説明するのかと思っていたのだが、唐突《とうとつ》に始まった身の上話に悠馬の方が戸惑ってしまう。

「そう。おじさんのせいで、人が死んでしまったんだ。それが耐えられなくてね……」

そこまで言ったあと、陣内はふっと顔を上げた。

悠馬にはそれが、零《こぼ》れそうになった涙を、堪《こら》えているように見えた。

「た、耐えられなくなったから、辞めるんですか?」

赤の他人に等しい存在のはずなのに、陣内が抱えた思いが、どういったものなのかが気になった。

「そうだな。そのつもりだった」

陣内は、悠馬の肩から手を離し、すっと立ち上がると自動販売機の前まで歩いていく。

「何か飲むかい?」

「え?」

「少し冷えてきた。温かいお茶でいいかな?」

陣内の問いに、どう答えていいのか分からず、黙って立っていると、それを同意と受け取ったらしく、ポケットから小銭入れを取り出し、ペットボトルの温かいお茶を二本買い、一本を悠馬に差し出してきた。

「あ、ありがとうございます」

悠馬は、礼を言ってそれを受け取った。

興奮していたせいで分からなかったが、自分の身体がだいぶ冷えていたのだと、ペットボトルに触れて気付かされた。

妙な感覚だった。ついさっきまで、陣内から逃げようとしていたのに、今はこの人がなぜ警察を辞めようとしているのか、それが気になった。

逃げるのは、それを知ってからでも遅くない──そんな風に感じてもいた。

陣内は、悠馬が今は逃げないと分かっているのか、近くの縁石《えんせき》に腰を下ろし、両手で握ったペットボトルをじっと見つめた。

長い沈黙のあと、陣内は再び身の上話を語り始めた。

「いつから間違えたのか、自分でもよく分からない。ただ、気付いたときには、全てが手遅れになっていたんだ。いや、違うな。本当は、気付いていたんだ。それなのに、おれは気付かないふりをしてしまったんだ」

陣内の持っているペットボトルが、ボコッと変形した。

自然と手に力が入ったのだろう。

「ど、どうして？」

悠馬が問うと、陣内はゆっくりと顔を向けた。

思わずぎょっとなった。その目は、とても生きているとは思えないほど、暗く濁っていたからだ。

「そのときは、仕事が忙しかった。だから、あとで話を聞こう。そんな風に思っていた。でも……」

陣内が力なく首を振る。

「い、忙しかったなら、仕方のないことでしょ」

そんなにも自分を責めて、追い込む必要はない。

大人だからとか、子どもだからとか関係なく、誰だってどうしようもない瞬間というのはあるはずだ。

「君は、優しいんだな」

陣内が微《かす》かに笑った。

「そ、そんなことは……」

優しいとか、優しくないとか、そういうこととは少し違う気がする。

「本当は、仕方なくなかったんだ」

陣内が目頭《めがしら》を揉むようにしながら俯《うつむ》く。

「どういうことですか？」

「仕事が忙しかったのは事実だ。だけど、そうじゃなかったら話を聞いていたのか——と問われると、何とも言えない。きっと、時間があったとしても、ちゃんと話を聞かなかったと思う」

「どうしてですか？」

「大したことじゃないって、決めつけていたんだ。今、話を聞かなかったからといって、死ぬようなことはない。そうやって、ただ問題を先延ばしにしていた。いや、それも違うな。きっと、正面から向き合うことが怖かったんだ」

「怖い？」

陣内のような大人が、何かを怖がっているというのは意外だった。

何より、あまりに無防備な陣内の姿に戸惑った。

「ああ。ただ、もっとも罪深いのは、仮に話を聞いていたとしても、結局、何もしなかっただろうということだ」

「どうして、何もしなかったと思うの？」

訊ねながら、悠馬は陣内に歩み寄っていた。

その気配を察したのか、陣内は再び顔を上げると、目を細めて笑った。だが、そこに浮かぶ感情は、深い悲しみだった。

「事態の深刻さを理解していなかった。まさか、死ぬようなことはないだろうと、決めつけていたんだ。愚かにも……」

陣内が話したのは、心の流れだけで、具体的に何があったのか、悠馬には分からなかった。

ただ、それでも、陣内が同じ過《あやま》ちを繰り返さない為にも、悠馬の話に耳を傾けようとしていることは、伝わってきた。

きっと、悠馬が何も話さずこの場を去った場合、陣内は再び大きな後悔に苛《さいな》まれることになるのだろう。

それは、悠馬の責任でもあるような気がした。

「つまらない話を聞かせてしまったね」

陣内は、申し訳なさそうに頭を掻きながら、気持ちを切り替えるように、すっと立ち上がった。

悠馬は、ただ首を振る。

今の話は、面白いとか、つまらないとか、そういう内容のものではない。陣内は、悠馬のように自分の周りに城壁を張ることなく、ありのままの姿を見せたのだ。

傷付くことを承知で――。

いや、むしろ、傷付けられることを望み、挑発しているようにさえみえる。

「ぼ、ぼくは……」

「もし良かったら、君の話を聞かせてくれないか？」

陣内が、真っ直ぐに悠馬の目を見つめた。

5

涼音は、介護施設を出たあと、どうしても真っ直ぐ帰る気にはなれなかった。

どっと疲れが押し寄せ、気分が暗くなっている。

母が、過去を取り戻したときは、いつもこうだ。

一時的なものだと分かっているのに、もしかしたら――という希望をどうしても抱いてしまう。

希望は、とても残酷だと思う。

いっそ何も思い出さず、自分のことなど認知しなければ、どれだけ気持ちが楽だろう。

中途半端に希望を抱くから心が荒《すさ》む。

やがて、涼音が辿り着いたのは、住宅街の一角だった。

同じ面積で区切られ、同じ色の壁と屋根で造られた家が建ち並んでいる。全てが、同じでなければ仲間ではない――そう言われているような気さえしてしまう。

小学生の頃は、涼音はこの一角にある家に住んでいた。

ここに住んでいたときは、皆に平等に平和と幸せが割り振られているものだと思い込んでいた。

自分たちが、その輪から外れることになるとは、思ってもみなかった。

そのまま路地を進み、かつて自分が住んでいた家の前まで足を運んでみようかと思ったが、最初の一歩が踏み出せなかった。

今になって、こんなところに来ても、何の意味もないことを悟った。

涼音たちが住んでいた家は、誰かに売られていて、その別の誰かが、平和と幸せを満《まん》喫《きつ》しているはずだ。

足を運んだところで、その現実を突きつけられるだけだ。

希望を持つことは残酷だ――などと思いながら、結局、涼音はその希望にすがろうとしている。

――やっぱり帰ろう。

振り返り歩き始める。同年代と思われる少女が、向こうから歩いて来た。もしかしたら、知っている女の子かもしれない。

涼音は、顔を合わせないように、足許に視線を落とす。

すれ違ったが、気付かれることはなかったようだ。そのまま、歩き去ろうとすると、

「涼音ちゃん！」と声がした。

反射的に振り返りそうになるのを、ぐっと堪える。

ここで反応してしまうのは、認めているのと同じだ。涼音は、まるで気付かなかったふりをして、そのまま歩みを進める。

「ねぇ！　涼音ちゃんでしょ！」

後ろから声が追いかけてくる。

突き刺さるような響きをもったその声に、涼音は聞き覚えがあった。向かいの家に住んでいたノンちゃんだ。

幼なじみで、小学校の頃は手をつないで学校に通った。

親友と呼んでいい存在だった。

だが――。

母の病気のことで、涼音が学校でからかわれるようになったのを機に、彼女は涼音に声をかけなくなった。

あからさまに無視はしなかった。こちらが声をかければ、必ず笑顔で応じてくれたが、会話は長続きしなかった。

以前は、遊びに誘えば、すぐに応じてくれたのに、「予定があるから」と断られるようになった。

どんどん距離が離れていき、気付けばずいぶん遠い存在になっていた。

一緒に手をつないで歩いたのが、幻だったのでは――と思えるほど、ノンちゃんとの間は遠かった。

目に見えない壁を張り巡らせ、ここから先は入ってくるなと言われた気がした。

そのことは、涼音にとって苛めより、はるかに辛かった。

「涼音ちゃんでしょ。ねえ。そうだよね」

無視しているというのに、ノンちゃんはずっとあとをついてくる。

だが、やはり距離がある。

確かめたいなら、隣に立つなり、前に回り込むなりして顔を確認すればいいのに、絶対にそれはしない。

あのとき、張り巡らせた壁が、まだ残っているのかもしれない。

「涼音ちゃん。私だよ。のぞみ」

涼音が足を止めると、ノンちゃんも止まった。

決して横には並ばない。斜め後ろから、探るような視線を向けてきているのを肌で感じる。

「私は、あなたのこと知らないから――」

涼音は、前を向いたまま言うと、再び歩き出した。

絡《から》みつくような視線は感じたものの、ノンちゃんは、もう追いかけてくることはなかった。

歩きながら、ふと視線を上げると、遠くにかつて通っていた学校が見えた。

――あそこは。

行けば、さっきの住宅街と同じで、嫌な思いをするだけだと分かっている。それなのに、逆らうことのできない引力に引かれた。

どこをどう歩いたのかは、自分でも分からないが、気付いたときには、学校の前の道に立っていた。

壁が黒ずんで見えるのは、暗くなったからではないだろう。元々は白かった壁が、年月を重ね、排ガスや埃《ほこり》を纏《まと》って変色したのだ。

つい最近、こうなったのではなく、涼音がいた頃から、この状態だった。

校門を乗り越え、校舎に向かって歩みを進める。

聳《そび》え立つ校舎は、まるで巨大な壁のように見えた。夜ということもあり、その存在感が際立っているような気がする。

——こんなところに立っていても、何も変わらない。

小さく首を振ったところで、スマホにメッセージが届いた。恵美たちが、またしつこく嫌がらせでもしてきたのだろうと思ったのだが、送信者は別の女子だった。

6

玄関の外で電話を終えた陣内は、ふうっと長いため息を吐《つ》き、気持ちを切り替えてから自分の家に入った。

部屋の中央には、膝を抱えるようにして悠馬が座っている。

悠馬は、いかにも不安そうな顔を陣内に向けてくる。電話の内容が、気になっているのだろう。

「心配しなくても大丈夫。上手く説明しておいたから」

陣内は、努めて笑みを作った。

さっきまで陣内がスマホで話をしていたのは、悠馬の母親だ。

半ばパニックに陥る悠馬の母親を宥《なだ》めるのには、かなり苦労した。最初は、誘拐犯と勘違いされ、警察に通報されそうにもなった。

何とか落ち着かせ、藤田にも協力してもらい、陣内が警察官であることを認めさせた。休職中であることは、敢えて伏せておいた。

昼間に病院で顔を合わせていたことが幸いした。

問題は、そこからだった。すぐに迎えに来るという悠馬の母に、しばらく陣内が悠馬を預かる旨を伝えなければならなかった。

本当の理由は話せなかった。悠馬が、それを拒絶したのだ。

母を心配させたくない――という悠馬の意思を尊重し、何とか適当な嘘を吐き、説得にかかったが、なかなか上手くいかなかった。

それは当然だ。

何せ、悠馬は家出をしたあとに、交通事故に遭っているのだ。同じことが起きるかもしれないと不安になるのは自然なことだ。

それでも、何とか悠馬の母を言いくるめ、こうして部屋に戻ったというわけだ。

「ご、ご迷惑をおかけして、す、すみません」

悠馬が頭を下げて詫びた。

「いや。いいんだ。それより、これからのことを話そう」

陣内は、悠馬の前に座るとそう口にした。

「は、はい」

悠馬が、顎を引いて頷《うなず》く。

これからのこと――とは言ったものの、事態はそう単純ではない。悠馬の話を信じるなら、暁斗という少年が、拉致されているのだ。

休職中とはいえ、現職の警察官が、その事実を知りながら報告を怠《おこた》ったとなれば、相応の処分を受けることになるだろう。

と、そこまで考えたところで、思わず笑ってしまった。

「な、何がおかしいんですか?」

悠馬に言われて、慌てて「すまない」と笑みを引っ込める。

別に悠馬のことを笑ったわけではない。警察を辞めるつもりでいるにもかかわらず、そこでの処分の内容を気にしている自分が、あまりに滑稽《こっけい》だった。

「何でもない。それより、さっきも言った通り、どうやって暁斗君を救い出すかを考えよう」

陣内の提案に、悠馬は戸惑った様子を見せつつも頷いた。

「たぶん、奴らの狙いは、パソコンの中のデータなんです。だから、暁斗君を人質にとった」

「それは、いったい何のデータなんだ?」

「まだ、分かりません。奴らから、連絡があるまでに、そのデータの正体を突きとめないと」

自動車整備工場の前にいたときに比べて、悠馬は饒舌《じょうぜつ》になっている。おそらく、陣内のことを味方だと認識してくれたのだろう。

そのことに、陣内は充足感を覚えた。

かつては、気付きながら、何もしようとはしなかった。そして、最悪の結果を招くことになった。

陣内は、悠馬の話に耳を傾けることで、あのときの過ちを取り返そうとしているのかもしれない。

それが、ただの自己満足だということは分かっている。それでも——。

「正体を突きとめることはできそう？」

陣内が訊ねると、悠馬が複雑な顔をした。

「分かりません。でも、やるしかないんです」

「そうだな。この部屋は、自由に使っていい。君は、存分にデータの解析をするといい」

「ありがとうございます」

悠馬が、丁寧に頭を下げた。

「礼を言うのは、全てが終わってからにしよう。とにかく、その間に、こっちは暁斗君を拉致した連中が、何者なのかを突きとめることにする」

陣内が口にした瞬間、悠馬の表情が曇った。

「で、でもそれだと……」

警察が動くことで、暁斗の身に危険が迫ることを危惧しているのだろう。

「おじさん一人で調べる。だから、警察が大々的に捜査をすることはない。その男たちも、君が警察に通報したとは気付かないはずだ」

陣内が諭《さと》すように言うと、悠馬の表情が幾分《いくぶん》柔らかくなった。

一方の陣内は、苦笑いを浮かべた。こんなことが知れたら、それこそ懲戒免職だ――またしても、辞めようとしていた組織への執着が生まれたことに驚いた。

そんな自分に、嫌気が差したところで、ぐるっとお腹の鳴る音がした。

悠馬が、お腹を抱えるようにして俯いている。

「何か食べようか」

陣内の提案に、悠馬が「でも……」と渋る。

「今さら遠慮しても仕方ないだろ。腹が減っては戦《いくさ》はできぬ――って言うだろ。まあ、カップラーメンくらいしかないけど」

陣内が立ち上がると、悠馬は「すみません」と詫《わ》びた。

何をそんなに謝ることがあるのだろう？　と疑問に思ったが、同時に、悠馬がこれまでどんな暮らしをしてきたのかを悟る。

この子は、たくさんの理不尽に晒され、自分の感情を殺しながら生きてきたのだろう。

だから、周囲の顔色を窺《うかが》い、何かあればすぐに謝ってしまう。自分は、何一つ悪くないのに——。

「よし。まずはお湯を沸かそう」

陣内は、キッチンに向かうと、電気ケトルに水を入れ、スイッチを押した。

水が温度を上げ、ぐつぐつと音を立てるのを聞きながら、陣内の脳裏に息子の顔が浮かんだ。

最後に会ったのは、四ヶ月ほど前だった——。

ファミリーレストランで食事をしたのだが、あのとき息子は、ことあるごとに「ゴメンなさい」と詫びていた。

席に座るときも、注文を訊いたときも、ずっと俯き加減に謝っていた。

きっと、今の悠馬のような心境だったのだろう。だから、ああやって謝っていた。今さら気付いても、全てが手遅れなのだ。

自分に対する怒りが沸き上がる。できることなら、今すぐ自分の存在を消してしまいたいほどの激しい怒り。

「お湯、沸いてますよ」

悠馬に言われて、はっと我を取り戻す。

「ああ。そうだったね」

陣内は、カップラーメンを用意すると、電気ケトルのお湯を注《そそ》ぎ、割《わ》り箸《ばし》と一緒にテーブルの上に置いた。

「す、すみません」

悠馬がまた詫びる。

その声が、悲痛な響きに聞こえて、いたたまれない。

「こういうときは、すみませんじゃなくて、ありがとうだと思う」

陣内は、悠馬の顔を覗き込みながら言う。

少し戸惑った表情を見せた悠馬だったが、やがて「ありがとうございます」と言ったあとに、カップラーメンを食べ始めた。

猫舌らしく、熱がっている姿に、少し笑ってしまった。

7

すっかり乾燥してしまった目を擦《こす》り、悠馬は倒れ込むように床に大の字になった。

昨晩、カップラーメンを食べたあと少しだけ眠った。

朝早くに起き出し、ノートパソコンと向き合い、データの解析を続けているが、今に至るも、奴らがどのデータを求めているのかが分からない。

ハードディスクの中身を、くまなく調べてみたが、それらしいデータは発見できなかった。隠しファイルも見当たらない。

そうなると、何か別のデータに紛れ込ませている――ということになる。

父のパソコンにインストールされているデータのソースを表示させ、不自然な点がないか調べているのだが、今のところこれといって変わったところはない。

そもそも、百を超えるソフトのデータを全部調べる為には、膨大な時間を要する。とても、悠馬一人では手に負えない。

かといって、陣内に頼むわけにもいかない。

こういった解析は、ある程度の専門的な知識が必要になってくる。それに、陣内も暇《ひま》を持て余しているわけではない。

今、父の事件を洗い直す為に動きまわっている。そこから、奴らが何者かを割り出そうとしているのだ。

奴らの正体が分かるなら、それにこしたことはない。

わざわざ悠馬がデータの解析をするまでもなく、奴らのアジトを突きとめれば、暁斗を救い出すことができるはずだ。

「駄目だ」

悠馬は、声に出して言いながら身体を起こした。

こんな風に、他人任せにするのは、諦めたと同じだ。暁斗を救い出す為には、全力でやらなければならない。

悠馬は、再びデータを丹念に解析する作業を始めた。

並ぶ文字列を見ていると、暁斗のことが脳裏を過《よ》ぎる。学校で、誰にもバレないように、二人で暗号のやり取りをしていた。

書いてあることは、何てことない些細《ささい》なものだ。暗号も、さして難しいものではない。それでも楽しかった。

それはきっと、二人で秘密を共有していることから得られる喜びなのだろう。

ふっと表情が緩《ゆる》んだところで、スマホのメッセージアプリにメッセージが着信した。発信者名を見て、「え？」と首を傾げる。そこには、〈相川涼音〉と書かれていた。

前の席に座っている、あの少女だ。涼音には、アドレスを教えていなかった。それなのに、どうしてメッセージを送ることができたのか？

いや、それは別に大した問題じゃない。クラスメイトから、悠馬のアドレスを聞き出すことは可能だ。

それより、涼音がメッセージを送ってきた理由の方が疑問だ。

メッセージを開けば、既読が付き、悠馬が読んだことが分かってしまう。それを避ける方法もないことはないが、一時的な対策に過ぎない。

――どうしよう？

メッセージを読むべきか否か、迷った悠馬だったが、結局、涼音のメッセージの内容が気になり、開くことにした。

最初に、写真が貼り付けてあった。

悠馬が暁斗とやり取りしていた、暗号メッセージのメモを撮影したものだ。階段のところで見せてきたのとは別のものだ。

「どうして……」

思わず声が漏れた。

が、すぐにその疑問の答えに行き着いた。この前は、偶々《たまたま》拾ったと思っていたが、違ったようだ。教室の机から引っ張り出したのだろう。

ただ、さらに悠馬が驚いたのは、その次に書かれたメッセージの文章の方だった。

〈キョウ　イッショニカエロウ　暗号はこれで合ってる?〉

そう書かれていた。

悠馬は、様々な感情がない交《ま》ぜになり、みるみる口の中が干上がっていく。

暗号の解読方法は、暁斗にしか教えていなかった。それなのに、どうして涼音は文章を読み解くことができたのだろう?

暁斗から聞いていたのかもしれない。そう思ったが、すぐに打ち消した。暁斗が、他の人に暗号の解読方法を教えるはずがないのだ。

涼音が、自力で解読したのだろうか?

難しい暗号でないのは確かだが、それにしたって、涼音が単独で暗号を解読できたとは思えない。

きっと何かの偶然だろう。

悠馬が、スマホを手放そうとしたところで、また涼音からメッセージが届いた。暗号と思われる英数字の羅列。解読してみると、次のような文章になった。

〈アナタハ　アキト　ト　ナニヲ　シヨウトシテイルノ〉

どうやら、涼音は暗号を解読してしまっている。

驚きはあるが、それより涼音が、何を意図してこんなメッセージを送ってきたのかそれが分からない。

どう返信すべきなのだろう？　そもそも、返信などする必要があるのだろうか？

だが、メッセージの内容からして、涼音は何かを知っているようだ。いったい、何を知っているのか気にならないと言ったら嘘になる。

迷っている悠馬の思考を遮《さえぎ》るように、ガチャッと玄関のドアノブが回る音がした――。

8

涼音は、喫茶店の窓際の席に座り、スマホを見つめながら、悠馬からの返信を待った。

正直、悠馬が食いついてくるかどうかは微妙だった。急に、こんなメッセージを送ったりしたら、警戒するに違いない。

それでも、他に方法がなかったのも事実だ。

昨晩、クラスメイトの朱美《あけみ》からメッセージが入った。朱美は、恵美の取り巻きの一人だ。お互いに連絡先は知っているが、個人的にやり取りするような仲ではなかった。

朱美は、昨日、悠馬が交通事故に遭い、病院に収容されたことを教えてくれた。それだけでなく、警察が悠馬の病室を訪れていたことも。

さらには、悠馬がその後、病室を抜け出し、再び行方不明になっているということだった。

あまりに突飛な話に、最初は尾ヒレのついた噂話の類《たぐ》いだと思った。

そこで、朱美に誰から聞いたのか訊ねると、母親だと返ってきた。朱美の母親は、悠馬が担ぎ込まれた病院の看護師をしているらしい。

信憑性《しんぴょうせい》の高さは証明されたが、そうなると、今度は逆に分からなくなる。

悠馬に、いったい何が起きたのか？

最近、彼の様子がおかしいことは察していた。だから、時間を見つけて暗号を解いたりもした。

いや、悠馬のことを気にしていたのは、何もここ数日の話ではない。

もっと前——。

悠馬が、マサユキたちに苛めを受けるようになってから、ずっと引っかかっていた。苛めの原因は、悠馬の父親が事件を起こしたからだが、それが冤罪であったことは既に証明されている。

それでも、マサユキたちは苛めを止めなかった。

本当は、助けてやりたかった。

理不尽な苛めは、涼音も経験している。その辛さも、苦しみも分かっているはずなのに、何もできなかった。

いや、正確には何もしなかったのだ。

何か言えば、それが自分に飛び火することが分かっていたからだ。結局は、自分の身かわいさに、目を背《そむ》け、耳を塞《ふさ》いだ。

あのとき――涼音が苛められていたとき、あの人は身を挺《てい》して守ってくれたのに、自分には同じことができなかった。

それでも、今になってこうして動き出したのは、悠馬が暁斗とやり取りしているのを目にしてしまったからだ。

もう、黙っていることができなかった。

そんなときに、マサユキと恵美の恋愛のいざこざに巻き込まれた。逃げ続けたはずなのに、結局、除《の》け者にされることになった。

そうなったのは、きっと見ないようにし続けていた自分への罰なのだろう。

ただ、一つだけ不思議なのは、朱美がどうして悠馬に対する情報を、涼音に流したのか――だ。

そのことを訊ねると、朱美は〈私も、苛められてたことあるから〉と短いメッセージが返ってきた。

多くは語らなくても、それだけで充分だった。

悠馬に対する理不尽な苛めを、快く思っていなかったのは、何も涼音だけではないということだ。

もっと早く、朱美と話をすれば良かったと今になって後悔する。

人は、個人としてなら本心を話すことができるのに、どうして集団になると、体裁《ていさい》を取《と》り繕《つくろ》ってしまうのだろう。

間違っていることだと分かっていても、それを主張することができない。

改めてスマホを見る。

やはり、悠馬からメッセージは返ってこない。仕方ない。こうなることは、何となく分かっていた。

ただ、これで万策尽きた訳ではない。

涼音には、まだ手が残っている。改めて窓の外に目を向ける。単身者用のマンションが見える。

涼音は、今朝早くに、朱美からの情報の真偽を確かめる為に、悠馬の自宅に電話を入れた。

クラス委員を名乗り、悠馬のお見舞いに行きたいと申し入れた。

そうやって、悠馬の居場所を聞き出すことに成功した。何でも、事情があり、警察官の部屋に身を寄せているとのことだった。

その警察官の名を聞き、涼音は強い衝撃を受けた。

益々《ますます》、悠馬と直接話をしなければならない。そう思った。半ば盲信的《もうしんてき》ともいえる考えだが、それでも、やはり何が起きているのかを知りたかった。

涼音は、飲んでいたカフェラテのカップを返却台に戻してから店を出た。

9

悠馬は、ビクッと身体を震わせる。

ドアノブが回り、ゆっくりとドアが開いた。姿を現したのは、例の黒いスーツの男だった。

どうして、ドアチェーンや鍵をかけておかなかったのだろう。

後悔してみたものの、もう手遅れだ。

「隠れても無駄だ」

黒いスーツの男が、冷たい笑みを浮かべながら言う。

血に飢《う》えた獣《けもの》のような獰猛《どうもう》な目に、悠馬は居竦《いすく》んでしまって動けなかった。

——逃げるんだ！

悠馬は、自分に言い聞かせて恐怖を振り払い、どうにかノートパソコンを抱えて立ち上がった。

——でも、逃げるって何処《どこ》に？

玄関は、黒いスーツの男が塞いでしまっている。前みたいに、窓から逃げようにも、ここには暁斗の家のように庇《ひさし》はない。しかも、八階だ。とてもではないが、地面まで無事に降りる自信がない。

「あまり、手間をかけさせないで欲しいな」

そう言いながら、黒いスーツの男は土足で部屋に上がり込んで来た。

「く、来るな」

悠馬は、ノートパソコンを抱えたまま後退ったが、すぐ壁に行く手を阻《はば》まれてしまった。

そんな悠馬を見て、黒いスーツの男が嘲《あざけ》るように笑った。

「そのパソコンにデータが入っているんだな」

黒いスーツの男が伸ばしてきた手を、悠馬は必死で振り払った。

「抵抗するな。友だちが、どうなってもいいのか？」

その言葉にぎくりとなる。

暁斗が、人質にとられている以上、どう足掻《あが》いてもこちらが不利だ。

「あ、暁斗君は、本当に無事なんだよね？」

悠馬が問うと黒いスーツの男は、ふっと笑みを零した。

「無事を確認できれば、そのデータを渡すか？」

その問いに、悠馬は頷いて答えた。

あれ以降、暁斗とは顔を合わせていない。本当に無事なのか、どうしてもそれを確かめたかった。

黒いスーツの男は、スマホを取り出すと、何処かに電話をかけ始めた。

電話の相手と何事かを話したあと、悠馬にスマホを差し出してきた。

〈悠馬君。そこにいるの？〉

聞こえてきたのは、紛れもなく暁斗の声だった。

スピーカーフォンの設定になっているらしい。

「暁斗君！　無事なんだね！」

悠馬は、すがるようにして叫んだ。

良かった。本当に良かった。暁斗が拉致されてから、一日しか経っていないのに、ずいぶんと長い間、離ればなれになっていたように感じる。

〈悠馬君。早く逃げて。こいつら、データを手に入れたら、ぼくと悠馬君を口封じの為に、殺すつもりなんだ。だから……〉

黒いスーツの男が電話を切り、強制的に会話を終了させたのだ。

舌打ちをして、苦々しい顔をしている黒いスーツの男を見て、暁斗の言っていたことが、本当なのだと悟る。

データを渡したら最後、悠馬も暁斗も殺される。

ということは、何としても、このデータは死守しなければならない。でも、どうやって——。

窓からは逃げられないし、八方塞《はっぽうふさ》がりだ。

「足掻いても無駄だ。さっさとデータを渡せ」

黒いスーツの男の目が赤く光る。漆黒の鎧を纏ったその姿は、圧倒的な存在感を放っている。悠馬は、ノートパソコンを抱えて座り込むことしかできなかった。

もう駄目だ——そう思ったとき、スマホが鳴った。

悠馬ではなく、黒いスーツの男のスマホだ。

黒いスーツの男は、うんざりしたようにため息を吐きつ《つ》つ、悠馬に背中を向けて電話に出た。

——チャンスだ。

悠馬は、その隙を突いて、一気に駆け出した。

黒いスーツの男が、慌てて取り押さえようとするが、寸前のところでそれをかわす。勢い余ったのか、黒いスーツの男は、バタンッと大きな音を立てながら壁にぶつかり、そのまま床に倒れ込んだ。

悠馬は、裸足のまま玄関のドアを開け、走り出した。

必死に廊下を走り、エレベーターのボタンに取りつく。黒いスーツの男が、乗って来たからだろう。幸いにしてエレベーターは八階のフロアに停まっていて、すぐに扉が開く。

中に飛び込んだ悠馬は、一階を押したあと、閉のボタンを押す。

ゆっくりと扉が閉まっていく。

その間に、部屋の中から黒いスーツの男が出て来た。すぐにエレベーターにいる悠馬を見つけ、もの凄《すご》い勢いで走って来る。

今さら、階段に切り替える訳にもいかない。悠馬は、黒いスーツの男が到着する前に、扉が閉まってくれることを祈るしかなかった。

間一髪のところで扉が閉まる。

悠馬は、下降するエレベーターの中で、黒いスーツの男が悔しそうに扉を叩いている音を聞いた。

へなへなっとその場に座り込んでしまいそうになったが、すぐに気持ちを切り替えた。

これで諦めるとは、到底思えない。

おそらく黒いスーツの男は、階段を駆け下りて、追って来るはずだ。悠馬は、エレベーターが一階に到着して、扉が開くのと同時に駆け出した。

そのまま、マンションのエントランスを抜けようとしたところで、急に誰かが目の前に立った。

思わず足を止める。

そこにいたのは、涼音だった。

「どうしてメッセージに答えてくれないの？　私は、あなたに訊きたいことがあるの」

涼音が、じっと悠馬を見つめながら言う。

どうして彼女が、ここにいるのか？　疑問はあったが、それに構っている余裕はなかった。

「奴らが。早く逃げなきゃ」

慌てて言ったものの、涼音は眉《まゆ》を顰《ひそ》めるだけで、動こうとはしなかった。

彼女は、事情を知らない。こういう反応になるのも仕方ない。悠馬は、涼音の脇を抜けて走り出そうとしたが、彼女に腕を摑まれた。

「逃げるって、何から逃げてるの？　あなたは……」

「待て！」

涼音の言葉を遮るように声がした。

振り返ると、黒いスーツの男が、もうエントランスまで来ていた。ただ、幸いにして、階段を駆け下りたことで体力を消耗しているらしく、足を止めて肩で大きく息をしている。

悠馬は、走り出そうとしたが、尚《なお》も涼音が腕を掴んでいる。

「離して！」

悠馬は、強引に涼音の手を振り払った。

ようやく走り出せると思ったところで、黒いスーツの男の声が響いた。

「一人で逃げるのか？　暁斗のときみたいに、その女を置いて自分だけ逃げるのか？」

別に暁斗のときは逃げたわけじゃない。

だが、そんなことより、今の言葉で、黒いスーツの男が涼音も悠馬の仲間だと思っているらしいことが厄介だった。

こうなると、涼音をここに残して行くわけにはいかない。

彼女まで巻き込まれることになる。

「走って！」

悠馬は、そう叫ぶと今度は自分から涼音の腕を掴み、走り出した——。

Bunshun
Bunko

文藝春秋

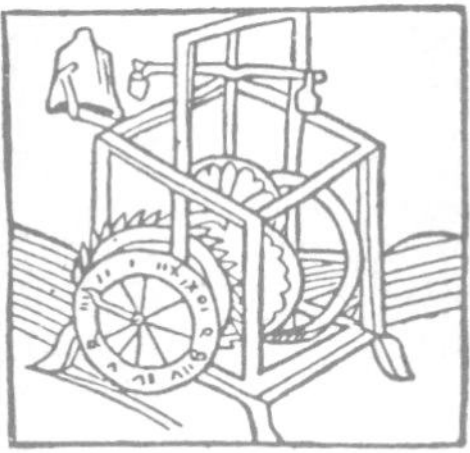

文春文庫

四章　裏切り

1

「あれは、仕方のないことだったんですよ」

会議室の椅子《いす》に座った中村《なかむら》が、むくれたような調子で言った。

サイバー犯罪対策班の捜査官で、雄太の事件に携《たずさ》わっていた人物でもある。藤田の根回しで、こうして顔を合わせる機会を設《もう》けてもらった。

「しかし、防ぎようはあったんじゃありませんか？」

陣内が口を挟むと、中村の表情が、より一層険しいものになった。

今さら、過去の汚点ともいえる事件を、休職中の刑事があれこれ探っているのだ。不愉快に思うのは当然だろう。

「何ですか？　あのときの失態を、あげつらう為《ため》にわざわざ呼んだんですか？　いいご身分ですね」

棘《とげ》だらけの言い方に腹は立つが、中村の言う通り、責任論を蒸し返す為に呼んだわけではない。

「そういうわけではありません。ただ、幾つか確認したいことがあったんです」

「何です？」

「継続捜査は、今も行われているんですよね？」

陣内が訊《たず》ねると、中村は顎《あご》を引いて頷《うなず》いた。

「そりゃ、やってますけどね。ただ、ネット犯罪ってのは、次々と新たな手口が生まれて、鼬《いたち》ごっこになるんです。おまけに、オリンピックに向けてのサイバーテロ対策なんかもありますからね」

先日、サイバーセキュリティ担当大臣が、失言により辞任したばかりだ。

そのせいで、サイバーテロ対策が遅れているという話を、新聞か何かで目にしたような気がする。

「ほとんど、手が回っていないってことですか？」

「ええ。海外なんかは、ホワイトハッカーを雇って、対策をしているらしいですけどね」

――ホワイトハッカー？

初めて耳にする名称だ。そもそも、ハッカーに白も黒もあるのだろうか？

「そのホワイトハッカーというのは何です？」

陣内の問いに、中村が嘲《あざけ》るような笑みを浮かべた。

「ハッカーっていうと、イコール犯罪者って見方をされがちですが、そうじゃないんです。そもそも、ハッカーというのは、一般の人より電気回路やインターネットに関する知識を有している人の総称なんです」

「そうなんですか」

「マスコミなんかが変なイメージを定着させてしまいましたからね。最近は、そういうのを嫌って、悪徳ハッカーのことをクラッカーと言って使い分けたりしています」

なるほど——と納得する。

陣内自身、ハッカーというだけで、犯罪者というイメージを持っていた。

「そうだったんですね」

「それに、ハッキング犯罪と一口に言っても、その手口は色々です。警察だけでは、到底対応できません。最近、ようやく対策に乗り出して、検挙率は上がりましたが三〇％程度なんです。つまり七〇％が野放しです。だから海外では、ハッキング対策や、ハッカーの追跡なんかをやる、カウンターハッカーとして民間人を業務委託的に雇って対策を講じるというわけです」

「効率的な方法ですね」

「日本でも、それに倣《なら》って、ホワイトハッカーを雇おうって動きはありますけど、今のところ実現はしていませんね」

「どうしてですか？」

「一つは、さっきの陣内さんみたいに、ハッカーというだけで、犯罪者というイメージを持つ人が多いんですよ。上の連中なんて特にそうです。犯罪者を雇うのか——とか言って激怒する始末です」

「イメージを変えるのは、並大抵のことではありませんしね」

「ええ。ただ、中にはそうしたイメージを変える為に、個人的に動いている連中がいるみたいですよ」

「個人的に？」

「過去のハッキング犯罪を、追い詰めている連中です」

「そんな人たちが、本当にいるんですか？」

「いますよ。確か例の事件のときも、独自に犯人を追っているハッカーがいた気がします」

中村は、手許《てもと》にあるパソコンを操作し、ホームページの画像を表示させた。

そのホームページには、過去に起きたハッキング犯罪の内容を纏《まと》め、その経緯などが紹介されていた。

「これを、個人がやっているんですか？」

「はい」

「何の為に？」

「本人たちは、正義感だと言っていますが、まあ、実際はどうでしょうね。ただの目立ちたがり屋な気はします」

陣内は、改めてホームページに目を向けた。

ただの目立ちたがり屋が、ここまでするだろうか？　というのが陣内の率直な感想だった。

「で、例の事件の話ですよね？」

中村が、改まった口調で訊ねてくる。

思わぬところで、話が逸《そ》れてしまった。

「はい。これは、中村さんの個人的な意見で構わないのですが、例の事件の犯人は、どんな人物だと思いますか？」

「犯人像か——考えたことなかったな」

中村が腕組みをして唸《うな》る。

「考えたことない？」

事件捜査においては、真っ先に犯人像をイメージするものだ。それを考えていないというのが、どうにも腑に落ちなかった。

「ええ。通常の犯罪だと、プロファイリングみたいなもので、現場の状況から犯人像を絞り込んでいくものかもしれませんけど、ネット犯罪に関しては、それは当て嵌《は》まらないんです」

「手口の特徴とかは、あるんじゃないんですか？」

「もちろん、ありますよ。手口から犯人を絞り込んでいくことはありますからね。でも、犯人像とは結びつかないんですよ。それこそ、この手の犯罪は、パソコンさえあれば中学生だってできます。ハッキングってのは技術や知識ですから、そこにあまり個人は反映されません」

中村が、おどけたように軽く肩を上下させた。

言わんとしていることは、何となく理解できる。パソコンさえあれば、何処《どこ》にいてもできるのがハッキング犯罪だ。それなりに知識レベルの高い人間であることは確かだが、それ以上については、正直判断が難しいだろう。

「そうですか」

「ただ、ちょっと引っかかることはあります」

中村が、メガネを押し上げるような仕草をする。

「何です？」

「犯人は、他人のパソコンを遠隔操作して、会社のネットバンキングのシステムに侵入して、お金を動かしたわけです」

「ええ」

「ただ、これがおかしいんです」

「どうおかしいんですか？」

「お金が欲しいから動かしたわけでしょ。そのはずなのに、動かした場所が、雄太の口座なんですよね。それじゃ、あとから回収できないじゃないですか」

――確かに。

陣内は思わず手を打った。

中村の言う通りだ。金は、悠馬の父親の口座に移されていた。だからこそ、警察は捜査令状を取って家宅捜索を実施したのだ。

「何か別の目的があったということですか？」

陣内が問うと、中村は小さく顎を引いて頷いた。

「私は、そう思ってます。でも、別の目的ってのが、何かが分からないんですよ」

そこは、大きな問題だ。

ただ、犯人が金ではなく、別の目的があったとするなら、陣内にも思うところがある。

「例えば、個人的な恨《うら》みがあって、相手を嵌《は》める為に――ということは考えられませんか？」

昨晩、悠馬の話を聞いていて思いついたことだ。

だとすれば、彼が追われている理由も頷ける。それだけでなく、そいつらの正体に近付くこともできるかもしれない。

「捜査一課の刑事っぽい答えですね」

中村が小さく笑った。

「違うと思いますか？」

「いえ。あり得ると思いますよ」

さっきまでとはうって変わって、中村の目は鋭いものになっていた。

2

「ちょっと。いい加減、放してよ」

涼音が、強引に悠馬の手を振り解《ふほど》いて足を止めた。

振り返ると、黒いスーツの男の姿は見えなかった。上手《うま》く、撒《ま》くことができたようだ。何処をどう走ったのかは自分でも定かではないが、気付けば、通っている中学校の近くまで来ていた。

人通りも多いし、奴らもそうそう手は出せないだろう。

ほっとしたのも束の間、涼音がドンッと肩にパンチをしてきた。

「何のつもりなの？」

涼音は怒りに満ちた目で、悠馬をきっと睨《にら》んでくる。訳《わけ》も分からず、引っ張って連れて来てしまったのだ。そうなるのは仕方ない。

ただ、あの場合、他に手がなかった。涼音まで黒いスーツの男に拉致《らち》されていた可能性があったのだ。

事情を説明しようと口を開きかけた悠馬だったが、はっと息を呑んだ。

下手《へた》に話をすれば、涼音はもう部外者ではいられない。奴らに追われることになる。知らない方が、涼音の為でもある。

「ご、ごめんなさい。い、言えません」

悠馬は、涼音の視線から逃げるように俯《うつむ》いた。

これみよがしの涼音のため息が聞こえた。納得できないのは当然だ。悠馬が同じ立場だったとしても、そうだろう。

とはいえ、やはり涼音に説明するわけにはいかない。

今は、この重苦しい空気から逃げるしかない。悠馬は、もう一度、「ごめんなさい」と謝ると同時に、脇目も振らずに駆け出した。

少なくとも、奴らが何者かが分かるまでは、逃げ続けなければならない。

――でも、どこに逃げればいいんだろう。

陣内と合流するにしても、その間、身を隠せる場所を探さなければならない。悠馬の足は、自然と学校に向けられた。

他に行く場所がないというのもあるが、校舎の中に入ってしまえば、他の生徒に紛《まぎ》れることができる。隠れる場所として最適な気がした。

悠馬は校門を潜《くぐ》り、そのまま校舎の中に駆け込んだ。

授業は終わり、放課後の時間帯ということもあって、校舎の中は閑散としていた。

そう言えば、校門前で奴らに出くわしてから、学校は休んだままだった。ほんの数日なのに、ずいぶんと長いこと遠ざかっていたような気がする。

この校舎の中に、いい想い出なんてない。苦しくて、辛《つら》くて、嫌なことばかりだった――。

いや、そうではない。

少なくとも、暁斗と過ごした教室、それに初めて出会った体育倉庫は、悠馬にとって忘れがたい場所だった。

「こんなこと、考えちゃ駄目だ」

悠馬は、声に出して言うことで、自分の中の考えを打ち消した。

過去形なんかにしたら、それこそ、もう二度と暁斗が戻って来なくなってしまう気がした。

わずかな時間だが、スマホを通じて聞こえてきた暁斗の声は力強かった。

きっと、今も悠馬を信じて待っているに違いない。その思いを裏切るわけにはいかない。

気付けば、悠馬の足は自然に体育倉庫へ向かっていた。

あそこなら、奴らの追撃をかわすのにちょうどいい。あの場所に閉じ籠《こ》もっていれば、奴らも簡単には入ってこられない。

陣内に連絡を取って、あの場所で合流すればいい。

体育館に入ると、バスケット部とバレー部が、ネットやボールの片付けをしていた。

悠馬は、目立たないように体育館の端を通り、体育倉庫に向かう。

中に入ろうとしたところで、がっと強く肩を摑まれた。反射的に振り返ると、そこにはマサユキたちがいた。

——しまった。

よくよく考えれば分かることだった。マサユキたちは、バスケット部でもバレー部でもないが、この辺りを溜《た》まり場にしている。

自分の浅はかさに腹が立ったものの、もう手遅れだ。

「お前さ。家出したらしいな。何で、こんなとこにいるわけ？」

いつもは嘲《あざけ》りと蔑《さげす》みに満ちた視線なのだが、今日はそれとは少し違った。どういうわけか、明確な怒りの感情が見える。

「い、いや、その……」

この状況を乗り切る為の方便《ほうべん》が、何一つ思い浮かばなかった。

「ってかさ。お前、さっき涼音ちゃんと一緒にいただろ？」

——見られていたのか。

そう思うのと同時に、マサユキが抱いている怒りの正体に気付いた。きっとマサユキは、涼音に思いを寄せているのだろう。

それなのに、悠馬は涼音と一緒にいた。そのことが、気に入らないのだ。

「い、いや、あれは……」

「どういうつもり？　お前なんかが、彼女と一緒にいていいわけねぇだろ」

マサユキが、悠馬の太腿《ふともも》を蹴った。

「……………」

「だいたい、お前はむかつくんだよ。いつも、訳の分かんねぇことばっか言いやがって」

今度は、マサユキが悠馬の髪を無造作に摑んで、ぐっと引き上げる。

ブチブチッと音をたてて何本か髪の毛が抜けた。

痛みはあったし、悔しさも感じたが、いつもとは少し違っている気がした。それはきっと、暁斗のことがあるからだ。

正直、マサユキたちと関わっている時間などない。暁斗を助けなければならないのだ。

「は、放してよ！」

悠馬は、強引にマサユキの腕を振り払った。

また、髪の毛が抜けたが、そんなものはどうでも良かった。

突然の悠馬の反抗に驚いたのか、マサユキが目を丸くして、呆然《ぼうぜん》とした表情を浮かべていた。

が、それはすぐに怒りに呑み込まれる。

「てめぇ。どういうつもりだ」

マサユキが、低く唸るような声を発した。

顔が赤く変色し、身体《からだ》がメキメキと音を立てながら隆起していく。どうやら、またビーストを使ったらしい。

だが、悠馬に恐れはなかった。友だちを想う強い気持ちがあれば、たとえどんな強大な敵であろうと闘える。

腹の底から、勇気が湧いてくる。

今は武器を持っていないが、それでもやりようはある。いくらビーストを使って力が増したといっても、当たらなければ意味がない。全ての攻撃をかわし、渾身《こんしん》の一撃をお見舞いすれば——。

悠馬の思考を断ち切るように、腹に強烈な痛みが走った。

うっと短い呻《うめ》きを上げ、悠馬は跪《ひざまず》いた。

空想の中では、悠馬は歴戦の勇者だが、現実にそれは持ち込めない。腹にまともに蹴りを食らったらしい。

息が詰まり、額《ひたい》から冷たい汗が流れ出す。

「マジで気持ち悪《わり》い奴だな」

マサユキが、悠馬を睨《ね》め付ける。

このまま、止《とど》めを刺すつもりだろう。抵抗したいが、身体が動かない。逃げることもままならない。

マサユキが大きく拳《こぶし》を振り上げた。

駄目だ。やられる――身を固くした悠馬だったが、なぜかマサユキの身体がぴたりと止まった。

「あんたたち、何してんの？」

痛みで視界がぼやけているが、それでも歩み寄ってくる涼音の姿が見えた。

「何って、ちょっと遊んでただけだよ」

マサユキの顔から怒りの表情が消失し、へらへらと緊張感のない笑みに切り替わる。

「へぇ。今のが遊びなんだ」

「もちろんだよ。な、悠馬」

マサユキが同意するように促《うなが》してきたが、そもそも声が出なかった。

「今の、スマホで動画を撮影してあるんだけど、遊びかどうか先生に判断してもらおうよ。もうすぐここに来るから」

「動画で撮影って……」

「さっさとここを出て行けば、今回は黙っていてあげてもいいけど」

涼音が告げると、マサユキたちはお互いに何事かを喋《しゃべ》ったあとに、ふて腐《くさ》れた表情になり、その場を歩き去っていった。

危機が去ったことで安堵《あんど》したのか、悠馬はその場に突っ伏すように倒れて意識を失った――。

3

「あの事件に裏があった——お前は、そう考えているのか？」

藤田が、怪訝《けげん》な表情を浮かべながら口にする。

この前と同じ喫茶店の同じ席だ。

「そうだ」

陣内は力強く頷いた。

藤田は疑いを持っているらしく、懐疑的な態度を崩そうとはしない。

ただ、それを責めるつもりはない。陣内も、悠馬と出会うまでは、その可能性を考えるどころか、興味すらなかった。

そもそも担当外なのだから、当然のことだ。

後味の悪さは残っていたものの、だからといって、どうすることもできなかった。そういう類《たぐ》いの事件だ。

だが、今は違う。

あの事件は、単に金を盗む為に、悠馬の父親のパソコンを遠隔操作したという単純な構造ではない。

　悠馬の父親は、意図的に嵌められたのだ。

「仮に、裏があったとしても、お前が扱う事件じゃないだろ」

　藤田が、呆《あき》れたような口調で言う。

　それは正論に間違いない。陣内にとって、担当外の事件だ。それどころか、休職中である陣内には、捜査権すらないのだ。

「分かってる。だが、このままにはしておけない」

「どうして?」

「あの子は——悠馬君は、たった一人で戦っているんだ。訳も分からず、苦しみながら、それでも友だちを助けたい。その一心で現実に立ち向かおうとしているんだ」

　話しながら、悠馬の顔が頭に浮かんだ。

　小柄で、まだ幼さを残した顔立ちは、同年代の少年と比べても頼りない。それでも、前に進もうと懸命に足掻いている。

　そんな姿を見て、黙って見過ごすことなんてできない。

「妙なことになっちまったな」

　藤田が苦笑いを浮かべつつ、煙草《たばこ》に火を点《つ》けた。

　この前、陣内が持っていた煙草だ。

「そうだな」

同意して頷いた。

確かに、妙なことになったとは思う。発端は、SNSの投稿だった。何があったのかを知りたくて、調べて回っていたら、思いもよらない事件を引き寄せることになってしまった。

「お前が、何かしようとしているのは、正直嬉しい。ちょっと前のお前は、見ていて危なっかしかったからな。まるで、死にたがっているみたいだった」

陣内は、肯定も否定もせず、ただ黙っていた。

藤田の言う通り、数日前の自分は酷《ひど》い有様だった。実際に、死を意識していた部分もある。

ここまで藤田が協力してくれたのも、精神を病んで自ら命を絶つくらいなら、何かしていた方がいいと考えたからだろう。

藤田という男が同僚で良かったと思う。

人は、どんな苦境にあろうと、寄り添ってくれる人がいれば、生きていくことができるものだ。

だが——。

悠馬は、自分に寄り添ってくれる友人を奪われている。やはり、彼の為にも、自分が動くべきだという決意は変わらなかった。

「何にしても、あとは担当部署に任せた方がいい。中村も、調べ直すと言っていたんだろ。もちろん、おれたちも動く。もし、その少年が言っていることが、本当なのだとしたら、これは看過《かんか》できない重大な犯罪だ。必要であれば警護も付けて、徹底的に捜査をする。だから、お前はこれ以上、首を突っ込むな」

またしても、藤田の言っていることは正しい。ど真ん中の正論だ。

あのあと中村は、もう一度、角度を変えて調べてみると言ってくれた。それを信じて任せるのが正しいことだと思う。

ネット犯罪は特殊性が高い。そもそも、応援で事件に絡んだだけの門外漢の自分が、事件を追ったところで、余計に混乱させるだけかもしれない。

それに、執拗《しつよう》な脅迫や拉致が発生しているのであれば、自分などがコソコソ動くより、警察組織として動いた方がいいし、そうするべきだ。

分かってはいる。それでも、陣内は胸の内側から溢《あふ》れ出る衝動を抑えることができないでいた。

「捜査を邪魔するつもりはない。だが、おれは、おれなりに調べてみたいんだ」

陣内の主張に、藤田は表情を歪《ゆが》めた。

「そこまで、お前が責任を感じる必要はないだろ」

藤田の言葉に戸惑《とまど》う。

確かに、責任を感じている部分はある。悠馬の父親は、警察の誤認逮捕により、犯してもいない罪を着せられることになった。

事故という判断ではあるが、悠馬の父が精神的に追い込まれ、自殺したのではないか——と誰もが思っている。

問題は、それだけではない。悠馬は、そのせいで犯罪者の息子として、苛《いじ》められるようになった。

父親を失った悲しみに暮れる暇もなく、過酷な環境での生活を余儀なくされた。

ただ、陣内が悠馬を助けたいと思うのは、単にその事件に関わった者としての責任とは違うような気がする。

「そういうことじゃない。おれは、ただ、あの子を救ってやりたいんだ。今なら、まだ間に合う」

陣内が強い口調で言うと、藤田は表情を曇らせた。

「救うってどうやって？」

「分からない。多分、おれにできることは、事件を解決することだと思う。だから——」

「あの子は、お前の息子じゃない」

藤田の口から放たれた言葉が、鋭利な刃物となって、陣内の心臓を貫いた気がした。

何か言おうとしたが、思うように言葉が出てこなかった。

ガンガンッと耳許で金属を打ち鳴らされているような音がした。光が明滅し、まともに目を開けていられない。胃が収縮して、中身がせり上がって来る。

その場に突っ伏して、嘔吐《おうと》してしまいそうになるのを、辛《かろ》うじて堪《こら》えた。

「……分かってる」

陣内は、それでも絞り出すように声を上げた。

「本当に分かってるのか？　厳しいことを言うようだが、あの子を助けたところで、お前の息子が生き返るわけじゃないんだ」

「分かってる」

陣内は、もう一度答えた。

藤田に言われるまでもなく、悠馬が自分の息子でないことは、重々承知している。確かに、重ねている部分はあったかもしれない。

だが、それでも――。

「おれは、あの子を助けてやりたいんだ」

これまで、陣内は罪の償《つぐな》い方が分からずにいた。

死んでしまった息子に、どうやって詫《わ》びればいいのか、見当もつかなかった。だから、自分を責めることしかできなかった。

だが、ようやく見つけた気がする。

勝手な思い込みであることは分かっている。それでも、自分の息子と同年代のあの子を、何としても救ってやりたいと願っている。

息子にできなかったことを、あの子にしてやりたい。

それこそ、悠馬と息子を重ねる行為なのかもしれない。頭では分かっているが、どうしても気持ちを抑えることができない。

藤田は、しばらく無言のまま煙草をくゆらしていたが、やがてため息を吐《つ》きながら灰皿で揉み消した。

「そこまで言うなら、お前の気の済むようにしろ。ただし、随時、こっちに情報を回せよ。現段階では証拠が少ないが、それでも動けるように掛け合ってみる」

藤田の言葉が身に染みた。

我《わ》が儘《まま》ともいえる陣内の行動に、付き合ってくれる友人が頼もしくもあった。

「ありがとう」

陣内は、深々と頭を下げる。

「止《よ》せよ。気持ち悪い」

藤田は煙たがるように手を振ってから席を立った。

4

目を開けると、真っ白い天井が見えた――。

――ここは何処《どこ》?

悠馬は上体を起こす。

腹にズキッと痛みが走ったが、耐えられないほどのものではない。

悠馬は、辺《あた》りを見回す。

どうやら、簡易式のベッドの上に寝ていたらしい。カーテンレールで仕切られていて、外の様子は分からない。

微《かす》かに、消毒液の匂《にお》いがする。

――また病院かな？

そう思ったとき、シャッと音がしてカーテンが開いた。咄嗟《とっさ》に身構えた悠馬だったが、そこに現れた人物を見て、ほっと胸を撫《な》で下《お》ろす。

涼音だった――。

彼女の顔を見て、朧気《おぼろげ》だった色々なことが、走馬《そうま》灯《とう》のように頭を過《よ》ぎる。

確か、体育館でマサユキたちに絡まれた。そこに、涼音がやって来て、何とか難を逃《のが》れることができたのだが、そのまま気を失ってしまったのだ。

「こ、ここは？」

悠馬が問うと、涼音が怒ったように口を尖《とが》らせる。

「保健室」

「そ、そうなんだ」

納得して、ふうっと息を吐《は》く悠馬に、つかつかと涼音が歩み寄って来た。

「あのさ。お礼を言うのが先じゃない？　ここまで運ぶの大変だったんだから」

遅ればせながら、涼音が不機嫌な理由が分かった。

助けてもらった上に、運んでもらったのだから、涼音が言うように、何よりもまず感謝をするべきだった。

「あ、ありがとう」

「まあ、保健の先生も一緒に運んだから、それほど大変じゃなかったけど」

涼音は、おどけたように言うと、ベッドの脇にある丸椅子に座った。

「め、迷惑をかけて、ご、ごめんなさい」

悠馬が詫びを入れると、涼音はずいっと身を乗り出して来た。

他人に、こんな風に近付かれたことがない。悠馬は、戸惑いつつ身体を仰《の》け反《ぞ》らせて硬直する。

「そんなことより、何があったのか、ちゃんと説明してもらうわよ」

「え？」

「え？　じゃない。あなたは、何をしようとしているの？　変な暗号でやり取りしてたり、マンションの前では、いきなり私を引っ張ったり――納得のいく説明をして」

涼音が、また怒った表情に変わった。話を聞くまで、ここを離れないという強い意志が感じられた。

成り行きとはいえ、散々振り回した上に、助けてももらったのだ。ちゃんと説明するのが筋なのだとは思う。

だけど――。

そんなことをしたら、涼音を巻き込んでしまうことになる。

「い、言えない」

悠馬は首を左右に振った。

「言いなさい」

「言えないよ！」

自分で想像していたのより、ずっと大きな声が出てしまった。

涼音が驚いたように目を丸くしているが、正直、悠馬の方が戸惑っている。大きな声を出したこともそうだが、自分の感情の方に困惑していた。

これまで、こんな風に、何かに必死になったり、自分の意志を主張することはなかった。何かを問われても、どっちつかずの反応をして、ただ俯いているだけだった。それが、今はこんなにもはっきりと、自分の意志を声に出している。

きっと、暁斗を救いたいという強い想いが、悠馬の感情に変化をもたらしているのだろう。

「誰かに聞かれるって心配ならしなくていい。私とあなたの他に、誰もいないから」

涼音が立ち上がり、カーテンを開け放った。

確かに、保健室の中は他に人の姿はなかった。だが、悠馬が説明を躊躇《ためら》うのは、そういう問題ではない。

「駄目だよ。やっぱり言えない」

「どうして?」

「どうしても――」

涼音が、苛立《いらだ》ったように腰に手を当てて深いため息を吐く。

「あなたのお父さんの事件に、関係があること?」

父の話を持ち出されて、思わず言葉に詰まった。

何か言わなければ、逆に怪しまれる。それは分かっているのだが、何を言えばいいのか思いつかなかった。

嘘《うそ》を吐くことに慣れていないからかもしれない。

「隠しても無駄。さっさと言いなさい。あなたは、暁斗君とつるんで、何を企《たくら》んでいるの?」

涼音が、ポケットから暗号の書かれた紙を取り出し、悠馬の前に突きつけた。

そうだった。涼音は、暗号を解読してしまっているのだ。もっと複雑な暗号にしておけば良かったと思いはしたが、今さらもう手遅れだ。

「な、何も……」

否定してみたが、発している自分でも嘘臭いと感じてしまった。

案《あん》の定《じょう》、涼音は納得いかないという顔をしている。

「あなたは、何から逃げてるの？　奴らって誰？」

涼音が詰め寄って来る。

逃げるときに、悠馬は「奴らが――」というようなことを口走ってしまっていた。それを聞いていた涼音からすれば、疑問を抱くのは当然のことだ。

「早く言いなさいよ」

涼音が、悠馬の肩を揺する。

「や、止めてよ！　これ以上、巻き込みたくないんだ！」

悠馬は、感情に任せて叫びながら、その手を振り払った。

「やっぱり、何か隠してるのね」

涼音が、真っ直ぐに悠馬の目を見据《みす》える。

こんなにも、力強く誰かに視線を向けられたことは、なかったかもしれない。

「ぼ、ぼくは……」

「暁斗君を助けるって言ってたけど、あれはどういう意味？」

涼音が改めて問い掛けてくる。

「え？」

「そこで寝てるとき、ずっと譫言《うわごと》みたいに言ってたの。暁斗君を助けに行かなきゃ――って」

気持ちが逸《はや》るあまり、そんなことまで口走ってしまっていたのか。

ここまで知られていては、もはやどんな言い訳も通用しない気がした。

涼音まで巻き込みたくはないが、ここで口を閉ざしたところで、彼女は自力で色々と調べてしまいそうだ。

暗号を解読してしまったように――。

それは、余計に涼音を危険に晒《さら》すことのような気がした。

5

悠馬の話を聞き終えたあと、涼音はしばらく呆然とした。

これまで、悠馬の不可解な行動について、あれこれ推測していたが、そのどれもが的《まと》外《はず》れなものだった。

悠馬の言っていることが本当だとすれば、中学生が一人でどうにかできるような問題ではない。然《しか》るべき人間――警察に任せたほうがいい。

涼音が、そのことを主張すると、悠馬は頑《かたく》なに拒否した。

警察に話せば暁斗の命が危険に晒されるというのが、その理由だった。

涼音からしてみれば、そんなものは誘拐犯の決まり文句のようなもので、実際に言ったからといって、即座に人質が殺されることはないと思う。

だが、悠馬の話では、奴らは、これまで幾度となく隠れ家を見つけ出し、襲撃してきたらしい。

そこかしこに、監視の目を光らせているということになる。

ひょっとしたら、今この瞬間も、誰かに監視されているかもしれない——そう思うと、背筋がぞっとした。

頑なに喋ることを拒絶したのも、そうした状況があったからだろう。

だが、聞いてしまった以上は、黙って見過ごすこともできない。

「これからどうするの？」

悠馬に訊ねると、彼は何かを考えるように視線を漂《ただよ》わせた。

「分からない。分からないけど、とにかく、まずは陣内さんに連絡をしないと——」

陣内は、ついさっきまで悠馬が隠れていた部屋の持ち主で、協力してくれている休職中の刑事ということだった。

「そうだ！」

悠馬が急に大きな声を出した。

「どうしたの？」

「陣内さんの部屋は、もう奴らにバレてるんだ。そのことを早く伝えないと、陣内さんまで危険な目に遭《あ》う」

悠馬は、慌てた様子でスマホを手に取り電話を始めた。

その姿を見て、涼音はふうっと息を吐く。

正直、頭が混乱しそうだ。悠馬の話を、素直に受け止められない。でも、全てが嘘かというと、そうとも思えない。

少なくとも、暁斗を助けたいという、悠馬の強い想いだけは本物のはず。

問題は、これから涼音自身がどうするか——だ。

このまま、素知らぬ顔で身を引くことが、正しいような気もする。

何事もなかったように、日常生活に戻ればいいのだ。

ただ——。

それに、どれほどの意味があるのだろう?

日常とはいえ、それは嘘に塗《まみ》れた偽《いつわ》りの世界だ。真実なんて何一つない。

いや、何よりこのまま日常生活に戻れば、あのときの後悔を再び抱えることになるかもしれない。

彼を見殺しにしたように、今度は悠馬を見殺しにする——そんなこと、できるはずもない。

「ありがとう」

悠馬の声で我に返る。

みると、悠馬がベッドから立ち上がり、涼音に向かって深々と頭を下げていた。

「別にいいよ。何もしてないし」

涼音が答えると、悠馬は首を左右に振った。

「そんなことない。マサユキたちから、助けてくれたし、話も聞いてくれたから……」

「話を聞くくらい」

「今まで、ぼくの話を聞いてくれたのは、暁斗君だけだったから――」

悠馬がわずかに目を細めた。

きっと悠馬は、これまでずっと孤独だったのだろう。苛めに耐えながら、孤独にも耐え続けていた。

誰も、悠馬のことを見ようとはせず、鬱積《うっせき》した思いを抱えながら、ただじっと耐えていた。

――似ている。

状況こそ違うが、それは自分自身に似ている気がした。

偽りだらけの世界で、何かに怯《おび》えながら、時間が過ぎるのを待っている。本当の自分を誰も見ようとしないという孤独の中で――。

「ねぇ」

立ち去ろうとした悠馬を呼び止めた。

「何？」

「これから、何処に行くつもり？」

涼音が訊ねると、悠馬の目が泳いだ。

「言えない。でも安全な場所だから大丈夫」

悠馬が笑みを浮かべた。

今になって気付いたが、いつも吃音《きつおん》だった悠馬が普通に喋《しゃべ》っている。

少しは心を開いてくれたのだろうか？

「嘘でしょ」

涼音が言うと、悠馬が「へ？」と奇妙な声を上げた。

「だから、本当は、何処に行くかなんて決まってないんでしょ？」

「それは……」

悠馬が俯いた。

正直で嘘が吐けない。さっき、似ていると思ったが、少し違う。悠馬は、涼音とは違って真っ直ぐに生きている。

ただ、現実の重みに押し潰されてしまっているだけだ。

「私の家。まだ、奴らには知られてないから、安全でしょ」

涼音の提案に、悠馬が零《こぼ》れんばかりに目を見開いた。

そういう反応になるのも分かる。なぜなら、涼音自身が自分の発した言葉に、驚いているからだ。

「駄目だよ。これ以上、巻き込むわけにはいかないよ」

「大丈夫。うち、父親はほとんど家に帰って来ないから。母親も、今は家にいないし」

母親の説明のときに、今は――と言ってしまう自分が少し嫌だった。

「そういうことじゃないよ。奴らは、きっと涼音ちゃんの家も見つける。そうなったら、大変なことになる」

悠馬が慌《あわ》てた様子で、早口に言う。

「だったら、余計に来てもらった方がいい」

「どうしてそうなるの？」

「だって、奴らはもう私の存在を知っているかもしれない。家に一人でいるより、あなたたちと一緒にいた方が安全でしょ」

多少強引ではあるが、筋は通っているはずだ。

それが証拠に、悠馬が迷ったような素振りを見せている。

「だけど……」

手を翳《かざ》して、食い下がろうとする悠馬を制した。

「私も、暁斗君を助けたいの。協力させて――」

力を込めて言うと、悠馬が押し黙った。

きっと、これが涼音の本心なのだろう。色々と考え、何だかんだ理由を付けてはいたが、結局のところ、涼音も暁斗のことを助けたいのだ。

もし、それが叶《かな》うなら――。

6

校門を出ると、シルバーのセダンが停まっていて、運転席には陣内の姿があった。悠馬の姿を認め、車から降りてきた陣内だったが、一緒にいる涼音を見て、驚いたように表情を固くした。

悠馬に代わって、涼音が自己紹介と、ここに至るまでの経緯を早口に説明した。

これまで気付かなかったが、涼音はとても賢い。悠馬なんかより、何歳も年上なのではないかと思ってしまう。

自力で暗号を解いてしまうくらいだから、当然かもしれない。

状況は理解したらしい陣内だったが、涼音の家を隠れ家にするという案には、賛同してくれなかった。

他人の家に上がり込んで、迷惑をかけるわけにはいかないし、もしものときに危険過ぎるというのがその理由だった。

「でも、他に方法があるんですか?」

喰ってかかる涼音に、陣内は諭《さと》すように別の案を提示した。

ウィークリーマンションを借り、そこを拠点にするというものだった。どうやら、悠馬から連絡を貰《もら》った段階で準備していたらしい。

「それが、一番安全ですね」

悠馬が賛同の意思を示すと、不服そうな表情を浮かべながらも、涼音はそれに従った。

話が纏まったところで、全員で車に乗り込んだ。

陣内が運転し、悠馬と涼音は後部座席に並んで座った。

「あとで、悠馬君に見て欲しいものがある」

車を走らせながら、陣内がそう口にした。

「見て欲しいもの──ですか？」

「そうだ。もしかしたら、今回の事件の謎を解く鍵になるかもしれない」

「それって……」

「君のお父さんは、インターネットのセキュリティーコンサルタントだったよね」

「はい」

「それで、君のお父さんが、ここ数年で携《たずさ》わった仕事のリストを見て欲しいんだ」

「どうしてですか？」

悠馬は首を傾《かし》げる。

なぜ、それが必要なのか、その理由が見えてこない。

「これは、あくまで推測に過ぎないんだが──」

そう前置きしてから、陣内は話し始めた。

陣内の推理は、次のようなものだった。

犯人の狙いは、金銭ではなく、警察に父の雄太を誤認逮捕させることだった可能性がある。

その推測には、悠馬も賛成だった。

そもそも、お金を父の口座に移してしまったのでは、犯人たちがその金を手に入れることはできない。

入手できない金を盗むなんて、愚《おろ》かにも程がある。

だが、父を陥《おとしい》れる為だったとすれば筋が通る。わざわざ、悠馬の父の口座にお金を移すことで、警察の疑いを向けることができるのだ。

奴らが、突如として現れた理由にも、つながる気がする。

「でも、どうして父の携わった仕事のリストが関係するんですか?」

「どうして陥れる必要があったのかが問題になる。真っ先に思いつくのは、怨恨《えんこん》の線だが、君のお父さんは、誰かに恨まれるような人ではなかった」

陣内の話に悠馬は強く同意した。

父は、穏やかで、感情を荒立てるような人ではなかった。

悠馬が悪戯《いたずら》をしたりしたときも、怒鳴りつけるのではなく、しっかりと目を見て何がいけないのかを説明してくれた。

日頃から、誰かの悪口を言ったりしているのを聞いたこともない。

何か問題が発生したときは、なぜそうなったのか、理由を突き詰めて考えるタイプの人だった。

データには全て意味がある——と悠馬に教えてくれたように、感情よりも、理論を重んじていたからかもしれない。

敵を作るような人ではなかった。

でも——。

本当にそうだろうか？　自分の意図しないところで、敵を作ってしまうことは往々にしてある。

悠馬がそうであったように——いや、違う。

自分で自分の考えを否定した。

なぜ、そう感じたのかは定かではないが、自分が苛められているのは、本当に父の事件があったからだろうか？　という疑問が湧いた。

父の事件がなかったら、自分は苛められずに済んだのだろうか？

マサユキたちと、仲良く喋っている姿を想像しようとしたが、どうしてもイメージできなかった。

もしかしたら——。

「悠馬君。聞いてるか？」

陣内に声をかけられ、はっと現実に引き戻される。

「あ、はい。聞いてます」

取《と》り繕《つくろ》うように言ってみたが、陣内は途中から悠馬が話を聞いていなかったことを、見抜いたらしかった。

ルームミラー越しに、苦笑いを浮かべるのが見えた。

「もし、君のお父さんが、誰かに恨まれていたとしたら、それは仕事関係ではないかと思ったんだ」

陣内が、改めて説明をした。

「そうですね。そうかもしれません」

その可能性は多分にある。だから、陣内は父の仕事関係のリストを、悠馬に見せようとしているということだ。

ただ、悠馬がそのリストを見たからといって、忽《たちま》ち事件が解決するというわけでもない。

「一つ訊いていいですか?」

これまで黙っていた涼音が声を上げた。

じっと前を見つめている。矛先《ほこさき》は、悠馬ではなく陣内らしい。

「どうぞ」

陣内が先を促す。

「陣内さんは、どういう理由で今回の事件を調べているんですか?」

どういうわけか、涼音の声には責めるような響きがあった。

「理由?」

「そうです」

「そうだな……警察官として、放っておけなかったから」

「本当に、それだけですか? 休職中なんですよね。普通なら、他の刑事に任せるところじゃないんですか?」

被《かぶ》せ気味に涼音が訊ねる。

口調がいつもより速い。少し興奮しているのかもしれない。

「そうかもしれない。だけど、現状では、警察が大々的に動くほどの証拠がないのも事実だ」

「でも……」

「君の方こそ、どうして関わっているんだ? 単にクラスメイトというだけではないはずだろ」

陣内が、逆に質問をぶつけると、涼音は途端に口を噤《つぐ》んだ。

狭い車内で、悠馬は疎外感《そがいかん》を覚えた。なぜか、二人だけが知っている真実がある——そんな気がしてならなかった。

7

ウィークリーマンションの部屋は、六畳一間の狭い空間だったが、家具は一通り揃っているし、仮住まいとしては充分だ。急遽《きゆうきよ》用意したにしては、上出来だと思う。

「まずは、リストを見てもらうことにしよう」

陣内がそう言って、悠馬にリストを手渡した。

悠馬は、リストを受け取ると、床に座ってじっと目を通し始める。少しでも、事件の糸口が摑めればいいのだが——。

などと考えていると、陣内は刺すような視線を感じた。

涼音だった。

彼女は、悠馬ではなく陣内を見ている。言葉にしなくても、さっきの車内での会話の続きをしたがっているのが分かる。

陣内は、敢えてその視線に気付かないふりをして、「どうだ?」などと声をかけながら悠馬の向かいに座った。

「その中にある会社のどれかと、トラブルになったといった話を、聞いたことがあるかな？」

陣内が訊ねると、悠馬は困ったように眉を顰《ひそ》めた。

「すみません。ちょっと分からないです。父さんは、家で仕事の話をする人じゃ……」

悠馬は言い淀んだ。

それはそうかもしれない。機密保持義務があるので、自分の子どもにペラペラと内情を喋るようなことはしないだろう。

陣内自身がそうだった。

捜査の情報を喋る訳にはいかず、家庭ではほとんどと言っていいほど、仕事の話はしなかった。

それが、やがて家庭に決定的な亀裂を生むことになってしまった。

きっと息子は、そんな父親を恨んでいただろう。得体《えたい》の知れない何か——という風に捉《とら》えていたかもしれない。

「本当に、何も思い出せないの？」

涼音が問う。

突っかかるような言い回しになっているのは、やはりさっきの車内での陣内とのやり取りが尾を引いているからだろうか？

「ゴメン。バグの修正方法とか、ネットワークの仕組みとか、技術的なことは、いっぱい話してくれてたんだけど、具体的な仕事内容については全然――」

悠馬が首を左右に振った。

その言葉を聞き、陣内は胸にどんっと錘《おもり》を乗せられたような感覚を味わった。

悠馬の父親は、具体的なことは話せないまでも、息子に様々なことを伝えようとしていた。

それなのに、自分はどうだろう――。

捜査情報を話せないということを理由に、何一つ語ろうとはしなかった。どうせ、理解しないだろうと最初から決めつけ、距離を置いていた。

別に、具体的な捜査状況を話す必要はなかった。自分が、何をしているのかを教えてやれば良かった。

それなのに――。

どうして、悠馬の父親のように、息子と話すことをしなかったのだろう?

お互いに壁を隔《へだ》ての関係だったのかもしれない。だから、陣内は息子のSOSを感じ取ることができなかった。逆に、息子もSOSを発することができなかった。

本当に、自分が嫌になる。

「あっ!」

何かを見つけたらしく、悠馬が声を上げた。

「何か分かったのか?」

陣内が問うと、悠馬は「すみません」と詫びた。

「何か思いついたとかじゃなくて、キャッスルのセキュリティーもやってたんだって今知ったから――」

悠馬がはにかんだような笑みを浮かべながら言う。

「キャッスル？」

それが何を意味するのか、陣内には分からない。

「スマホを使った、オンラインRPG。今、結構流行《はや》ってるんです」

説明したのは涼音だった。

「そういうのが、あるんだ」

「海外にも展開していて、すでに一千万ダウンロードを超えてるんですよ」

「凄いな」

ゲームに疎《うと》い陣内でも、それが、いかに驚異的な数字かは分かる。

もしかしたら、息子もやっていたのかもしれない。そういうことも、知らなかった。

いや、知ろうとしなかった。

「ぼくが、暁斗君と仲良くなったのは、キャッスルがきっかけなんだ」

悠馬が顔をほころばせた。

「ネット上で知り合ったのか？」

陣内が問うと、悠馬は「違います」と否定した。

「暁斗君が、キャッスルのランクが上がらないって困ってて。それで、データをいじってあげたんです」

悠馬は、少しだけ得意そうに言うが、陣内にはいまいちピンとこない。

「どういうことだ？」

「キャッスルって、基本は無料で遊べるんですけど、それだと限界があるんです。課金してアイテムを買わなければ、強くならない。でも、暁斗君は、課金ができなかったみたいで。だから、キャラクターのデータを少しいじったんです」

「そうなんだ」

返事はしてみたものの、あまりイメージが湧かない。

陣内がその手のゲームをやったことがないからだろう。

「課金無しってことは、何も持たないで戦場へ行くようなものなんです。そういうときは、拳銃とか武器を持っていくでしょ」

涼音の説明で、ようやく納得した。

つまりは、お金を払って、こちらが優位になるように武装するということなのだろう。

だが、ここで別の疑問が生まれた。

「課金はどうやってやるんだ？　直接、支払いに行くのか？」

陣内の問いに、悠馬が噴き出して笑った。

この子が、こんな風に笑う姿を見たのは、初めてのことかもしれない。

再び息子の顔が浮かんだ。

陣内の記憶の中の息子は、こんな風に笑ってはいなかった。笑顔を浮かべることはあったが、今になって思えば、自然な表情ではなく、作られたものだった気がする。

「スマホの通信料と一緒に払ったり、クレジットカード決済だったり、あとはプリペイドカードを使う方法もあります」

またしても説明をしたのは涼音だった。

彼女は頭の回転が速いのだと分かる。嚙《か》み砕《くだ》いて説明する技術も持っている。

それはいいことなのだが、同時に違和感も覚える。あまり中学生っぽくない。老成し過ぎているきらいがある。

元々の資質なのか、それとも何かきっかけがあって身につけたものなのか？

「とにかく、リストからは何も分からなかったので、やっぱりデータの解析を優先した方がいいかもしれません」

悠馬が提案してきた。

陣内に異論はない。涼音も同意して頷いた。

8

しん——と静まり返った部屋の中で、悠馬は一人パソコンのモニターを見つめていた。

さっきまで、陣内と涼音もいた。だが、夜も遅くなってきたこともあり、涼音だけは一旦、帰宅することになった。陣内は、車で涼音を送っていったのだ。

静かなことには慣れているつもりだった。こうやってパソコンをいじっているときに、周囲が静かだなんて感じることは、これまでなかったかもしれない。

それなのに、今は静けさを実感している。

きっと、さっきまで陣内や涼音の存在を感じていたからだろう。

悠馬一人だったら、心が折れていたかもしれない。でも、二人がいることで、どうにか前に進むことができている。

まさか、暁斗以外の人に対して、そんな感情を抱くなんて思ってもみなかった。

二人の存在はありがたかったが、同時に、疑問もある。

刑事である陣内はともかく、どうして涼音がここまで首を突っ込んで来るのか、悠馬には分からなかった。

――私も、暁斗君を助けたいの。

そう口にしていたが、暁斗と涼音が仲良くしているところを見たことがない。あれば、悠馬も涼音を認識していたはずだ。

直接の交流はなくても、暁斗を大切に想う気持ちはあるかもしれない。たとえば、涼音は前から暁斗を好きだった――とか。

優しくて、恰好いい暁斗と、少しキツいけど、思いやりのある涼音の二人は、お似合いのカップルになる気がする。

でも――。

悠馬の心には、もやっとした感情が漂っていた。

嫉妬《しっと》とか、そういうことではない。何かが違う。ズレている。

だけど、涼音が暁斗のことを好きだという以外に、彼女が頑《かたく》なに事件に関わろうとする理由が見当たらない。

――何だろう。

内心で呟《つぶや》きつつも、悠馬は改めて作業を始めた。

涼音の気持ちも不可解だが、事件の方も分からないことだらけだ。時間をかけてパソコンのデータを見ているが、何も見つけられていない。

データを隠す方法は、幾つかある。単純なものは、無関係なフォルダに紛れ込ませてしまうことだ。

悠馬は、くまなく探してみたが、そうしたフォルダは見当たらない。

他に隠す方法としては、データ自体を表示させないようにする方法だ。特定の操作を行うことで、パソコンを操作している人間に気付かれることなく、バックグラウンドで実行することができる。

そちらの方も調べてみたが、今のところ発見には至っていない。

もしかしたら、そもそもデータなんて存在しないんじゃないか——そんな考えが浮かんだが、すぐに打ち消した。

奴らがデータを欲しがっているのは間違いない。

それを手に入れる為に、暁斗を拉致《らち》までしたのだ。実は、何もなかったなんて、考えられない。

では、データはどこにあるのか——。

「あと、考えられるのは、元々他のデータに組み込まれていたか……」

口にすると同時に、電気が身体に走った気がした。

そうだ。これまで悠馬は、別ファイルを探そうとしていた。だが、それこそが間違いだったのかもしれない。

奴らの欲しがっているデータは、別ファイルではなく、別のソフトにプログラムとして書き込まれているのかもしれない。

「そうだ。あのリスト」

悠馬は立ち上がり、陣内から渡されたリストを探した。

——あった。

キッチンカウンターの上に、ポツンと置いたままになっていた。

悠馬はそれを摑み取ってパソコンの前に舞い戻ると、上から順にリストを追っていく。

興奮気味に、作業を開始した悠馬だったが、みるみるその感情が冷めていくのが分かった。

見当違いだと気付いたからではない。

急にこれまでのことが脳裏を過《よ》ぎり、ある可能性に気付いてしまったからだ。

よくよく考えればおかしい。悠馬の家が奴らにバレるのは仕方ない。だが、問題はそのあとだ。

暁斗の家に隠れ家を移したが、それもすぐにバレてしまった。

さらには、陣内の家も同じだ。

それだけじゃない。奴らから逃げる為に、陣内の家を出たところで、ばったり涼音と出会った。

今振り返って考えてみると、あまりにタイミングが良すぎる。

おかしいことは他にもある。

涼音は、暁斗を助けたいと言ったが、やっぱりそれが不自然に思える。

暁斗が拉致されたという話をしたとき、涼音はひどく冷静だった。それこそが、悠馬がさっき感じていた違和感の正体だ。

もし、涼音が暁斗を好きだったのなら、もっと動揺するはずなのに、彼女は平然とその事実を受け止めた。

まるで、暁斗が拉致されたのを、最初から知っていたかのように――。

認めたくはないが、もしそうだとすると、取り返しのつかないことになる。この場所は既に奴らにバレているのだ。

悠馬の不安を煽《あお》るように、ガタッと何かが倒れるような音がした。

――拙《まず》い！ 逃げなきゃ！

悠馬は、ノートパソコンを抱えて立ち上がった。

9

涼音がウィークリーマンションの部屋を出たとき、辺りはすっかり暗くなっていた。

陣内から、車で送ると言われ、すぐに同意の返事をした。ここに来るときは、話が途中になってしまった。というより、悠馬の前だったので、あまり突っ込んだ事情を訊ねることができなかった。

悠馬のいないところで話ができる、願ってもないチャンスだ。

おそらく陣内も、そう考えたから涼音を家まで送ると言い出したのだろう。

「前にお墓で会いましたよね。あと、学校の前でも、姿を見かけました」

涼音は、車が走り出したところで、真っ先にその質問をぶつけた。

悠馬の前では初対面のふりをしたが、涼音が陣内に会ったのは初めてではない。会話を交《か》わしたわけではなく、お墓の前ですれ違っただけだ。

ほんの一瞬だったけれど、陣内も涼音のことを覚えていたはずだ。それは、顔を見ていて分かった。

運転しながら、陣内は苦笑いを浮かべる。

「父親だった」

陣内がボソッとした声で言う。

覇気《はき》がない。まるで、そうであったことを恥じているようにすら感じられる。お墓で会ったときから、そうではないかと思っていたので、特に驚きはない。

ただ、問題はその先だ——。

「それが、どうして、今こんなことをしているんですか？」

涼音が続けて問うと、陣内は不思議そうな顔をした。

「君にも、同じ質問をしたい」

「私のことはいいんです」

「どうしてだ？」

「質問に、質問で返すのはフェアじゃありません」

涼音が主張すると、陣内は小さく笑った。

「そうかもしれないね。もし私が話したら、君も理由を聞かせてくれるか？」

ちょうど赤信号で停まり、陣内が真っ直ぐに涼音に目を向けてきた。

さすがに刑事というだけあって、話の進め方が上手い。

「分かりました」

そう答えてから、涼音は陣内に視線を返した。

陣内は、すぐには喋らなかった。遠くを見るように目を細め、何かを考えている。過去の記憶を辿っているのかもしれない。

やがて信号が青に変わり、アクセルを踏み込んだところで、ようやく陣内が口を開いた。

「自分でもよく分からない」

「分からない？」

そんな言いのがれをして、会話を終わりにするなんて卑怯《ひきょう》だ。

「君だってそうだろ？」

思いがけず同意を求められ、涼音ははっと息を吞む。

何だか、心の底まで見透《みす》かされているような気がして、落ち着かない。

「私は、そんなことは……」

「じゃあ、分かっているのか？　なぜ、こんなことをしているのか？」

「それは……」

何とも答え難い質問だった。

自分では、分かっているつもりだ。悠馬は「暁斗君を助ける——」そう言った。その言葉に心を動かされたというのが、一番の理由だ。

だが、同時に、その理由が嘘であることを、誰よりも自分が認識している。現実から目を逸らし、本心を偽《いつわ》り、虚言《きょげん》に満ちた夢の世界に飛び込み、空想の中で自己を満足させているようなものだ。

「自分でもよく分からないけど、ただ、何とかしてやりたいと思う。身勝手な言い分だということは重々承知している。それでも、少しでも、彼の力になりたいんだ」

「悠馬は、あなたの息子じゃありません」

涼音は即座にそう返した。

なぜ、こんなにも棘《とげ》のある言葉を投げつけたのか、自分でもよく分からない。もしかしたら、恍惚《こうこつ》とした表情で、自己満足に浸《ひた》っている陣内に腹が立ったのかもしれない。陣内が、もっと別の選択をしていれば、そもそも、こんなことにはなっていなかったのだ。

その怒りは、どうしても消すことができなかった。

単に責任を擦《なす》り付けているだけだと自分でも分かっている。それでも、やはり怒りは湧いてくる。

「その通りだ。最初は、息子に重ねていた部分があることは認める。だけど、今は少し違う」

「どう違うんですか?」

「彼のひたむきさを見ていたら、信じたくなったんだ」

「何をです?」

「それは、言わなくても分かるだろ」

そう言って陣内は温かい眼差《まなざ》しを向けてくる。

だが、それが温かければ温かいほど、涼音の心は芯から冷えていくようだった。

自分が卑屈になっているが故《ゆえ》に、そう感じるのか、或《あ》いは、もっと別の感情が芽生えているからなのか?

考えているうちに、運転席の脇にある収納ボックスに入れてあった陣内のスマホが鳴った。

手に取って、表示された名前を確認した陣内は「悠馬君だ」と呟き、道路の端に車を停めてから電話に出る。

「もしもし。どうかしたのか?」

何を言っているのかまでは聞き取れなかったが、電話の向こうで、悠馬が半《なか》ばパニックになりながら叫んでいるのは分かった。

どうやら、何かあったらしい。

「分かった。落ち着くんだ。今からすぐに戻るから、君は絶対に部屋を出るな」

陣内は、早口に言って電話を切ると、涼音に目を向けた。

「すまないが、ここで降りてもらえるかな？」

涼音を降ろし、自分は悠馬の許に駆けつけるつもりなのだろう。

「降りません」

涼音はきっぱりと言った。

「しかし……」

「悠馬に、何かあったんでしょ。ここで押し問答している余裕はないですよね？」

睨み付けるようにして言うと、陣内は渋りながらも車をUターンさせた。

10

陣内は、この部屋を出るなと言った。

だけど——。

さっき、窓ガラスの向こうで黒い影が動くのが見えた。奴らが、そこまで来ていると思うと、このまま部屋の中に閉じ籠《こ》もっていることは、逆に危険なことのように思えた。

玄関のドアの鍵は閉まっているが、窓ガラスを割って侵入して来ることもあり得る。

そうなったら、それこそ逃げ道がなくなる。

やはり、今のうちに脱出するべきだ。

悠馬は覚悟を決めると、玄関で靴を履き、ドアの覗き穴から外の様子を窺《うかが》う。人の姿は見えない。

――今なら逃げられる。

悠馬はロックを外し、ドアを開けて外に飛び出した。

そのまま、外廊下を抜け、階段を一階まで駆け下り、建物から出ようとしたところで、思わず動きが止まった。

目の前の道路に、あの男が立っていた。

黒いスーツを着て、獣《けもの》のような鋭い目をしたあの男だ――。

「おやおや。こんなところに隠れているとは」

男が、ニヤニヤと薄気味の悪い笑みを浮かべながら言う。

「ど、どうしてここが？」

悠馬は、後退《あとずさ》りしながら訊ねる。

「どうしてだろうね。君は、もうその答えに行き着いているんじゃないか？」

「や、やっぱり彼女が――」

悠馬の言葉に、男は返事をすることなく、ただ肩を竦《すく》めてみせた。

それだけで充分だった。悠馬の予想は当たっていた。涼音がスパイだったのだろう。

やっぱりと納得する気持ちと、裏切られたことに対する失望感があった。

「さて、そろそろデータを渡してもらおう」

男が歩み寄って来る。

その男を照らすように、強い光が浴びせられた。

一瞬、目の前が真っ白になる。目を何度か瞬《しばたた》かせて、ようやく視界が確保できるようになった。

シルバーの車が停まっていた。陣内の車だ。

助手席のドアが開き、涼音が降りて来た。

「そんなところで、何してるの？」

涼音が声を上げる。彼女が、裏切り者だと知ったせいか、咎《とが》めるような口調に聞こえてしまう。

実際、そうなのだろう。

「何って、見れば分かるだろ」

悠馬は黒いスーツの男に視線を送った。

涼音は男と目を合わせると、驚くでもなく、「そういうことか――」と呟くように言った。

この反応は、やはり涼音は黒いスーツの男と結託《けったく》していたらしい。

分かっていたはずなのに、落胆が大きい。

それだけ、彼女のことを信じていたのだと思い知らされる。

――私も、暁斗君を助けたいの。

そう言っていた涼音の姿が、鮮明に蘇《よみがえ》る。

あのときの声も、目も、熱を帯びていて、とても嘘を言っているようには見えなかった。それなのに――。

じわっと目頭が熱くなった。

零れそうになる涙をぐっと堪える。この涙は、悔《くや》しさからなのか、哀《かな》しさからなのか、あるいは、もっと別の感情だろうか？

「悠馬君。とにかく、一度部屋に戻ろう」

いつの間にか、運転席から降りてきた陣内が声をかけてきた。

「戻るって、状況分かってますか？」

悠馬が問うと、陣内は「もちろんだ」と頷いた。

「え？」

思わず声が出た。

あの男が、すぐそこにいることは、陣内にも分かっているはずだ。その上で、部屋に入るなんて自殺行為に等しい。

陣内まで、どうしてしまったというのだろう。

「残念だったな」

黒いスーツの男が、くっ、くっ、くっ、と押し殺したように笑った。

嘲りに満ちた、毒々しい笑いだった。

「な、何がそんなにおかしいんだ」

悠馬が問うと、黒いスーツの男は、笑いを引っ込め、ぞっとするような冷たい視線を向けてきた。

赤く染まったその目は、全てを見透かしているようだった——。

「まだ分からないのか？　君に、味方なんているわけないだろ。彼も、そして彼女も、全て我々の息がかかっているんだよ」

薄々察してはいたが、こうして改めて現実を突きつけられ、悠馬は奈落に突き落とされた。

ガラガラと足許が崩れていく。

いや、崩れたのは足許だけではない。世界そのものが、崩壊してしまったかのようだ。

「味方なんて、いなかったんだ……」

悠馬が口にすると、黒いスーツの男が「ようやく気付いたか！」と叫び、勝利を宣言するように、声を上げて笑った。

男の着ていた黒いスーツは、漆黒の鎧へと変わる。腰には大剣を携えていて、赤いマントが風になびく。

兜から覗く口許には牙が生え、血塗られた目が悠馬を見据える。

地獄の底からやってきた不死身の剣士ダークナイト。

敵はあまりに強大過ぎる――。

悠馬は、今になって改めてそのことを痛感した。残念だが、最初から悠馬などがいくら抗《あらが》ったところで勝てる相手ではなかった。

いっそのこと、このまま奴らに捕まった方が、楽になるんじゃないか――そんな思いが頭を過《よ》ぎった。

これ以上、嫌な思いも、苦しい思いもしなくて済む。

だけど――暁斗はどうなる？

もし、ここで悠馬が捕まれば、暁斗は用無しになり、奴らに殺されてしまう。たった一人の親友を守る為にも、悠馬は何があっても逃げ続けなければならない。

「嫌だ！」

悠馬は、叫ぶのと同時に、踵《きびす》を返して駆け出した。

「待ってよ！　これ以上逃げて、どうするつもり？　あなたに、もう逃げる場所なんてないのよ！」

涼音の叫び声が聞こえた。

そんな風に言うなんて、やはり彼女は、奴らの仲間だったのだ。

たった一人で逃げる場所なんてもうないことは、誰よりも悠馬自身が一番分かっている。

何処に向かって走っているのか、自分でもよく分からなかった。ただ、暁斗の為にも、何としても奴らから逃げ切らなければ。

それしか、今の悠馬にできることはなかった。

――我が王国を取り戻す為に。

暁斗との誓いが、頭の中で反響する。

今の悠馬にとって、それだけが唯一の救いであり、希望の光だった。

暗闇の中を走り続けた――。

どこをどう走ったのか、自分でもよく分からない。ただ、気付いたときには、学校の敷地に入っていた。

校舎の出入り口は全て鍵がかかっていたが、幸いにして体育館の扉は開いていた。きっと施錠《せじよう》するのを忘れたのだろう。

悠馬は、そのまま体育館の奥にある体育倉庫に身を隠した。

暁斗と出会ったこの場所くらいしか、行く当てがなかった。

ネットの世界では、何処に行くのも自由だった。でも、現実では、ひどく狭い範囲で生きていたのだと思い知らされる。

「弱気になっちゃ駄目だ」

悠馬は、声に出すことで自分を奮い立たせる。

ここで悠馬が挫《くじ》ける訳にはいかない。何としても、暁斗を救い出さなければならないのだ。

ノートパソコンを立ち上げて、中のデータを解析する作業をしようとしたが、バッテリーが切れていて、使用することができなかった。

コンセントを探す。何とか見つけ出すことができたが、充電用のコードがないことに気付き、ため息を吐《つ》く。

これでは、何もできない。

無力感に打ちひしがれた悠馬は、体操マットに寄りかかるようにして、暗い天井を見上げた。

自分は、あとどれだけ逃げればいいのだろう。

何だか酷く疲れた。

のしかかるような疲労感の中、悠馬は静かに瞼《まぶた》を閉じた。

五章　王国の崩壊

1

——眩《まぶ》しい。

悠馬が目を開けると、窓から射し込む光がスポットライトのように顔に当たっていた。いつの間にか眠ってしまったようだ。

朝を迎えている。もしかしたら、もう昼くらいなのかもしれない——と、ここで悠馬は勢いよく身体《からだ》を起こした。

変な体勢で寝ていたせいで、関節が痛んだが、そんなものを気にしている余裕はない。暁斗を救わなければならないのに、こんなところで寝入ってしまっていたとは、本当に情けない。

目を擦《こす》り、頰《ほお》をぱんぱんっと両手で打ち、気持ちを引き締めた。

だが、これからどうすべきかが分からない。

ノートパソコンのバッテリーは切れたままだ。何処《どこ》かで充電しなければならないが、自分には行くところがない。助けてくれる人もいない。

陣内と涼音の顔が過《よ》ぎったが、それはすぐに怒りとともに消え失せた。

あの二人が裏切ったせいで、悠馬は逃げることになったのだ。いや、それは違う。そもそも、あの二人は仲間ではなかった。

とにかく、いつまでもここにいる訳にはいかない。ちゃんと身を隠せる場所に移動して、暁斗を助ける為《ため》に行動しなければ――。

「ようやくお目覚めか？」

急に聞こえてきた声に、悠馬ははっと身体を硬直させる。

粘着質《ねんちゃくしつ》で、地面に響くようなこの声に、聞き覚えがあった。目を向けると、やはりあの男が立っていた。

黒いスーツを着て、真っ直ぐ伸びた眉《まゆ》の下にある、鋭い目で悠馬を見据《みす》えている。

「お、お前は……」

「いい加減、逃げるのを止《や》めたらどうだ？　どんなに逃げても、我々はお前を追い続ける。絶対に逃がさない。絶対に――だ」

男の目が、ギラッと赤い光を放つ。

単なる脅しではない。言葉の通り、いくら悠馬が逃げようとも、この男は何処までも追ってくるだろう。

やはり、もう逃げ場などないのかもしれない。

「一つ、取引をしようじゃないか」

男がにっと笑《え》みを浮かべる。

「と、取引？」

「そう。データを渡せば、我々はもう君を追いかけたりしない。友だちも、返してやろう」

「ほ、本当に？」

「ああ。本当だ。我々も、こんな追いかけっこには飽きた。君は、普段と変わらない日常に戻ればいい」

男の口調は、これまでにない穏《おだ》やかなものだった。

「で、でも……」

「日常に戻りたくはないのか？」

男の提案は魅力的なものだった。

だが、悠馬にとって、これまでの日常に戻ることは、必ずしも幸せなこととは言えなかった。

真犯人を捕まえることはできず、相変わらず苛《いじ》めは続くということだ。

ただ──。

暁斗の命には代えられない。苦しくて、辛《つら》い日々かもしれないが、暁斗がいれば悠馬は生きていくことができる。

「分かった。でも、このデータを渡す前に、暁斗君をここに連れて来て」

悠馬は強い口調で言った。男の顔が、僅《わず》かに歪《ゆが》む。迷っているのだろう。悠馬としては、ここは絶対に譲れない。

自分はどうなってもいい。だが、暁斗だけは助けたい。

死んでも放さないという決意とともに、ぎゅっと胸の前でノートパソコンを抱え込み、男を睨《にら》み付けた。

しばらく、考え込んでいた男だったが、やがてスマホを取り出し、電話を始めた。

それから、五分と経たないうちに、若い男が暁斗を連れて入って来た。

「暁斗君！」

久しぶりに見る暁斗の顔に、悠馬は歓喜の叫びを上げた。

暁斗もまた、喜びの笑みを浮かべていた。辛い監禁生活であったはずなのに、こうして再会を喜んでくれる暁斗に胸を打たれた。

「さあ。約束だ。データを渡せ」

黒いスーツの男が、すうっと手を伸ばしてくる。

暁斗がここにいるのであれば、データを渡したあと、彼らが悠馬たちを殺そうとしたとしても、暁斗だけは逃がすことができるかもしれない。

ここは、学校の体育倉庫だ。暁斗は、すぐに助けを呼びに行くことができる。

もう、終わりにするときかもしれない。

悠馬が、黒いスーツの男にノートパソコンを渡そうとしたとき、体育倉庫の扉が突然開いた。

そこには、マサユキとその取り巻きの生徒が立っていた。

——どうしてマサユキたちがここに？

困惑している悠馬に、黒いスーツの男は訳知《わけし》り顔《がお》で笑ってみせた。それで、全て納得した。

どうやら、マサユキたちもこの男たちと繫《つな》がっていたようだ。

「何か声がすると思ったら、犯罪者の息子じゃねぇか」

マサユキが、首を突き出し、威圧するような視線を悠馬に向ける。明らかに怒りの感情を向けている。

昨日の涼音との一件が、尾を引いているのだろう。

何にしても、向こうの人数が増えたことで状況が悪化している。もしかしたら、黒いスーツの男たちは悠馬たちを逃がさないつもりで、マサユキを呼んだのかもしれない。

だとしたら、早々にここから逃げた方がいい。

「暁斗君！　逃げよう！」

悠馬は、暁斗の手を引いて逃げようとしたが、それを阻《はば》むようにマサユキの手が伸びて来た。

そのまま、首根っこを摑まれると、強引に体操マットに押し倒されてしまった。

ノートパソコンが手から滑《すべ》り落ちて、ガシャンッと大きな音とともに床の上に落下した。

──しまった。

悠馬は、すぐに起き上がってノートパソコンに手を伸ばそうとしたが、それを遮《さえぎ》るようにマサユキが胸を踏みつけてきた。

ぐっと息が詰まる。

「お前さ。訳の分かんないことばっか言ってて、本当に気持ち悪いんだよ」

マサユキが、仰向《あおむ》けに倒れた悠馬の顔を覗《のぞ》き込む。

悔《くや》しさがこみ上げてくるが、今はそれに構っている暇はない。すぐにでも逃げ出さなければ。せめて暁斗だけでも──。

「暁斗君！」

悠馬は、叫びながら暁斗に顔を向けた。

一人だけでも逃げて欲しい。その思いを込めたつもりだったが、暁斗は動かなかった。

「さっきから、お前は一人で何を叫んでんだよ。頭、おかしいんじゃねぇのか？」

──何を言っているんだ？

おかしくなんかない。この状況で、暁斗の名を叫ぶことは、何もおかしいことじゃない。マサユキだって、奴らの仲間ならそれが分かるはずだ。

「ぼくのことはいいから、暁斗君だけでも逃げて！」

悠馬は再び叫んだ。

「だから、うるせぇって！　ってか、暁斗って誰だよ！」

――え？

どうして？　どうして、マサユキは暁斗を知らないんだ？　そんなはずはない。クラスメイトじゃないか。一緒に授業を受けてきた。転校してきたばかりで、まだ馴染《なじ》んでいないところがあるかもしれないけど、それでも、暁斗のことを知らないなんてあり得ない。そんなはずはないんだ。だって、暁斗はちゃんといるんだから。悠馬を気遣《きづか》ってくれてた。たくさん励《はげ》ましてくれてた。悠馬が辛いときは、いつも一緒にいてくれた。一緒にキャッスルで遊んだ。

――そうだろ。暁斗君。

悠馬は、苦しみに耐えながら暁斗に目を向ける。

暁斗はまだそこに立っていた。逃げる素振りは見せていない。それどころか、マサユキに踏みつけられている悠馬を、無表情に見つめていた。

「暁斗君。どうして……」

悠馬が問うと、暁斗は黙したまま視線を逸《そ》らした。

それで全てを察した。

信じたくはないが、暁斗も奴らの仲間だったのだ。悠馬の父が残したデータを手に入れる為に、悠馬に近付いたんだろう。

その答えを導き出すと同時に、悠馬の中に絶望が芽生え、心に深く根を張った。

――ぼくは、今まで何の為に戦ってきたのだろう？

自分の戦いが無意味であったと知った瞬間、悠馬の心の中で、ガラガラと何かが崩れる音がした。

2

陣内は、頭を抱えるようにして長いため息を吐《つ》いた――。

警察署の廊下《ろうか》にあるベンチだ。

一晩中、悠馬を捜し回ったが、今に至るも、彼を発見することができていない。肉体的な疲労よりも、精神的なダメージの方が大きかった。

この先、悠馬に何かあったとしたら、それは全て陣内の責任だ。

想定されるもしも――が幾《いく》つも頭に浮かんだ。その中に、コンクリートの地面に突っ伏し、頭から血を流している悠馬の姿もあった。

いや、あれは悠馬ではない。陣内の息子の姿だ。あのとき感じた絶望が、再び全身を覆《おお》い尽くし、みるみる力が抜けていった。

こんなところで、休んでいる場合ではない。一刻も早く悠馬を見つけださねば——そう思うのに反して、身体はいうことをきかなかった。

——お前のせいだ！

耳許《みみもと》で何度も声がする。それは、自分自身の声のような気もするし、息子の声だったかもしれない。

悠馬の声も混じっている気がした。

「厄介なことになったな」

藤田が、しみじみとした調子で言いながら、陣内の隣に腰を下ろすと、缶コーヒーを差し出してきた。

陣内は、「そうだな」と返事をしながらそれを受け取ったものの、飲む気にはなれなかった。

「言わんこっちゃない」

藤田が、肘《ひじ》で陣内を小突きながら言った。

そう言われても仕方ない。陣内は、明らかに冷静さを欠いていた。ありもしない幻想を追いかけ、現実を見ようとしなかった。

間違っていることは分かっていた。藤田は、それを何度となく指摘してきた。にもかかわらず、陣内は耳を貸さなかった。

何かにすがるように、暴走してしまった。その結果がこれだ——。

「すまない」

陣内は、頭を下げた。

今回の一件で、藤田には色々と協力を得た。もし、万が一、悠馬に何か起きれば、藤田も責任を問われることになりかねない。

もちろん、陣内は藤田から情報を得たことなどを口にするつもりはないが、やがてはバレるだろう。

藤田にまで累が及んだのでは、とてもではないがやり切れない。

「何を謝ってんだ。おれのことなら、どうでもいい」

「そうはいかない。おれは……」

「まずは、あの子のことだろ？」

そのひと言で、陣内は自分が実に愚かなことを考えていたと気付かされる。

藤田の言う通り、今は処分が云々などと考えているときではない。

「そうだったな」

「何処か、心当たりはないのか？」

陣内は首を左右に振ることしかできなかった。

悠馬とは、出会ってまだ数日だ。彼に関する情報が少なすぎる。廃工場や一時期潜伏していたという団地などもくまなく捜してみたが駄目だった。

そう遠くには行っていないはずだ。隠れられそうな場所は、片っ端から回ってみたが、痕跡《こんせき》すら見つけられていない。

「どうしてこんなことに……」

陣内は、思わず弱音を漏らした。

別に藤田に慰《なぐさ》めて欲しかったわけではない。ただ、口に出てしまっただけだ。

「お前のせいだろ」

藤田がいつになく固い声で言った。

その視線は冷ややかで、言葉にしなくても、軽蔑《けいべつ》の意思が、ありありと伝わってくる。

「そうだな。バカなことをした。関わるべきじゃなかったのかもしれないな……」

陣内は絞り出すように言った。

「そういうことじゃねぇよ」

藤田が軽く舌打ちをする。

「え?」

「放っておけない。何とかしてやりたい。その気持ちは、間違っちゃいねぇよ。だから、おれも協力してるんだ」

「すまない」

「だから、そういうのはいいって。ただ、おれが心配していたのは、お前が、あの子と自分の息子を重ねていたことだ」

「それは……」

その通りだと思う。

そうではないと思っているつもりで、やはり陣内は、悠馬に自分の息子の影を重ねていた。息子にできなかったことを、彼にしてやろうと必死になっていた節《ふし》はある。

「あの子を、あの子として見てやらなかった。それが、今の結果じゃねぇのか？」

藤田の言葉に、胸がぎりっと痛んだ。

陣内は、悠馬の言葉を真剣に聞こうとしていなかったのかもしれない。

彼と向かい合おうともしていなかった。

息子の代わりに、自分にとって都合のいい感情を押しつけていたのかもしれない。

結局、逃げていたのだ。

「おれも、少しだけどあの子の気持ちが分かる」

藤田がふっと顔を上げた。

「分かる？」

「ああ。あれくらいの年頃のときって、酷《ひど》く世界が狭いんだ。自分の見ているものが、全てだと錯覚している。本当は、世界はもっと広いのに――」

藤田の言わんとしていることは分かる。

限定的な価値観に囲まれた世界は、窒息しそうなほど苦しい。それは、陣内も経験したことだ。

おそらく、悠馬もその中にいるのだろう。

そこで、たった一人で闘い続けていたのだ。逃げることもできず、ただひたすらに抗《あらが》い続けていたに違いない。

「あの子を救ってやりたい」

心の内に湧いた衝動を、自然と口にしていた。

そこにこれまでの嘘はない。死んでしまった息子を救うことは、もうできない。なのに、陣内は悠馬と一緒にいれば、それができると錯覚していた。

だから、悠馬をちゃんと見ようとしなかった。

だが、今は違う。

息子ではなく、あの子を――悠馬を救ってやりたいと思う。やり方は分からない。それでも、向き合っていかなければならない。そうしたい。

それは、願望というより使命感にも似た決意だった――。

3

胸が苦しかった――。

それは、マサユキに胸を踏みつけられている重さからくるものばかりではない。信じ難い現実を突きつけられたことによって生じる苦しみだ。

まさか、暁斗まで奴らの仲間だとは思わなかった。二人の友情が、作られたものだったなんて、到底受け容れられるものではない。

「暁斗君……」

悠馬は、もう一度呼びかけた。だが、彼が悠馬の方を見ることはなかった。

顔を背《そむ》けたまま、沈黙を貫いている。

「なに泣いてんだよ。キモイ」

マサユキから浴びせられた言葉で、悠馬は自分が涙を流しているのだと気付いた。

この涙は、単に悲しみの涙なのだろうか？

もっと別の何かであるような気がする。

涙の理由が何であれ、突きつけられた現実は変わらない。こうなってしまったら、もはや悠馬が生きている理由などない。

データを奪うなり、悠馬を殺すなり、好きにすればいい。もう、守るべきものは、全て失われたのだ。

黒いスーツの男と、その手下である若い男が、ニヤニヤと笑っていた。

「あんたたち、またこんなことやってるの？」

急に声が飛び込んできた。

目を向けると、ドアのところに涼音が立っていた。

「またかよ」

マサユキが、うんざりしたように言う。

「あんたたちがやってることは犯罪よ。警察に捕まりたくなかったら、さっさと出て行きなさい」

涼音が、毅然《きぜん》とした調子で言う。

「は？ってか、何でこんな奴庇《かば》うんだよ。おれのことは、無視したクセに」

マサユキが悠馬から離れ、涼音に突っかかって行く。

だが、涼音はまるで動じなかった。

「無視されてたって分かってたんだ。だったら、変なメッセージ送ってこないでくれる？　はっきり言って迷惑なのよ」

「調子に乗るなよ。こんな奴のどこがいいんだよ」

「呆《あき》れた。あんたたちは、そんな基準でしか人を判断できないの？　他にやることないわけ？」

涼音は一歩も退《ひ》かず、マサユキを睨《ね》め付ける。

「は？　意味分かんないんだけど」

「意味分かんないのは、あんたたちでしょ。あ、そうか。弱い者苛めして、喜んでいるような屑には、人間の言葉が理解できないんだよね」

「いい加減にしねぇと、ぶっ飛ばすぞ」

マサユキが、手を振り上げて威嚇《いかく》する。そのまま、涼音の頬を平手打ちするつもりだろう。

ただ、それでも涼音は退かなかった。

「どうぞ。殴りたければ殴れば？　言っておくけど、スマホで撮影してるから、裁判のときの証拠になるわよ。言っている意味は分かるでしょ？」

涼音が、スマホを掲げながら言う。

流石《さすが》にマサユキたちは、反論する言葉が思いつかなかったらしく、振り上げた手を下ろし、渋々といった感じで出て行った。

「ど、どうして……」

悠馬は、身体を起こしながら涼音に訊《たず》ねた。

彼女は奴らのスパイだったはずだ。それなのに、どうしてこのタイミングで助けに来たのか、その理由が分からない。

「あなたは、私にどう答えて欲しいの？」

逆に質問され、悠馬は戸惑ってしまう。何か希望する答えがあるわけではない。ただ――。

「真実を教えて欲しい」

懇願《こんがん》するように言った悠馬だったが、ここではっと我に返る。

こんなところで悠長《ゆうちょう》に話している場合ではない。マサユキたちは立ち去ったが、ここには、まだ奴らがいるのだ。

涼音が悠馬を助ける為に、奴らを裏切ったのだとしたら、何かしらの報復を受けるのは間違いない。

見ると、黒いスーツの男も、若い男も、そして暁斗も、冷酷で無慈悲な視線を涼音に向けている。

「こんなとこにいたら駄目だ。早く逃げないと」

悠馬は、何とか立ち上がり、涼音の手を引いて走り出そうとしたが、彼女はそれを振り払った。

「逃げるって、なんで逃げるの？」

涼音の口調は冷ややかだった。

違ったのか？　涼音は悠馬を助けてくれたと思っていたが、それは勘違いだったのかもしれない。

まだ、奴らの仲間だが、マサユキたちの存在が邪魔《じゃま》だったので、それを排除することが、目的だった――。

――あれ？

それだと辻褄《つじつま》が合わない。

マサユキたちも、奴らの仲間なら、ここにいても問題はないはずだ。だとしたら、涼音は何をしに来たのだ？

「真実を知りたいんでしょ。だったら、教えてあげる」

涼音は、悠馬の手首を摑《つか》むと、そのまま引っ張って行こうとする。

ずるずると引き摺《ず》られる恰好になった悠馬だったが、「待て！」と黒いスーツの男が呼び止めた。

悠馬は、思わず足を止める。

「その女の話に、耳を傾けるな」

黒いスーツの男はもの凄《すご》い形相《ぎょうそう》をしている。

「そうだ。悠馬君。涼音ちゃんの言葉は、聞いちゃ駄目だ。君は、騙《だま》されているんだ」

今度は暁斗が口にする。

じわじわと嫌な感覚が胸にこみ上げる。

「騙していたのは、暁斗君じゃないか」

「ぼくは、騙してなんかいない。君の為を思って……」

「だったら、どうしてさっき何もしなかったんだよ」

「それは……」

「暁斗君は、こいつらの仲間だったんだろ」

悠馬は、黒いスーツの男を指さしながら主張した。

改めて口に出すことで、実感が湧いてきて、息苦しさが増したような気がした。

「違うよ。ぼくはただ……」

「何？」

「悠馬君を助けたかったんだ」

「嘘だ。そんなの嘘だ」

「ああ。もううるさい！」

会話に割って入ってきた涼音は、苛立《いらだ》ちに満ちていた。

その迫力に呑《の》まれて、悠馬は息を止める。

「そんなに、暁斗君に会いたいなら、会わせてあげる」

涼音は、さらに強く悠馬の腕を引っ張った。

抵抗するのはやめて、悠馬は黙って涼音のあとに続いた。何が起きているのか確かめたい。その気持ちが勝った。

途中、一度振り返ってみたが、どういう訳か、暁斗も黒いスーツの男たちも、悠馬を追いかけてくることはなかった。

バグでフリーズしたキャラクターのように、ただそこに立ち尽くしていた――。

4

涼音は、悠馬を引き摺るようにして墓地へ連れて行った。

最初は電車で行こうとしたのだが、悠馬は引っ張ればそれに従って歩くものの、茫然《ぼうぜん》自失《じしつ》といった感じで、それ以外の反応をまったく示さなかった。

仕方なく、学校の外に出てスマホでタクシーを呼んだ。

悠馬をタクシーの中に押し込み、行き先を告げて、何とかここまで来たというわけだ。

彼岸花《ひがんばな》の間を抜け、目的の墓石の前に到着した。

「なんでこんなところに？」

ここに来て、ようやく悠馬が声を上げた。

墓地に連れて来られるとは、思ってもみなかったらしく、困惑したように眉を下げながら辺《あた》りを見回している。

その表情を見て、涼音は急に怖くなった。

――真実を教えて欲しい。

悠馬はそう言った。涼音も、そうするべきだと思う。このままの状態を続けていて、いいことなんて一つもない。

これは悠馬の為だ。

そう気持ちを納得させたはずなのに、心が揺れる。

真実を知ったときの悠馬が、どんな反応を示すか想像もつかないからだ。もしかしたら、これまでより深いところに落ちていくかもしれない。

そうなったとき、正直、涼音には責任が取れない。おそらく、陣内もそれを考えたからこそ、これまで放置してきたのだろう。

やはり、このままにしておくべきかもしれない――。

そう思い始めたところで、悠馬が「あっ！」と声を上げた。

「これって……暁斗君……」

悠馬が墓石に取り付けられた遺影に、釘付けになった。

――どうして暁斗君の顔を知っているの？

疑問に思った涼音だったが、それはすぐに解決された。

暁斗が転校して来ることは、事前に教師から伝えられていた。おそらく、悠馬は、暁斗がどんな人物か、ネットで検索したのだろう。そこで、Twitterのアイコンか何かの写真を目にしていた。

つまり、悠馬が見ていた暁斗の姿は、現実の暁斗と同じ顔をしていたということだ。

涼音には、それがとても不自然なことに思えた。

「ねぇ！　どうして、こんなところに暁斗君の遺影があるの？」

現実の海で溺《おぼ》れ、必死に酸素を求めているように涼音には見えた。

躊躇《ためら》いはあった。だが、見てしまった以上は、もう後戻りすることはできない。涼音は、覚悟を決めて悠馬を見つめた。

知りたくない現実を突きつけられると察したのか、悠馬が怯《おび》えたように後退《あとずさ》る。

「暁斗君はね、一ヶ月前に死んだの」

涼音が告げると、悠馬はぽかんと口を開けた。

そのまま魂が抜けてしまうのではないかと思うほど、素《す》っ頓狂《とんきょう》で間の抜けた表情だった。多分、まだ言葉の意味が理解できていないのだろう。

「死んだ？」

長い沈黙のあと、悠馬が言った。

事実を受け容れられないのが、その表情から伝わってくる。

「そう。死んだの」

「で、でも、あ、あ、暁斗君は、て、転校して来たじゃないか。そ、それで、ぼ、ぼくは暁斗君と友だちになって」

悠馬が、こめかみを押さえる。

これまで見てきた世界が、今、悠馬の掌《てのひら》からすり抜けようとしている。それを、必死に繋ぎ止めているのだろう。

信じたものが、偽りだと認めてしまったら、自分自身が壊れてしまうと感じているに違いない。

「暁斗君は、転校して来てないの。転校してくる直前に、死んだの」

「う、嘘だ。そ、そんなの嘘だ。だって、ぼ、ぼくは、暁斗君とずっと友だちで、暗号でやり取りもしてたんだ」

悠馬は、顔を真っ赤にして、自分の髪をぐちゃぐちゃに掻《か》き毟《むし》りながら必死に訴える。

どうして、こんな役回りが自分に回ってきてしまったのだろう。悲運を嘆きつつも、涼音は逃げ出すことはなかった。

踏み留《とど》まることができたのは、きっと、自分自身が悠馬に逃げるなと言ったからだろう。

「暗号ってこれでしょ」

涼音は、ポケットからメモ用紙ほどの大きさの紙の束を取り出した。

「そ、そう。それだよ」

悠馬が、震える手で涼音から紙の束を奪い取った。

「これ、あなたの隣の席の机に入っていたの。今は空席だけど、暁斗君が転校して来たら、座るはずだった席――」

「な、何を言ってるんだよ。く、空席なんかじゃない。だ、だってほら。こ、こんなに暗号のやり取りをしてるじゃないか」

悠馬が、暗号の束を涼音の目の前に突きつけて主張する。

その姿は、痛々しく、そして哀しかった。

悠馬の姿が、母のそれと重なった。

若年性のアルツハイマーに冒され、新しい記憶が作れなくなり、自らの娘ですら認識できなくなった母。

唐突《とうとつ》に、過去を思い出し、感傷に耽《ふけ》ったかと思うと、今度は、訳の分からないことを喚《わめ》き散らす。

それでいて、時々、涼音のことや自分の病気のことを思い出し、さめざめと泣く。母は、自分たちとは異なる世界が見えていて、そこで生きている。

一ヶ月ほど前から、悠馬の言動が目に見えておかしくなっていったことは、クラスの誰もが認めていた。

だが、誰もそのことを気にしなかった。

正確には、目を背けていたのだろう。

でも、涼音は違った。母のこともあり、悠馬が自分とは違う世界に生きているのだと気付いた。

その言葉に耳を傾けていると、時折、暁斗の名を口にしていた。

どうやら悠馬だけに見える暁斗と会話しているらしい。

そのことを問い質《ただ》そうとしたが、なかなかタイミングが見つけられなかった。そんなときに、悠馬の暗号を見つけた。

それをきっかけに、涼音の中の推測は、確信へと変わった。

「その暗号。よく見て。筆跡が全部同じだから」

涼音は冷淡に告げた。

突き放したわけではない。こういうとき、どんな言い方をすればいいのか、分からなかったからだ。

悠馬は、戸惑いの表情を浮かべながらも、暗号の書かれた紙を穴が開くほどに凝視《ぎょうし》した。

悠馬の顔から、みるみる血の気が引いていく。おそらく、こうして見返すことで、筆跡が全く同じであることに気付いたのだろう。

悠馬と暁斗の二人で暗号をやり取りしていたのだ。筆跡は、二人分なければならない。

「そ、そんな……こ、こんなの、何かの間違いだ……」

悠馬は、尚《なお》も抗う。

頭では分かっていても、心では認めたくないのだろう。それはそうだ。これまで、自分が信じていた世界が、幻だったなんて、易々《やすやす》と受け容れられる方がおかしい。

「何の間違い？」

またしても冷たい言い方をしてしまった。

ただ、他にどうしろというのだ。こういう状況になってしまったら、こうする以外にない気がする。

「そ、それは……」

「そもそも変だと思わない？　暁斗君は、どうしてあなたとの秘密の暗号のやり取りを、家に持ち帰らずに、全部机の抽斗《ひきだし》に入れっぱなしにしたの？」

秘密の暗号のやり取りのはずなのに、机に入れたままにするなんて、あまりに不用心だ。

それに、涼音が暗号の解読ができたのも、机の中に、暗号の解き方を解説した紙が入っていたからだ。

おそらく、悠馬が最初に暁斗に説明する為に渡したものだろう。実際は、渡したつもりになっていた。

そうでなければ、涼音に暗号など解読できない。

「ど、どうして、そんな変なことを言うんだよ。暁斗君が死んでるなんて、嘘に決まってる」

「これを見ても、そうだと言える？」

涼音はスマホを取り出し、暁斗が死んだことを伝えるニュース記事を表示させ、悠馬に突きつけた。

暁斗の顔写真と一緒に、学校の四階の窓から転落死したことが、簡潔に伝えられている。

「ち、違う。違う。違う。違う」

悠馬は、自らの頭を抱えるようにして蹲《うずくま》った。

しばらく、そのままの体勢でぶつぶつと何事かを呟《つぶや》いていた悠馬だったが、やがてはっと顔を上げた。

その目を見て、ぞわっと涼音の肌が粟立った。

5

——暁斗君が死んでるってどういうことだよ。

涼音は何を言ってるんだ？　暁斗は、さっきまで一緒だったじゃないか。確かにいたんだ。

悠馬が困っているときに、いつも手を差し伸べてくれた。暗号を使ってやり取りしたし、一緒にたくさん話をした。Twitterだって更新されてた。

そもそも、父の事件の真相を突きとめようと提案してくれたのは、暁斗だったのに、いないってどういうことだよ。

血が頭に上り、今にも破裂してしまいそうだった。

訳が分からない。

涼音だって、暁斗君を助けたい——そう言っていたじゃないか。

暁斗がいないのだとしたら、どうしてあんなことを言ったのかが分からない。死んでいる人間を、いったいどうやって助けるというのか？

全てを分かっていて、涼音は悠馬に嘘を吐《つ》き続けたのだろうか？

「その女の言葉に、耳を傾けるな」

突然、聞こえてきた声に、悠馬ははっと顔を上げる。目を向けると、涼音の背後に黒いスーツの男が立っていた。その隣には、暁斗の姿もあった。

「な、何なんだよ」

もう意味が分からない。

体育倉庫では、ただ突っ立って見送ったはずなのに、どうして今になって急に現れたりするんだ。

「その女は、お前を騙そうとしているんだ。データを手に入れる為に――」

黒いスーツの男が早口に言った。

「データを奪おうとしていたのは、お前だろ！」

悠馬は叫ぶ。

言っていることが無茶苦茶だ。散々付け狙っておいて、こいつらの言葉を信じられるはずがないじゃないか。

「違う。本当は、我々は君を救おうとしたんだ。本当の黒幕は、その女だ。彼女は君を惑わせ、全てを奪い取ろうとしている」

「この人の言ってることは、本当なんだよ、悠馬君。ぼくも、君を守る為に、協力していたんだ。騙すような結果になってしまったのは、申し訳ないと思っている。だけど、信じて欲しい」

黒いスーツの男に続いて、暁斗が言った。その表情は、真に迫っていて、とても嘘を吐いているようには見えなかった。

もしかしたら、本当に涼音こそが黒幕なのかもしれない。

思えば、涼音の言葉には、悠馬に対する情《じょう》が一切感じられなかった。無機質で冷酷な口調だった。悪意があったのではないか。

「あなたは、誰と話してるの？　そこには、誰もいない」

涼音が、自分の背後を指さしながら言った。

確かに黒いスーツの男も、暁斗もいるはずなのに、涼音は誰もいないと主張する。まるで、悠馬が見ているものが、幻であるかのように振る舞う。

もしかして、涼音は、悠馬を陥《おとし》れる為に嘘を吐いているのかもしれない。現実にいる人のことを、存在しないと思い込ませることで、悠馬を混乱させている。

「そうだ。悠馬君。その通りだよ。彼女は、君を陥れようとしているんだ」

暁斗が涼音を指さした。

その目には、涙が浮かんでいた。

——どうしてだろう？

どうしてぼくは、暁斗君を疑ってしまったのだろう。

ずっと友だちとして自分を支えてきてくれた暁斗と、急に距離を詰めてきた涼音。どっちを信用するかは明らかだったのに、惑わされてしまった。

信じるべきは、たった一人の友人である暁斗君のはずなのに――。

「ぼ、ぼくはどうすれば……」

悠馬は、絞り出すように言う。

「彼女を殺すんだ。君の父の冤罪を晴らす為にも」

黒いスーツの男が言った。

「殺す？」

「そうだ。そうしなければ、彼女は延々と君のデータを付け狙う。ここで、断ち切らなければならない」

「そんなの……」

――できるはずがない。

いくら何でも、人殺しなんて大それたこと、悠馬にはできない。

「悠馬君。安心して」

暁斗が微笑《ほほえ》みかけてくる。

いつも、悠馬に向けてくれていた、あの穏《おだ》やかで温かい笑みだ。

「暁斗君……」

「彼女は、現実の世界の住人じゃない」

「え？」

「彼女こそが幻なんだ。だから、ここで殺せば、彼女の存在は消える」

——そうか。

暁斗たちが現実の世界の住人であるとするなら、涼音は虚構の世界の住人だ。実際に殺すわけではない。

「君の足許に、石があるだろ。それで、彼女の頭を殴れ」

黒いスーツの男が言った。

見ると、確かにすぐ近くに石が落ちていた。悠馬は、屈《かが》み込んでそれを手に取る。ゴツゴツとした感触が掌に伝わる。

思いのほか、重量感があり、片手で持つのには重過ぎたので、悠馬は両手に持ち替えた。

「ちょっと。何やってるの？」

涼音が、怯《おび》えた声を上げる。

悠馬が孕《はら》んだ殺気に、気付いたのかもしれない。

「君が消えれば、全てが元通りになるんだ」

悠馬は、じっと涼音を見据えた。

もう迷いはなかった。ここで、涼音の存在を消せば、日常を取り戻すことができる。

それは、平穏なものではないかもしれないけど、それでも、親友である暁斗が一緒にいてくれる。

それだけで充分だった。

悠馬にとって、暁斗のいない生活など、考えられない。

だから——。

「元通りになんて、なるわけないでしょ！　そもそも、元通りって何よ！」

「こんな世界間違ってる」

「あなたは、そうやってすぐ自分の殻《から》に閉じ籠《こ》もる。逃げたって、何にもならないのに——」

「うるさい！」

「逃げてばかりだから、苛められてたんじゃないの？」

涼音の辛辣《しんらつ》な言葉が、胸に突き刺さった。

どうして、そんな酷いことを言えるのか悠馬には分からなかった。暁斗なら、そんなことは絶対に言わない。

暁斗君は、いつも優しいのに——。

悠馬は、渾身《こんしん》の力で石を頭上高く持ち上げた。

涼音が「止《や》めて！」と叫ぶ。その表情は、恐怖に引き攣《つ》り、震えているように見える。

虚構の存在でも、恐怖を感じるのか——と不思議に思った。

そもそも、虚構って何だろう？

ネットゲームのように、データでできているのだろうか？　決められたプログラミングのパターンで動いているのかもしれない。

でも、もしそうだとしたら、こんなもので殴ったくらいで消えてくれるだろうか？　一時的に消失することはあったとしても、再び復活して、悠馬の前に現れるかもしれない。

——待てよ。

実在しないのだとしたら、悠馬はあのとき、誰の手を引っ張って逃げたのだろう。マサユキたちは、涼音と会話をしていた。マサユキにも、彼女が見えているのか？　それとも、マサユキも虚構の存在なのか？

考えてみたが、納得のいく答えは見つからなかった。ただ、もうどうでも良かった。早く、終わりにしたかった。

「やれ！」

黒いスーツの男が叫ぶ。

「悠馬君。今だ。早く彼女を——」

暁斗が急《せ》かす。

——分かってるよ。早く、彼女の存在を消さなきゃ。

悠馬が、石を振り下ろそうとしたとき、後退っていた涼音が、何かに躓《つまず》き、後ろに倒れ込んだ。

悠馬は、その瞬間、何が真実なのかを目の当たりにした。

6

車を降りた陣内は、すぐに走り出した。

涼音から、行方不明になっていた悠馬が見つかったという連絡が入った。それだけであれば、単純に喜ばしいことなのだが、涼音は悠馬と一緒に、暁斗の墓に向かっているとも言っていた。

それが何を意味するのか、考えただけで恐ろしい。

今の悠馬に、現実を突きつけることが、正しいか否か、陣内には判断がつかない。

そもそも、陣内が悠馬に興味を持ったのは、Twitterアカウントだった。情報を与えてくれたのは藤田だ。

死んだはずの息子、暁斗のTwitterアカウントが、更新されていたのだ。

それを見たとき、陣内は衝撃を受けた。

アカウントこそあったものの、死ぬまでの間、暁斗のTwitterは、ほとんど更新されていなかった。

更新するようなことが何もなかったのかもしれないし、荒《すさ》んだ家庭内では、そういう状況になかったのかもしれない。

ところが、暁斗が死んでから、突然更新が始まっていた。

そこには様々なことが綴られていた。

転校してすぐ、友だちができたこと――。

その友だちと暗号で秘密の会話をしていること――。

ゲームのランクが上がったこと――。

些細《ささい》なことではあるが、そこには、失われたはずの暁斗の生活があった。

――どうして？

その疑問からスタートし、ＩＰアドレスなどを解析した結果、別人が更新していることが分かった。

それが悠馬だった。

なぜ、悠馬は死んだ人間のアカウントを更新する必要があったのか？　そして、どうして暁斗のアカウントだったのか？

もしかしたら、悠馬は暁斗について何かを知っているかもしれない。もし、そうなら、それを知りたいと強く願うようになった。

陣内が、悠馬を追いかけ始めたのは、必然だったように思う。

最初は、悠馬の通う学校に足を運び様子を窺っていたが、あの日、道路に飛び出し、事故に遭《あ》った悠馬を助けることになった。

あのとき、悠馬は譫言《うわごと》のように「暁斗君を助けなきゃ……」と繰り返していた。自分が事故に遭い、怪我《けが》をしているというのに、それでも――。

最初は、意味が分からなかった。既に死んでいる暁斗を、いったいどうやって助けるつもりなのか？　そもそも、そんなことはできるのか？

真相を確かめる為に、二人になれるタイミングを見計らって悠馬に接触した。そこで、悠馬が語ったのは、驚くべき内容だった。

友人の暁斗が、謎の組織に拉致《らち》されたのだという。

巫山戯《ふざけ》ているのかと思ったが、そうではなかった。悠馬は、拉致された暁斗を真剣に助けようとしていたのだ。

この段階で、悠馬が妄想《もうそう》に取りつかれているのだと気付いた。

暁斗のTwitterの更新も、悠馬が無意識にやっていたようだ。そうすることで、自分の妄想を、より強固なものにしていた。

何故、暁斗だったのか――それはきっと、悠馬が転校生が来ることを心待ちにしていたからだ。

教師から、事前に暁斗が転校して来ることを聞いていた悠馬は、そこに希望を見出したのだろう。現状を変えてくれる救世主のように思っていたのかもしれない。

それを指摘し、カウンセラーである羽村に相談するのが、正しい選択だったかもしれない。

だが、陣内はそうしなかった。

悠馬の妄想に付き合うことにしたのだ。

すでにこの世にいない暁斗を助ける為に、奔走《ほんそう》している姿は、改めて思い返しても滑稽だったと思う。

それでも——。

陣内が悠馬に付き合ったのは、そうすることで、息子を救えるかもしれないと感じたからだ。

妄想の中であったとしても、息子を救うチャンスがあるなら、それに全力を注ぎたいと思った。

意味のないことだと分かっていながら、それでも、何かできるかもしれないと錯覚《さっかく》していた。

ある意味、一番幻を追いかけていたのは陣内かもしれない。

行き着く先など、何処にもないのに、それでも、その先に何かあると信じ込んだのだ。

はなはだ迷惑な押しつけだと思いながら、陣内は自分の行動を止めることができなかった。

藤田に、あれだけ言われていたのに、それでも、止めようとしなかった。

さっきから嫌な予感しかしない。

これまで陣内だけでなく、涼音も悠馬の幻想に付き合ってきた。それを、このタイミングで真実を明かしていいものか?

そうなったとき、どんな弊害《へいがい》が出るのか、陣内も想像できない。

——何を今さら。

耳の奥から声がした。それは、おそらく自分自身の声だ。

きっと、現実を受け容れられていないのは、誰よりも陣内なのだろう。助けたいとか、リスクがあるとか、そんなものは全部言い訳だ。

結局のところ、陣内はすがっていたかったのだ。悠馬を口実に、自分の罪から逃げていた。

息子の——暁斗の墓石が見えてきた。

涼音の姿が見えた。

そして悠馬も。

「あっ！」

あまりの状況に、陣内は声を上げた。

涼音が尻餅《しりもち》をついていた。そして、その前に立つ悠馬は、石を持った両手を振り上げ、今まさに涼音に振り下ろそうとしていた。

「駄目だ！　止《よ》せ！」

叫んだが、それで悠馬の動きを止《と》められるとは思えなかった。

突進していって止めるにしても、距離があり過ぎる。

——間に合わない。

陣内は、それを悟ってしまった。

全てがストップモーションのように、ゆっくりと流れていた。

悠馬が、凄《すさ》まじい形相で涼音を睨みながら、手に持った石を涼音の頭に叩《たた》き付けようとしている。

あんなものをまともに喰らったら、無事では済まない。

せめて、腕で頭だけでも守って欲しい。だが、涼音は恐怖のあまり、固まったまま動けないでいた。

――どうしてこうなった？

悠馬の幻想に付き合った結果がこれだとしたら、悔《く》やんでも悔やみきれない。

こんなことなら、悠馬に適切な対処をしておくべきだった。せめて、悠馬が見ているのは幻想だという事実を突きつけるのは、自分の役目だった。

「うわぁぁ！」

悠馬が雄叫《おたけ》びを上げる。

そのまま、持っていた石を力一杯投げつける。

だが、それは涼音に向けてではなく、その背後の空間に向かってだった。

ゴンッと鈍い音がして、石がごろごろと転がる。

悠馬は、わずかに顔を上げ、そのまま呆然《ぼうぜん》と立ち尽くしていた。

「大丈夫か？」

陣内は、涼音に駆け寄る。

悠馬が石を振り上げていたときは、相当に怯えていたように見えたが、今は幾分《いくぶん》、落ち着きを取り戻しているように見えた。

「私より……」

そう言って、涼音は悠馬を見る。

陣内も改めて悠馬に目を向けた。さっきまでとは違い、悠馬はまるで抜け殻のようだった。

「悠馬君――」

陣内が声をかけると、悠馬がゆっくりと顔を向けてきた。

筋肉が弛緩《しかん》しているだけでなく、すっかり青ざめ、まるで死人のようだった。

「全部、ぼくの幻覚だったんだね……」

悠馬がポツリと言う。

陣内は、どう答えていいか分からず、ただ黙っていることしかできなかった。

「涼音ちゃんがぶつかったとき、擦《す》り抜けたんだ。暁斗君の身体を――実体なんて、なかったんだね」

譫言《うわごと》のように言う悠馬の目から、ぼろっと涙が零《こぼ》れた――。

何があったのかは分からない。それでも、悠馬の中にあった何かが、脆《もろ》くも崩れ去ったことだけは伝わってきた。

六章　ガラスの城壁

1

病院の窓から見える景色は、何処《どこ》か現実離れしていた。

焦点が合っていないからなのか、建物も、走る車も、歩いている人でさえ、全てがミニチュアのように見える。

墓地での一件のあと、悠馬は意識を失って倒れた。

陣内と涼音の手で病院に運ばれ、色々と精密検査を受けることになった。結果は、異常無しだった。

ただ、心の方には、大きな問題があったらしい。

——過度のストレスによる、幻覚症状。

悠馬を診察した心療内科の医師は、そう診断を下した。精神安定剤の投与と、様子見で二、三日入院することになった。

何だか、言葉にすると陳腐《ちんぷ》なもののように思えてしまう。

悠馬の親友だった暁斗は、存在しない。データを求めて追い回していた黒いスーツの男も、空想の産物だった。

悠馬が一時期潜伏《せんぷく》していた暁斗の家も、団地の空き部屋だった。

暁斗のTwitterも、無意識に悠馬が更新していたらしい。認めたくはないが、ログを確認してみると、確かに悠馬のスマホからログインした形跡があった。

暁斗のTwitterをチェックしているようで、実はその場で悠馬が更新していたというわけだ。

今になって思い出したことだが、教師から事前に暁斗という転校生が来ると聞かされていた。悠馬は、そこに希望を見出した。苛められ、クラスに居場所のない自分の現状を変えてくれるに違いないとすがった。だから転校してくる前にTwitterアカウントを見つけ出し、チェックしていた。

だが、暁斗は来なかった。

その失望を受け入れられずに、悠馬は空想の暁斗を造り出し、自分の物語に登場させてしまった。

まるでゲームのように。

頭では分かっている。だけど、まだ心がそれを受け容れていない。

急に無かったことになんてできない。

「悠馬。具合はどう？」

ノックのあと、母が病室に入って来た。

仕事を休んで付きっきりの状態だ。少し過敏になり過ぎている気がする。

今だって、ちょっとトイレに行っただけなのに、その間に何か異変が起きたのではないかと心配して声をかけてくる。

ほんの数分で、何かが変わるわけもないのに——。

しかし、それは悠馬の責任でもある。

家出したり、事故に遭《あ》ったり、病院を抜け出したり、本当に色々とあった。心配するのは当然のことだ。

申《もう》し訳《わけ》ない気持ちになる。

ただ、父の死以降、過去ばかり見ていた母が、ようやく悠馬を見てくれたような気がする。

「うん。大丈夫」

悠馬は、微《かす》かに笑《え》みを浮かべて答える。

「変なものは、もう見えてない？」

「見えてないよ」

「良かった」

母が安堵《あんど》の笑みを浮かべる。

悠馬は、人の気配を感じて病室の隅に目を向ける。

そこには、暁斗が立っていた。穏《おだ》やかで温かい笑みを浮かべながら悠馬に視線を送ってきている。

ふっと誰かが、悠馬のベッドの脇に立った。

黒いスーツの男だ。

「早くデータを渡せ。さもなければ、お前の母親が死ぬことになるぞ」

そう言って、黒いスーツの男は懐《ふところ》から何かを取り出した。

拳銃だった――。

その銃口を母のこめかみに突きつける。一瞬、ひやっとしたが、すぐに状況を察して首を振る。

黒いスーツの男は存在しない。母の反応を見ていれば分かる。拳銃を突きつけられて、平然としているはずがない。

「さあ。データを渡せ！」

黒いスーツの男が凄《すご》んでくる。

「うるさい」

悠馬が口にした途端《とたん》、母の顔が引き攣《つ》った。瞬時に、悠馬の異変を感じ取ったのかもしれない。

「車の音がうるさいよね。窓、閉めるね」

悠馬が、手を伸ばして窓を閉めると、病室の中に静寂が降りてきた。

母は何も言わずに、ベッドの脇にある椅子《いす》に座った。悠馬の嘘を信じたかどうかは分からない。

相変わらず、暁斗も黒いスーツの男も病室に留まっていた。

暁斗は、ただ微笑《ほほえ》んでいるだけだからいいのだが、質《たち》が悪いのは黒いスーツの男だ。暇さえあれば、データが云々と口にしている。

悠馬は、聞こえないふりをすることにした。

診療内科の先生も、見えていても、無視することが大切だと言っていた。

ただ、本当にそれが正しいことなのか、悠馬には分からなかった。黒いスーツの男はともかく、暁斗とのことを、なかったことにはできない。心の奥で、そう叫んでいる声が聞こえてくる。

――これから、どうするべきなのか？

考えを巡らせていた悠馬は、一つの結論に行き着いた。

自分には、まだやらなければならないことがあった。もし、暁斗や黒いスーツの男が、自分の心が生み出したものだとするなら、それと向き合う為《ため》に、どうしてもやらなければならないことが。

ただ、それは、自分一人ではできない気がする。だから――。

2

涼音が病室の扉をノックすると、中から「はい」とか細い声が返ってきた。

すぐに扉を開けるべきなのに躊躇《ためら》いがあった。

いったい、どんな顔をして悠馬に会えばいいのだろう。笑うべきだろうか？　いや、それは不自然だ。かといって、不機嫌な顔というのも違う。

普段と同じ表情でいい。そう言い聞かせたものの、普段の表情が、どんなものだったのか分からなくなってしまった。

このまま逃げ出そうかとも思った。

だが、それはできない。こうなった責任の一端は、間違いなく涼音にあるからだ。それに、言わなければならないこともある――。

涼音は意を決して扉を開けた。

自分が、どんな表情をしているのかは、分からないまま――。

悠馬はベッドの上で上体を起こし、じっと窓の外に目を向けていた。窓の外には、一羽の蝶が舞っていた。

悠馬の態度は、涼音との面会を拒否しているようにも見える。

そうなるのは当然だ。

涼音は、悠馬の世界を壊した張本人だから。

もしかしたら、あのまま妄想《もうそう》の世界に浸《ひた》っていた方が、悠馬にとって幸せだったんじゃないかとも思う。

ただ、そうなったとき、何処に行き着いたのかは、誰にも分からないし、確かめようがない。

「ごめんなさい」

涼音は、腰を折って頭を下げた。

許してもらおうとは思わない。そもそも、許されることではないのかもしれない。それでも、直接悠馬に謝罪しておきたかった。

自己満足に過ぎないことは、誰よりも涼音自身が分かっている。ただ、それでも——。

しばらく、頭を下げていたが、悠馬からは何も反応がなかった。

やはり、涼音を許すつもりはないのだろう。それは、当然のことだ。そう思っていたはずなのに、落胆の気持ちがあった。

何だかんだ言いながら、やはり許されることを望んでいたのだと気付かされ、自分が嫌になる。

ここには来るべきではなかったかもしれない。

涼音は諦めて頭を上げる。

悠馬と視線がぶつかった。

病室に入ったときは、窓の外を見ていた悠馬だったが、今は真っ直ぐに涼音の方を見ている。

その顔に、怒りや憎しみの感情は窺《うかが》えなかった。

見知らぬ土地に放り出されたみたいに、きょとんとした表情を浮かべていた。

「どうして、涼音ちゃんが謝るの？」

悠馬の言葉に、涼音の方が困惑《こんわく》してしまう。

謝る理由なら悠馬も分かっているはずだ。わざと、こんなことを言っているのだろうか？

「だって、私は――」

「ぼくは危なく、涼音ちゃんを殺すところだった。怖い思いをさせちゃったんだ。謝るのはぼくの方だ」

悠馬が、涼音の言葉を遮《さえぎ》るように言った。

石を振り上げたときの悠馬の顔は、鮮烈《せんれつ》に涼音の脳に刻み込まれている。

「本当にごめんなさい」

悠馬は、深々と頭を下げた。

彼があんな状態に陥《おちい》ったのには、涼音にも責任がある。あんな風に、乱暴に現実を突きつけたことが、トリガーになったのだ。

ただ、今それを言ったところで意味はないのかもしれない。それより――。

「どうして、あの場で踏み留まったの?」

疑問に思っていたことを訊《たず》ねてみた。

あのとき、悠馬は自分の意志で、涼音に対する攻撃を止めた。錯乱状態の中で、どうして悠馬は正気を取り戻すことができたのか?

「涼音ちゃんが尻餅をついたとき、暁斗君と身体が重なった。普通なら、ぶつかるところを、擦《す》り抜けた。それで、気付いたんだ。何が幻なのか――」

理屈としては分かる。だが――。

「私の方が、幻覚だったかもしれないでしょ。それは考えなかったの?」

涼音が問うと、悠馬は頷《うなず》いた。

「うん。それも考えたよ。だけど、涼音ちゃんが言った言葉が、引っかかった」

「私の?」

「涼音ちゃんは、ぼくが苛められているのは、ぼくのほうが逃げてばかりだからだって言ったんだ……」

「そんな酷《ひど》いこと言った?」

「うん」

悠馬が頷く。

あのときは必死だった。いや違う。本当は、自分の中にあった鬱積《うっせき》した感情を、ただ爆発させただけだ。

歯止めが利かなくなっていたのは、悠馬よりむしろ涼音の方だったかもしれない。

「酷いこと言われたなら、信用できなくなるんじゃない？」

「違うよ。暁斗君は、いつも優しかったんだ。どんなときも、ぼくの味方で、酷いことなんて、一つも言わなかった。言ってくれなかった……」

悠馬がきつく下唇を噛《か》んだ。

目に涙が浮かび、瞳《ひとみ》が揺れていた。

しばらく、零《こぼ》れ落ちそうになる涙を堪《こら》えていた悠馬だったが、やがて何かを吹っ切ったように笑みを浮かべた。

ぎこちなかったが、それでも笑顔と呼べるものだった。

「それって、おかしいでしょ。いいことしか言わないなんて。だから気付いたんだ。暁斗君は幻覚なんだって……」

悠馬の言葉が、涼音の胸の深い部分に染み渡っていくようだった。

ただひたすらに、自分に賛同してくれる人は、本当の友人とはいえない。それは、単に同調して関係性から逃げているだけだ。

クラスメイトなどがいい例だ。グループ内でメッセージのやり取りをしながら、みんなで同調している。それから外《はず》れることは、悪だとされている。

涼音は、ずっとそれに居心地の悪さを感じていた。

ただ、批判ばかりもできない。なぜなら、涼音自身、そのグループの中で、当たり障《さわ》りのないキャラクターを演じていたのだから――。

今になって思えば、悠馬に対しての苛立《いらだ》ちは、結局のところ自分に向けられていたのだろう。

逃げていたのは、誰よりも涼音自身かもしれない。

「一つ、お願いがあるんだ」

悠馬が一度だけ目を拭《ぬぐ》ってから言った。

「何？」

「涼音ちゃんは、暁斗君のことを知っているんでしょ。本物の暁斗君を――」

「うん」

「教えて欲しいんだ。本物の暁斗君のこと」

「でも、暁斗君はもう……」

「分かってる。でも、知りたい。暁斗君は、どんな人だったのか」

悠馬の眼差《まなざ》しは、清流のように澄み切っていた。

本物の暁斗のことを知ることで、自分の中にある妄想を打ち消そうとしている部分もあるのだろう。

「私と暁斗君は、小学校のときの同級生だったの――」

小学校の頃、涼音は今とは違う町に住んでいた。それなりに友だちもいたし、つつがなく流れる日常を疑問に思ったこともなかった。

このまま、平穏《へいおん》にときが流れ続けるものだと思っていた。いや、そんなことすら意識していなかった。

暁斗とは、小学校五年生のときに同じクラスになったが、ほとんど話したことがなかった。

元々、暁斗は大人しいタイプで、いつも教室の隅で小説を読んでいた。

話しかけられれば、ポツポツと答えるが、その程度だった。あまり、周囲とのコミュニケーションが得意ではなかったと思う。

何もなければ、そのまま暁斗のことなど忘れていただろう。十年以上経ってから、卒業アルバムを見返して、「こんな人、クラスにいたっけ？」と首を傾《かし》げる程度の存在。

それが、一変したのは、涼音の母の病気が原因だった。

最初は物忘れ程度だった。鍵を閉め忘れたとか、スマホを置き忘れたとか、日常生活でよくあることだった。

だが、日を追うごとに、それはどんどん悪化していった。

夜中に突然、料理を作り出したり、犬はもう何年も前に死んでいるのに「行方不明になった」と大騒ぎしたり、目に見えておかしな言動が目立つようになった。

そのうち、娘である涼音に向かって「あなた、どこの娘？」と訊ねるようになった。

流石《さすが》におかしいということで、病院で検査をしてもらったところ、若年性のアルツハイマーだと診断された。

それを聞いたときは、正直、ことの深刻さに気付いていなかった。

ただ、父に言われたひと言で、絶望を味わうことになった。この病気は、回復の見込みが低い。一生付き合っていかなければならない——と。

大好きだった母が、我を失っていく姿は見るに堪《た》えなかった。

母の姿形《すがたかたち》をしているが、中身は母ではない。そんな風に割り切れたら良かったのだが、この病気の一番の苦痛は、波があることだ。

ときどき正常に戻るのだ。

涼音が自分の娘であることも分かっているし、明瞭《めいりょう》に話すこともできる。治ったのかもしれないと、はしゃいだりもした。

だが、翌日には、また何も分からない母に戻ってしまう。

希望と絶望を、交互に突きつけられ続けたことで、涼音の心はどんどん疲弊《ひへい》していった。

そうした状況の中で、誰が言ったわけではないが、瞬《また》く間に母の噂《うわさ》は近隣住民に広がった。

最初は同情だった。

——若いのに可哀相《かわいそう》に。

——何とかならないのかしら？

——涼音ちゃん、何でも協力するから頑張ってね。

涼音は、それらの言葉を、真実として受け取っていた。近隣住民たちも、本音で言っていたのだと思う。

だが、同情は永続的な感情ではない。次第に、それらの感情は、蔑《さげす》みや憐《あわ》れみといったものに変貌《へんぼう》していった。

面倒に巻き込まれるのを嫌い、みるみる疎遠《そえん》になり、そのうち、誰も声をかけて来なくなった。

涼音や母の姿を見る度に、汚いものでも見るような嫌な目をする。

それは、学校でも同じだった。母の病気のことは知れ渡り、最初は同情の視線が集まる。

だが、次第にそれは悪意へと姿を変える。

友だちだと思っていた人たちは、涼音を避《さ》けるようになった。誰も遊ぼうと誘ってこなくなった。それだけなら、まだ気を遣《つか》っていると取れなくもないが、涼音の姿を見ると、それまで楽しそうに話していたのに、ピタッと黙り込むようにもなった。

伝染病でもないのに、伝染するという噂まで出回り始めた。

そのうち、何処かで母の姿を見かけたらしい男子児童の一人が、涼音の前で奇行《きこう》に走る母の姿を真似《まね》た。

それを見て、クラスが爆笑し、笑いを取る為に、他の児童たちもそれを真似した。何より罪なのは、それが他者を傷付けているのだと気付いていないことだ。無邪気に振り回される狂気によって、涼音の心はズタズタに切り裂かれた。

そして――。

あの日、事件が起こった。

いつものように、男子児童の一人が、涼音の母を真似、笑いを取っていた。哀しくて、悔しくて、どうしようもない感情を抱えながら、どうすることもできず、涼音は押し黙っていた。

それが涼音の日常になっていた。

「いい加減にしろよ」

急に教室に声が響いた。

暁斗だった。

普段なら、教室の隅で本を読んでいるだけの暁斗が、立ち上がり、ふざけている児童に詰め寄ったのだ。

「君たちは、そんなことしていて、恥ずかしくないのか?」

暁斗に問い詰められ、男子児童たちはどよめいた。

「いきなり、何突っかかってきてんだ」

男子児童が、暁斗の胸倉を摑《つか》み上げたが、彼は動じることはなかった。

「君たちの言動が、あまりに酷いから、それを指摘しているだけだ。涼音さんは、病気のお母さんの為に、頑張っているんだ。こんな下品な形であげつらうなんて、どうかしている」

暁斗に、ど真ん中の正論をぶつけられ、男子児童たちは狼狽しているが、それもわずかな時間だけだった。

男子児童たちは、すぐに激昂して、暁斗を突き飛ばした。

「てめぇ、誰に向かって口きいてんだ。謝れよ」

倒れている暁斗に向かって、男子児童はそう主張したが、暁斗は折れなかった。

「ぼくには謝る理由がない。君たちこそ、涼音さんに謝れ」

その姿を見て、涼音はただただ衝撃を受けた。

これまで、空気のような存在だった暁斗が、こんな風に自分の意思を主張するなんて、思ってもみなかった。それは、男子児童たちも同じだっただろう。

怒り、屈辱、溢れ出る様々な感情を処理できなかった男子児童は、暴力という手段に訴えるしかなかった。

尻餅をついた状態の暁斗の顔を、蹴り上げたのだ。

仰け反るように倒れた暁斗の鼻からは、血が流れ出ていた。本当は、すぐにでも助けに行くべきなのに、涼音にはそれができなかった。

男子児童が、暁斗にさらに攻撃を加えようとしたところで、担任教師が入って来て、急速に騒ぎは収まった。

その後、担任教師は暁斗から事情を聞いたらしく、その男子児童は、親ともども職員室に呼び出され、厳重注意を受けることになった。

それで、事態は収束《しゅうそく》するかと思われたが、逆効果だった。

涼音に関わると、面倒なことになる――という誤った認識が定着し、これまで以上に、クラスメイトたちは涼音を避けるようになった。

暁斗の方は、もっと酷かった。

教室に鞄《かばん》の中身がばらまかれたり、靴《くつ》が盗まれたり、机に落書きをされたり、陰湿《いんしつ》な形での報復が始まった。

暁斗のせいで、親を前にして恥をかかされたのだ。

逆恨《さかうら》みでしかないその鬱積した感情を、あますことなく暁斗にぶつけた。

その姿を見ていながら、涼音は何もしなかった。自分のせいで、苛めを受けている暁斗から目を背《そむ》けたのだ。

自分のことで、いっぱいいっぱいだった。

それに、あらぬ噂を立てられるのも嫌だった。あの一件で、涼音と暁斗は付き合っているという根も葉もない噂が出回った。

それは一人歩きを始め、仕舞《しま》いには、涼音が妊娠しているという話にまで発展してしまった。

そういう噂に発展した理由は、涼音が家に引きこもるようになったこともあるだろう。中絶手術をして、学校に来られないと思われたようだ。

塾で一緒だった他校の友だちから、それを聞かされたときはショックで放心状態になった。

そんな涼音を見かねて、父は中学校入学を機に引っ越しを決めた。母の介護の為――というのを口実にしていたが、守りたかったのは母ではなく、涼音だったのだと思う。

それから、暁斗がどうなったのか、全く知らなかったし、知ろうとも思わなかった。同級生たちとも連絡を絶っていたので、知る術《すべ》もなかった。

中学校に通い出してからは、ひたすら母の病気がバレないように過ごした。知られれば、どんなことになるのかわかっているからだ。

クラスメイトのグループに紛《まぎ》れ、つかず離れずの距離を保った。仲良くなって、また見捨てられるのが怖かった。

だから、誰も侵入してこないように、自分の周りに壁を作った。警戒していると思われれば疎外《そがい》される。だから、一見しただけでは、それと分からないように偽装した。まるで、ガラスで造った壁だ。

そのまま時が流れ、嫌な記憶は封印されると思っていたのだが、思いもよらない話を聞いた。

塾で一緒だった子からのメッセージで、暁斗が涼音と同じ学校に転校して来るのだという。

それを知ったとき、涼音は複雑な心境を抱えた。

せっかく助けてもらったのに、その後、自分は暁斗を見殺しにしたのだ。その罪は赦されるのだろうか？

そもそも、暁斗が転校してくる理由は何なのか？

やはり、涼音と同じように、苛めに耐えかねてのことだろうか？　もしそうだとすると、いたたまれない気持ちになった。

ただ、何にしても、謝罪だけはしようと思っていた。

赦されなかったとしても、謝らなければならない。そして、あのとき言えなかったもう一つの言葉——。

しかし、暁斗が転校してくることはなかった。

通っていた中学校の四階の教室の窓から転落して死亡したのだ。テレビのニュースでは、事件と事故の両面から捜査を続けるというようなことを言っていた。

だが、涼音には、それがどうしても事故とは思えなかった。

あの日から始まった陰湿な苛めが、その後も続いていたのかもしれない。そして、暁斗はその延長で命を奪われた。

余計に、自分が罪深い存在に思えた。

涼音が悠馬の異変に気付いたのは、そんなときだった——。

そこまで一気に話をした涼音は、ふうっと大きく息を吐《は》いた。頰に違和感を覚え手を当ててみる。

濡れていた。

いつの間にか、泣いていたようだ。自分の辛い経験を思い出したからか、それとも暁斗に対する贖罪《しょくざい》の想いからか、自分でもよく分からなかった。

「ゴメンね。暁斗君の話をするつもりが、結局、自分の話ばかりになっちゃって」

涼音は、誤魔化《ごまか》すように明るく言いながら、指先で涙を拭《ぬぐ》った。

「話が聞けて良かった」

悠馬が、穏やかな笑みを浮かべながら首を左右に振った。

もし、暁斗が転校してきていたら、悠馬といい友だちになったのかもしれない。涼音は、ふとそんなことを思った。

3

陣内は、酷い頭痛とともに目を覚ました。

窓から射し込む光が、痛みをより一層、増幅させているような気がした。

ソファーに横になったまま、眠りに落ちていたらしい。陣内は、身体を起こしてソファーに座り直す。

時計に目をやると、まだ八時前だった。眠りに落ちてから、三時間も経っていない。

あの一件以来、陣内は眠ることができずにいた。

本当なら、悠馬の許《もと》に見舞いに行くべきなのだろうが、それも躊躇われた。彼を苦しめた責任の一端は、自分にもあるからだ。

いや違う。一端どころではない。全てが陣内の責任だと言っても過言《かごん》ではない。

悠馬の異変に気付いていながら、自分の願望を叶《かな》える為に黙殺したのだ。おそらく、騙し続けた陣内のことを、悠馬も恨んでいるだろう。

そんな悠馬のところに、ノコノコ会いに行ったところで合わせる顔がない。

インターホンが鳴った。陣内は、ふらふらとしながらも立ち上がり、モニターの前まで歩いて行った。

そこに映る顔を見て、ぎょっとなる。

モニターの向こうには、悠馬の姿があった。隣には涼音もいる。

——どうして？

〈悠馬です。少し、話したいことがあります〉

はっきりとした口調で、悠馬が言った。

陣内は、戸惑いながらもボタンを押して、エントランスの扉を解錠した。悠馬が、何を言うつもりかは分からないが、それでも、陣内はそれを受け止める義務がある。そう覚悟を決めた。

しばらくして、玄関のチャイムが鳴った。

陣内はドアを開け、部屋の中に悠馬と涼音を招き入れた。

「具合はどうだ？」

悠馬と涼音がテーブルに並んで座るのを待ってから、陣内は訊ねた。

「だいぶマシになりました。そんなに心配してくれなくても大丈夫です。昨日、退院していますし、母にも許可はもらってます」

悠馬が照れたような笑みを浮かべながら言った。

どうやら、陣内の心配ごとは、全て見透かされていたようだ。

謝罪しなければ――と思っていたクセに、いったいどんな顔で悠馬を迎え入れたんだと、今になって反省する。

「そうか……」

「まだ、ときどき見えますけどね」

悠馬は、あっけらかんとしているが、陣内は驚きを禁じ得なかった。

「え？」

「言葉のままです。暁斗君も、黒いスーツの男も、ときどきぼくの前に現れます」

「それは……」

「羽村さんも言っていました。そう簡単に消えるものじゃないそうです。だから、これから長い時間をかけてカウンセリングを受けて、現実に向き合って行こうと思っているんです」

「君は強いな」

それが陣内の本音だった。

自分の親友が、実は存在しなかったと分かったときの悠馬の失望は、想像を絶するものだったはずだ。

それこそ、自分の見たもの、聞いたこと全てが、虚構《きょこう》ではないかと疑うことにもなっただろう。

いや、おそらく今もその不安は付きまとっているはずだ。

それでも、悠馬は前を向こうとしている。初めて会ったときは、ひ弱な少年だと思ったが、それは誤った認識かもしれない。

どう振る舞っていいのか分からず、部屋に籠《こ》もっていた陣内とは大違いだ。

「強くなんてありません。でも、暁斗君から教わった気がするんです。あ、陣内さんの息子さんではなくて、ぼくの妄想の暁斗君です」

「何を教わったんだ？」

「暁斗君は、ぼくの妄想だった。でも、暁斗君を助けようとして、必死になったあの気持ちは、嘘じゃない。それがあったから、ぼくは前を向こうと思えたんです」

悠馬の言葉に、陣内の心がぐらぐらと揺れた。

——本当に強い子だ。

全てを否定するのではなく、受け容れるものは受け容れ、自分で道を切《き》り拓《ひら》いている。

悠馬が見ていた暁斗は、幻覚だったかもしれない。だが、それは悠馬の中にある、生きる強さが生み出したものだったのだろう。

感心ばかりもしていられない。陣内は、改めて悠馬に向き直った。

「君に謝らなければならないことがある」

陣内がそう言うと、悠馬の顔から笑みが消えた。

「何を謝るんですか？」

「君を騙していた。君が、存在しないものを追っていると分かっていながら、おれは……」

口に出すことで、自らの行いの罪深さを再認識した。

悠馬を助けたいなどと言っておきながら、実際は、叶いもしない自分の願望の為に、彼を振り回していたのだ。

「ありがとうございます」

悠馬が、再び笑みを浮かべた。

あまりに想定外の反応に、戸惑いを隠せなかった。

「礼を言われるようなことは……」

「たぶん、あのタイミングで真実を告げられても、ぼくは納得しなかったと思います。暁斗君や黒いスーツの男の言葉を信じていたはずです。でも、陣内さんや涼音ちゃんが、ぼくに歩み寄ってくれた、あのタイミングだったからこそ、ぼくは現実を見ることができたんです」

「君は、本当に凄いな」

陣内は、ただただ感嘆するばかりだった。中学生の少年が、懸命に前に進もうとしているというのに、自分はいったい何をしているのだろう。

自分自身が心底嫌になった。

「あの、実は、今日はお願いを聞いて欲しくて、ここに来たんです」

悠馬が、真っ直ぐな目で陣内を見る。

「何でも言ってくれ」

そこに嘘はない。自分に何ができるかは分からないが、悠馬の頼みであれば、何でもするつもりだ。

「手伝って欲しいんです」

悠馬が言った。

「何を?」

「犯人を捕まえるのを――」

その言葉を聞き、陣内はひやりとした。

さっき、妄想との決別を口にしていたはずなのに、まだ黒いスーツの男に縛《しば》られているのかもしれない。

視線を向けると、涼音はじっと陣内を見つめていた。

彼女は、今の悠馬の発言を、何とも思わないのだろうか？　もしかしたら、涼音も、何かの妄想にとりつかれているのか？

気を揉む陣内をからかうように、ぷっと悠馬が噴き出すようにして笑った。

「そんなに心配しないで下さい。ぼくがやっていたことは、途中まで合っていたんです」

「途中まで？」

「はい。黒いスーツの男とかが出てきたせいで、ややこしくなってしまいましたけど、父さんが冤罪で、犯人がまだ逮捕されていないのは事実です」

「そうだったな」

「現実と向き合う為にも、ぼくは犯人を捕まえなきゃいけない気がするんです。だから――」

「もちろんだ」

陣内は即答した。

悠馬の申し出を断る理由はどこにもない。できるかどうかではなく、行動に移すことこそが大切なことのように思えた。

「それと、もう一つ、お願いがあるんです」

悠馬が何かを訴えるような目をした。

「何だ？」

「暁斗君のことを——教えて欲しいんです」

「暁斗の……」

陣内は、戸惑いを隠せなかった。

悠馬の知っている暁斗と、陣内の息子である暁斗は、まったくの別人だ。話したところで、何かが得られるとも思えない。

「ぼくは、暁斗君に会えなかった。でも、友だちだった気がするんです。会ったこともないのに、変なこと言ってますよね」

「そうだね」

確かに、悠馬の言っていることは変だと思う。

ただ、暁斗の存在が、陣内と悠馬、そして涼音を引き合わせたように思えてならない。みな、暁斗を通して繋《つな》がった。

その不思議な縁を大切にするべきかもしれない——。

「分かった」

陣内は、大きく頷いてから、暁斗のことを語り出した。

暁斗が生まれたとき、陣内はある事件に追われていて、出産に立ち会うことができなかった。

ようやく会えたのは、三日後のことだった。

顔立ちは、自分の幼い頃によく似ていた。標準体重より少し小さくて、最初の頃はずいぶんと心配したものだ。

首が据わった。はいはいができるようになった。立ち上がった。成長の一つ一つが驚きと喜びに満ちていた。

無防備な寝顔に頰を緩《ゆる》め、この子を守る為にも——とそれまで以上に仕事に邁進《まいしん》した。

それなのに——。

妻との間に溝ができ始めた。

きっかけが何だったのか、定かではない。いうなれば、それまでの積み重ねだろう。

仕事に没頭する陣内の姿は、妻からしたら、家庭に無関心に見えたのかもしれない。

顔を合わせる度《たび》に、諍《いさか》いが絶えなくなった。

最初の頃は、お互いに暁斗の前だからと自制していた部分があったが、やがては、それもできなくなっていた。

幾度となく、暁斗に「もう止《や》めてよ」と止《と》められたことがある。

暁斗は、物静かで、外で遊ぶより、絵本や図鑑を眺めて過ごすことが多かった。そうした気質の暁斗からすれば、夫婦の諍いを聞かされるのは、耐《た》え難《がた》い拷問《ごうもん》だったかもしれない。

修復を試みたが、上手《うま》くはいかなかった。親の勝手だと分かっていながら、暁斗が小学校五年生のときに離婚した。

親権《しんけん》は妻が持ち、陣内は月に一度、面会の機会を与えられた。

自分の息子であるにもかかわらず、自由に会えないことを、苛立たしく思ったし、面会という言い回しが、どうにも好きになれなかった。

まるで、自分が刑務所に入れられているような気さえしてしまった。

月に一度しか会えないのだから、その一度を大切にしようと心がけていたはずだった。

だが、陣内の都合で事件が起きるわけではない。次第に、面会の約束を反故《ほご》にするようになっていった。

その度に、妻に激しく罵倒《ばとう》された。

親として無責任だ――と。

正論だった。妻は正しい。それなのに、売り言葉に買い言葉で、罵《のの》り合《し》ってしまった。

そのイメージを引き摺《ず》ってしまい、暁斗との面会を憂鬱《ゆううつ》に感じるようになった。暁斗には、何の罪もないのに、自分の都合だけで傷付けてしまっていたと思う。

小学校の六年生になった頃、クラスに苛められている女子生徒がいるという話を聞かされたことがあった。

そのとき、陣内は「守ってやるべきだ」と、正義のあり方について説いたように思う。

自らの職業倫理を、小学生の息子に押しつけたのだ。教師に相談するとか、親から意見するとか、色々と手はあったのに、責任を負わせてしまった。

それから、時折、暁斗が顔や腕などに痣《あざ》をつけていることがあった。喧嘩《けんか》でもしたのだろうと、さほど気にも留《と》めていなかったが、中学校に入ったくらいの頃に、苛めを受けているようだ——という話を妻から電話で聞かされた。

思春期においては、そういうことは往々《おうおう》にして起こる。

誰でも苛めのターゲットになり得るし、苛める側に回ってしまうこともある。今は、状況を見て、あまりに酷いようなら、教師に相談すればいい——といったようなことを答えた。

その後、暁斗に会ったとき、苛めを受けていても、負けてはいけない。自分が正しいと思ったことを、ちゃんと主張するべきだと説いた。

まるで他人事《ひとごと》だ。

あまりに愚かな発言だった。

どうして、寄り添ってやらなかったのだろう？　なぜ、そのときにちゃんと話を聞いてやらなかったのだろう？

中学二年になったとき、妻から苛めがエスカレートしているので、引っ越すという話を聞かされた。

そのときに、事態の深刻さに気付くべきだった。

それなのに、陣内は苛められている側が、引っ越さなければならないなんて、理不尽だという主張をした。

愚の骨頂だった。

その後、暁斗との面会の予定があったが、よその仕事の応援に駆り出されて、会うことはできなかった。

暁斗が、学校の四階の教室の窓から転落死したのは、その数日後のことだった──。

現場にいたクラスメイトたちは、ふざけて遊んでいて、誤って転落したと主張した。

いや、今も主張し続けている。

だが、おそらくそれは真実ではない。これは、苛めではなく、れっきとした殺人だ。

何とかして、その罪を暴《あば》く為に奔走しようとしたが、上長から加害者と目される少年たちとの接触を禁じられた。

被害者遺族であるというのが、その理由だった。

一番重要な事件に関わることができず、何の為に警察官になったのか、分からなくなった。

しかし、一番の問題は、そんなことではなかった。

とてつもない後悔が、陣内を押し潰した。

陣内は、息子との直前の面会を、キャンセルしてしまっていたのだ。あのとき、会っていれば、何かが変わったかもしれない。

それだけではない。痣を作っていた息子を見ても、事態の深刻さを悟ろうとはしなかった。

　暁斗は、最近、笑わなくなっていた。それを反抗期くらいに受け止め、暁斗に寄り添うことをしなかった。

　どうして、もっと暁斗のことを見ようとしなかったのか――。

　自分が許せなかった。

　今になって思えば、暁斗は幾度となく陣内に「助けて」とサインを送っていた。それらを全て、見当違いな言葉で返していたのだ。一度だって、真剣に暁斗のことを見ようとしなかった。

　その結果がこれだ――。

　陣内は、自分が許せなかった。贖罪《しょくざい》の方法が見つからず、ただ途方に暮れていた。

　そんなときに、悠馬の存在を知ったのだ。

「すまない。何だか、自分の話ばかりになってしまった」

　そこまで話し終えたところで、陣内は苦笑いを浮かべた。

　暁斗のことを話そうとしていたのに、いつの間にか、自分自身が抱える後悔の話にすり替わってしまった。

　離婚してからの暁斗のことは、ほとんどといっていいほど知らないことに、改めて気付かされ、愕然《がくぜん》とした。

「今はそれでいいと思います」

悠馬が、小さく頷きながら言った。

「いいのかな？」

「ぼくも同じです。父さんのことを思い出そうとすると、どうしても事件のことに行き着いてしまうんです」

悠馬の言葉は、ずんっと心の深いところに落ちた。

あの日——悠馬の家に家宅捜索に行ったときのことが、思い返される。

「すまない」

陣内は、考えるより先に頭を下げた。

「どうして急に謝るんですか？」

「あの日、君たちの家に押しかけた刑事たちの中に、おれもいた。担当は違ったが、応援要員として家宅捜索を手伝っていた」

陣内の告白に、悠馬は目を丸くして驚いていた。

あの事件の家宅捜索に参加していたことが、悠馬に関心を持った要因の一つでもあった。

「そうだったんですか。全然、気付かなかった」

「だから……」

「だからって、陣内さんが謝ることじゃないです」

「しかし……」

「やっぱり、後悔を取り除く為にも、まずは真犯人を捕まえないと。そうすれば、きっと事件の前の、楽しかった頃のことを思い出せると思います」

悠馬の言葉は力強かった。

どんな難敵にも屈しない、誇り高き勇者のように見えた。

悠馬という人間の為に、何かしてやりたい——心の底から、そう思った。

4

「これだ——」

父の部屋で、ノートパソコンに向かい合っていた悠馬は、思わず歓喜の声を漏らした。

父のパソコンには、ウイルスが仕込まれていて、セキュリティーホールができていた。

その結果として、遠隔操作され、冤罪を着せられたのだ。

ウイルスは早い段階で見つけていた。

新種のハイスペックなウイルスだった。

バックグラウンドで機能し、パソコンを操作している人間に気付かれないだけでなく、ウイルス対策ソフトにも引っかからない特殊なプログラムが組まれていた。

それだけではなく、自らの侵入経路を隠匿《いんとく》するように細工されていて、発見されたとしても感染経路が特定できないような工夫が施《ほどこ》されていた。

今、悠馬が見つけたのは、ウイルス自体ではなく、ウイルスがどうやって父のパソコンに侵入したのか——だ。

正直、そこに注力して解析していれば、もっと早く真相を突きとめることができていたかもしれない。

途中から、黒いスーツの男たちが登場したことで、極秘データを探すという、誤った方向に導かれたせいで、本質を見失っていた。

だが、今はそれで良かったと思っている。

たとえ真相が分かったとしても、悠馬一人では、何もできなかった。

「余計なことはするな」

声がした。

目を向けると、ドアのところに黒いスーツの男が立っていた。怒りの籠もった強い眼差しで、悠馬を見据《みす》えている。

反論しようとしたところで、スマホにメッセージが届いた。涼音からだ。

〈作業は進んでる？〉

絵文字とか、スタンプとかを使わないのが涼音らしいところだ。

〈今、ウイルスの発生源を見つけた〉

悠馬はすぐに返信した。

「これ以上、余計なことをすれば、お前は死ぬことになるぞ」

黒いスーツの男が凄んでくる。

悠馬は、それを無視して作業を続行した。返答したところで意味はない。黒いスーツの男は、そもそも存在しないのだ。

〈何処が発生源だったの？〉

また、涼音からメッセージが来た。

〈USBメモリーから、直接送り込まれたんだ〉

〈どういうこと？〉

〈あとで説明するよ〉

悠馬は、そう返信した。

メッセージでその内容を送ったところで、理解してくれないだろう。

今回の一件は、巧妙に仕組まれたものだった。

父のパソコンにウイルスを送り込んだ人物は、金目当てで父のパソコンを遠隔操作したわけではない。

陣内が推測した通り、初めから悠馬の父を陥《おとし》れることが目的だった。

父の仕事関係者が、打ち合わせの際などに仕事のデータと称して、USBメモリーを使い、ウイルスを仕込んだデータを、直接父のパソコンに送り込んだのだ。

ウイルスによって作られたセキュリティーホールを使い、その人物たちは父のパソコンを遠隔操作し、父が会社の金を横領したように見せかけた。父のパソコンから、アクセスした痕跡を残し、警察の容疑を向け、逮捕させるように仕向けたのだ。

「お前が今さら真相を突きとめたところで、何も変わらない」

また、黒いスーツの男が声を上げた。

悠馬は、黙ってデスクの上に置いてあるスノードームに目を向けた。

父が逮捕される前、このスノードームにヒビは入っていなかった。警察が証拠品として押収したときに、ヒビができたのだろうか？　それとも、現実を悲観した父が、自棄《やけ》になって投げつけたりして、ヒビができたのだろうか？

どっちであったとしても、スノードームが元通りになることはない。

「こんなことをしたところで、苛めがなくなるとでも思っているのか？　さっさと止めてしまえ！」

黒いスーツの男が、さらに急き立てるように言う。

悠馬は、思わず笑いそうになったが、慌《あわ》てて表情を引き締めた。

これまで、圧倒的優位に立っていたはずの黒いスーツの男が、こんな風に必死になる姿は、何とも滑稽《こっけい》だった。

「あの女も言っていただろ。苛めを受けるのは、お前にも原因がある。だから、こんなことは無駄なんだ」

そう言いながら、黒いスーツの男が詰め寄って来る。

その意見には賛同する。確かに、今さら真犯人が見つかったところで、苛めは終わらないだろう。現に、冤罪だと証明されてからも、繰り返されていたのだ。

父の事件は、単なるきっかけに過ぎなかった。

でも、だからこそ、自分と向き合い、乗り越えて行く為には、逃げずに真相を突きとめていかなければならない。

これは、悠馬が越えるべき、最初の壁なのだ。

「今すぐ止めないと、その頭を撃ち抜くぞ」

黒いスーツの男が、懐から拳銃を抜き、真っ直ぐにその銃口を悠馬に向けた。

反射的に身構えた悠馬だが、これは幻覚なんだ——と自分自身に言い聞かせる。引き金を引かれたところで、弾など出るはずがない。

「もう止めなよ」

声がした方に目を向けると、悠馬のすぐ脇に暁斗が立っていた。

——暁斗君。

心の中で呟《つぶや》く。幻覚だと分かっていても、失望が胸に広がる。暁斗まで、自分の邪魔をしようとするなんて。

ただ、よく見ると、暁斗の視線は、真っ直ぐ黒いスーツの男に向けられていた。

「いくら止めても、悠馬君は、自分の信じた道を行くよ。だから、もう意味のないことは、止めなよ」

「暁斗君……」

思わず、声に出してしまった。

そんな悠馬を見て、暁斗は小さく笑った。

「君の好きにすればいい。君は、誰にだってなれるし、何だってできるんだ。そうだろ悠馬君――」

暁斗の言葉が、心の深いところに突き刺さった。

幻覚だろうと何だろうと、やっぱり悠馬にとって暁斗は友だちだった。かけがえのない友だち。

暁斗がいなければ、悠馬はとっくに自らの命を絶っていたかもしれない。

たった一人、悠馬のことを認めてくれた存在――。

もう一度、彼の名を呼ぼうとしたところでドアが開いた。

部屋に入ってきたのは、母だった。

「まだやってるの？　無理しないでよ」

いかにも心配そうな顔をしている母に、悠馬は笑みを返した。

「大丈夫。もう終わったから」

「そう」

母は、それでも心配顔を崩そうとはしなかった。

きっと、母からしてみれば、事件の真相なんてどうでもいいのだろう。それより、悠馬がまた幻覚に囚《とら》われるのではないかと気が気ではないのだ。だから、こうして、二階の父の部屋まで足を運んだ。

息子の為なら、迷いなく禁忌《きんき》を破ることのできる母の強さと、愛情の深さを今さらのように知った。

「大丈夫だから」

悠馬は再び言ってから、部屋の中を見回した。

黒いスーツの男も、そして暁斗の姿も、どこにもなかった。

ただ、ヒビの入ったスノードームが、陽の光を反射させていた。

5

学校の授業は、相変わらず退屈だ。

単調な坂本の授業は、ひたすらに眠気を誘う。

涼音は、こっそり悠馬とメッセージの交換をしつつ、ちらりと後ろの席に目を向けた。

空席が二つ並んでいる。

悠馬と暁斗が座るはずだった席。本当に、暁斗が転校してきて、悠馬と並んで座っていたら、どんな風になっていただろう？

やはり、暗号でやり取りをしていたのだろうか？

もしかしたら、涼音もそのやり取りに参加していたかもしれない。そんな妄想が頭を過《よ》ぎったが、強引に振り払った。

起きなかったことを、あれこれ考えたところで意味はない。それよりも、これからのことを考えよう。

幸いにして、涼音に対する嫌がらせはピタリと止んだ。

この前、机を写真撮影したりしたのが、かなり効果的だったようだ。それに、メッセージをくれた朱美が積極的に話しかけてくれている。

恵美たちのグループで、自分を偽りながら生活することに、嫌気が差したようだ。

これまで、存在すら曖昧《あいまい》だったのに、実際に話してみると、個性的で面白いキャラだと分かった。

何より優しい。

涼音が母の病気のことを話すと、なぜか朱美は顔を真っ赤にして泣いた。

そこまで感受性の強い朱美が、周囲に合わせ、自分を殺して生きることは、かなり辛かったはずだ。

グループに属し、周囲に合わせせることで、個人が見えなくなるのだと、改めて思い知らされたりもした。

ただ、悠馬は前途多難だろう。

病気療養という理由で、学校を休んでいるが、実際は、父親の事件の真相を暴く為に奔走している。

これが終わったら、学校に戻ると言っていた。

マサユキたちが、自然消滅的に苛めを止めるとは思えない。ただ、今の悠馬なら、それを撥《は》ね除《の》けることができるような気がする。

何にしても、今度、マサユキたちが何かをしたときは、涼音は全力で悠馬を守ろうと思っている。

あの日、暁斗がそうしてくれたように——。

今度こそは——。

授業が終わったあと、涼音は真っ直ぐに母のいる介護施設に足を運んだ。

いつもなら、近付くにつれて足が重くなり、建物を見上げると、思わずため息が漏れたものだが、今はそこまで滅入ることはない。

エントランスを抜け、受付を済ませて母の病室に向かう。

ノックしてからドアを開けると、いつものように母がベッドの上で、窓の外を見つめながら佇《たたず》んでいた。

「お母さん。具合はどう?」

涼音が訊ねると、母はゆっくりとこちらに顔を向けた。

相変わらず顔色は悪いし、目に生気《せいき》がなく、どこか濁ったように感じる。

これまで、幾度となく母のこうした姿に愕然としたものだ。それはきっと、涼音自身が、母の病気を受け容れられていなかったからだろう。

涼音が、ベッドの脇にある椅子に腰掛けたところで、スマホにメッセージが着信した。

悠馬からだろうと思い、すぐにメッセージを開いてしまった。

その瞬間、身体が硬直した。

メッセージの差出人は、のぞみだった——。

幼なじみで、親友だったのに、母の発病以来、距離を置き、涼音のことを見捨てた。

それなのに、どうして今さら?

湧き上がる怒りを静め、メッセージに目を向ける。

まず最初に、友だちを何人か経由して、涼音のアドレスを聞き出したことが書かれていた。

そのあとは、画面にびっしりと謝罪の言葉が連ねられていた。

孤立している涼音を見て、助けたかったけど、自分が同じ目に遭うのが嫌で、何もできなかったこと。辛いと分かっていながら、邪険《じやけん》な態度を取ってしまったことを、今でも責めていることなどが延々と——。

それを読んでいて、スマホの画面がぼやけた。

気付いてしまったのだ。涼音が、本当に許せなかったのは、のぞみのことではない。自分自身だったのだ。

暁斗に庇《かば》ってもらったにもかかわらず、そのせいでクラスの中で孤立する彼を見捨ててしまった。

のぞみを許せないと責めながら、涼音はその先に、自分自身の姿を見ていた――。

「涼音。どうしたの？」

母の掠《かす》れた声が聞こえてきた。

「何でもない」

涼音は、すぐに涙を拭った。

あとでのぞみに返信をしよう。これまでのことを、ちゃんと話そう。そう覚悟を決めた涼音は、改めて母に向き合った。

「お母さん。あのね――」

涼音は、母に向かって悠馬のことや、朱美のことを話し始めた。

どうせ覚えていてはくれないと、これまで避けてきた。きっと、母は忘れてしまうかもしれないけど、それでも知って欲しかった。

今の自分のことを――。

6

「ようやく自供したそうだ」

いつもの喫茶店で顔を合わせるなり、藤田が深刻な顔で言った。

陣内は、ふっと肩の荷が一つ下りた気がした。ただ、だからといって、心が晴れることはなかった。

息子の暁斗が、自殺ではなく、クラスメイトたちに突き落とされて死んだのだと分かったのは良かった。

真実が明かされたのだ。暁斗も少しは浮かばれるだろう。

だが――。

だからといって、陣内の犯した罪が赦されるはずはない。

救うタイミングはたくさんあったのに、目を閉じ、耳を塞《ふさ》ぎ、黙殺し続けたことは、実行犯より罪深い。

「これ以上、自分を責めるな」

陣内の心情を察したらしい藤田が声をかけてきたが、素直に頷くことはできなかった。

きっと、これからも陣内は自分を責め続けるだろう。ただ、自分の殻に閉じ籠もって、うだうだと何もせずに過ごすことは止めようと思う。

今、自分にできることに全力で臨み、前に進むことで、正面から罪を受け止めようと思う。

逃げたところで、何も始まらない。悠馬を見ていてそれを強く感じた。

「今度、妻と一緒に墓参りに行くことになった」

陣内がポツリと言うと、藤田が驚いたように目を丸くした。

「どういう風の吹き回しだ？」

「どうもこうもない。事件以降、ちゃんと話をしていなかった。きっと、逃げていたんだと思う。あなたのせいだ——と言われるのが、怖かったんだと思う。変な話だよな。自分のせいだと責めているようで、実際は全然違っていたんだ」

「そうか」

藤田が神妙に頷いた。

深く突っ込んだところまで、問い掛けてこないのが、藤田のいいところだ。

「で、例の少年の方はどうなんだ？」

藤田が、気分を変えるように煙草《たばこ》に火を点《つ》けながら、問い掛けてきた。

「真相が分かったそうだ。今度、説明を受けることになってる」

藤田と会う前に、悠馬から連絡があった。

事件の真相が明らかになったので、話を聞いて欲しい——と。そこから先のことは、警察に任せるとも言っていた。

中学生の悠馬が、自分と向き合うことができたのだ。陣内だってできるはずだ。いや、そんな考え方をしているから、暁斗のことが見えていなかったのかもしれない。子どもではなく、一人の人間として、暁斗を尊重し、その言動を注視していれば、もっと違った現実があったかもしれない。

考えないようにしていても、どうしても、そこに行き着いてしまう。最初の一歩を踏み出したつもりだが、まだまだ先は長そうだ。

「その内容次第では、お前の配属先が確定するかもしれないな」

藤田が、楽しそうな笑みを浮かべた。

「何の話だ？」

「お前の転属先の候補として、サイバー犯罪対策班の名が挙がってるらしいぞ」

「おれが？　門外漢だ」

悠馬と出会うまで、ハッキングに関する知識は皆無に等しかった。今だって、悠馬からレクチャーを受けなければ、何一つ理解できない。

「知ってるよ」

「だったら……」

「あれ以降も、サイバー犯罪対策班の中村に、色々と話を聞きに行ってるらしいじゃないか」

「ああ」

悠馬に頼まれたことを、訊きに行ったりしたし、自分なりに頭の中を整理する為に、レクチャーを受けたりもした。

「中村がお前にずいぶんとご執心でな。サイバー犯罪対策には、ハッキングの知識だけじゃなく、現場の犯罪捜査の経験も必要だって、上司にお前を引き抜くように交渉してるって噂だ」

「冗談は止めてくれ」

「冗談じゃない。本当の話だ。近々、ホワイトハッカーを登用するって話もあるらしいから、例の少年と一緒にやってみたらどうだ？」

「おれはともかく、悠馬君はまだ中学生だぞ」

「じゃあ、お前はアリってことか？」

直接的な表現ではないが、どうやら藤田は引き留めをしているようだ。

悠馬との一件が起きる前は、警察は辞めるつもりでいたが、今は少しだけ違う。

「考えておくよ」

陣内は、苦笑いを浮かべると、金を払って店を出た。

7

悠馬の父の部屋に、陣内と涼音が集まった——。

「わざわざ、来て頂いてすみません」

まず、そのことを詫びると、涼音が「そういうの止めようよ」と不満を露《あら》わにした。

「そうだ。この件は、君だけの問題じゃない。おれたちの問題でもあるんだ」

賛同を示したのは陣内だった。

二人とも、社交辞令的に言っているのではない。それが分かるからこそ、嬉しかった。

「そうですね」

悠馬は、そう言ったあとに、これまで分かったことの説明を始めた。

「まず、これを見てもらいたいんです」

悠馬は、ノートパソコンの画面にソースを表示させた。英数字が羅列された、いわばデータの元だ。

「こんなの見せられても、私たちには分からないし」

涼音がむくれたように言う。

彼女が、こんな風に表情豊かだとは、これまで気付かなかった。

「まあ、そうだよね。これは、あるアプリのデータの一部なんだけど、この部分にウイルスが仕込まれているんだ。巧妙に隠されてるけどね」

悠馬は、カーソルを操作しながら告げる。

「どういうウイルスなんだ？」

陣内が訊ねてくる。

「結構、悪質なウイルスです。このウイルスがインストールされた端末は、全ての情報が筒抜けになります。電話帳や写真データはもちろん、ＳＮＳアカウントや、クレジットカードデータや暗証番号まで全部です」

「何でもありってわけか」

陣内が険《けわ》しい表情を浮かべた。

出会った頃は、ずぶの素人《しろうと》だったが、かなり勉強を重ねていたらしく、最近は話が通じるようになってきた。

「それって、どうヤバイの？」

涼音が訊ねてくる。

「最近は、クレジット決済のネット通販は誰でもやってるし、ネットバンキングとかがかなり普及してきてるよね。ウイルスに感染した端末は、そうした情報が筒抜けになるんだ。つまり、端末を通じて好き放題お金を手に入れることができるんだよ」

「マジで？」

ようやく、状況を把握したらしい涼音が、啞然《あぜん》とした表情になる。

「マジ」

「マルウェアって奴だな」

陣内が呟く。

「何それ？」

疑問を呈する涼音に、マルウェア——つまり悪意のあるアプリを意味するのだと陣内が説明をする。

涼音は、まだ理解できていないらしく首を傾げる。

「悪意のある開発者が、アプリの中に、それと分からないように最初からウイルスを仕込んでおくことなんだ」

悠馬は補足の説明をした。

「へえ。いったい何のアプリに仕込まれてたの？」

涼音が訊ねてきた。

「キャッスル」

悠馬は、一呼吸置いてから答えた。

「キャッスルって、あのゲームのキャッスル？」

「そう」

悠馬は、大きく頷いた。

一千万人にダウンロードされているゲームアプリが、マルウェアだったのだ。

今になって思えば、キャッスルのゲームデータを改竄《かいざん》するとき、違和感を覚える部分を発見していた。

ただ、黒いスーツの男たちの登場により、パソコン内に隠された極秘データを探すという方向に向かってしまった。そのせいで、見失っていたのだ。

だが、改めてデータを解析していて、不自然なデータがあることに気付いた。

明らかにゲームとは関係の無いプログラムだった。それを見ていて、父がよく言っていたことを思い出した。データには全て意味がある——。

そのデータを徹底的に調べた結果、ウイルスであることに気付いた。

陣内から貰った、父が関わっていた企業のリストの中に、キャッスルの制作会社も含まれていた。

さらに、父のスケジュールを確認すると、事件の起きる直前に、キャッスルの開発スタッフと面会していたことが分かった。

おそらく、その面会のときに、父のパソコンにUSBメモリーを使って、直接別のウイルスを送り込んだのだろう。

その理由について、父のパソコンに残っていたメールの内容を改めて見返してみて発見した。

キャッスルのセキュリティー対策を委託《いたく》されていた父は、悠馬と同じように、キャッスルのデータに違和感を覚え、それについて問い質《ただ》す内容のメールを送っている。そのメールには、重大な欠陥がある可能性が高いので、制作会社の上層部に報告する必要がある旨も記載されていた。

ここからは、推測だが、おそらくキャッスルをマルウェアにしたのは、会社の意向ではなく、開発スタッフ数人の仕業《しわざ》だろう。

アプリ開発には、膨大な時間と労力がかかる。徹夜作業など当たり前だ。だが、開発スタッフには、それに見合った給与が支払われていないそうだ。

そうした現状に不満を抱いた開発者数人が、マルウェアを仕込むことで、金儲けをしようと考えたのではないか。

ユーザーから気付かれないように、吸い取るというやり方だ。

取り敢えず、悠馬は自分のアカウントだけ調べてみた。悠馬は、スマホなどで課金アイテムを購入した場合、通信料に上乗せする仕組みにしていた。

その詳細を調べてみたところ、毎月百円ほど、通信手数料という名目で、謎の費用が計上されていた。

支払い先は、日本通信事業プロダクションという会社で、インターネットで検索してみると、ホームページも見つかったが、おそらく実在していないだろう。

ホームページに記載されていた本社の住所をインターネットの地図で確認したところ、

そこは駐車場だった。

キャッスルに仕込んだウイルスを使い、顧客の個人情報を吸い取り、勝手に架空の会社との契約を結ばせ、毎月百円ずつ徴収しているのだ。

上手いやり方だと思う。一気に大金を動かせば、発覚する可能性が高くなる。だが百円であれば、ほとんどの人が気付かない。

仮に気付いたとしても、会社名と、通信手数料という名目から、そういうものがあるのかと受け入れてしまうだろう。

百円ずつ徴収しても、大した利益にならないと思う人もいるだろうが、それは大きな誤りだ。

キャッスルは一千万ダウンロードのアプリだ。

単純計算で、全てのユーザーから毎月百円ずつ徴収すると、その利益は十億円にも上る。一年で考えると百二十億円だ。

さらに、これをやった連中が巧妙だったのは、会社は存在しないが、電話番号や、問い合わせ用のメールアドレスは活きていることだ。

試しに、素知らぬふりをして、メールで通信手数料のことを問い合わせたところ、丁寧な謝罪と共に、手違いにより引き落とされていたので、すぐに返金の手続きをするという旨の返信があった。

こうなれば文句を言う人間もいないので発覚せずに済むというわけだ。

父は、その事実に気付きそうになったのだろう。

キャッスルの中に組み込まれた、ゲームとは関係のないデータは、父の目には不自然なものに映ったはずだ。

そして、セキュリティーコンサルタントという立場から開発担当者にそのことを指摘した。メールでは、違和感を問い質す程度だったが、マルウェアであることに気付いていたかもしれない。

だから、罪を着せられたのだ。そうすれば、冤罪だと分かっても、信頼は失墜するし、作業中の案件はうやむやになり、上に報告されることもない。

ここまでくれば、犯人は自ずと見えてくる。

父に直接会った開発者が、事件に関与している可能性が極めて高い。

「ぼくにできるのは、ここまでです。あとは、警察にお任せします」

説明を終えた悠馬は、真っ直ぐに陣内に目を向けた。

「分かった。ここからは、警察が責任をもって捜査をする。ただ――」

「何です?」

「君にも、幾つか手伝ってもらうかもしれないが、それでもいいか?」

「もちろんです」

悠馬は大きく頷いた。

正直、この先、悠馬ができることなんて一つもないだろうが、それでも、何かやれることがあるなら、正面から向き合っていきたい。

「これで終わり？」

涼音が、拍子抜けしたような口調で言った。

「うん」

「えー。もっと、派手な感じだと思ってたのに。何か、キーボードカタカタやって、白熱の攻防とかないの？」

「ないよ」

それは、あくまで映画やテレビなどで見映えを良くする為の演出だ。格闘ゲームではないのだから、リアルタイムで対戦したりしない。

「まあ、いいか。とにかく、終わったんだね」

「うん。終わった」

「じゃあ、報告に行こう――」

涼音がすっと立ち上がった。

「報告？　誰に？」

「暁斗君」

「どっちの？」

「両方だよ」

涼音が楽しそうに笑った。

「そうだね。そうしよう」

悠馬は、ゆっくりと立ち上がる。

涼音は両方に報告だと言ったが、あれ以来、暁斗は悠馬の前に現れていない。いったい何処に報告に行けばいいんだろう?

そんな疑問が過ぎったが、すぐに答えが返ってきた。

姿は見えないけど、暁斗君は、いつだってぼくの心の中にいる。

ぼくたちは、誰にだってなれるし、何だってできる。

そうだろ? 暁斗君——。

解説

細谷正充

待て!!
しかして
期待せよ!!

これは、アレクサンドル・デュマの大長篇『モンテ・クリスト伯』を締めくくる言葉である。無実の罪で投獄された男の、波乱に富んだ復讐譚は、日本では『巌窟王』のタイトルでよく知られている。神永学の単行本の巻末には、オフィシャルサイトやツイッターのアドレスが掲載されているが、そこにこの言葉も載せられているのである。次の作品への期待を高めるのが目的だろうが、それだけでチョイスされた言葉なのだろうか。きっと、『モンテ・クリスト伯』のように、とことん楽しめるエンターテインメント・ノベルを提供するという、自信が込められているのだろう。

とはいえデュマが十九世紀の作家だったのに対して、神永学は二十一世紀の作家だ。多数のシリーズを持つ作者は、好んでミステリーを物語のフォーマットとして使用。だがそこに、オカルトやSFの要素を、当たり前のように投入してくる。面白くするためにはジャンルの枠を、軽々と飛び越える。ここに現代のエンターテインメント・ノベル作家のスタイルがあるのだ。しかし、それだけが作者の現代性を示しているわけではない。オカルトやSFの要素のないミステリーである本書を読めば、それがよく分かってもらえるだろう。

本書『ガラスの城壁』は、二〇一九年六月に文藝春秋から刊行された、書き下ろし長篇だ。物語の主人公は、中学二年生の悠馬。父親が、インターネット詐欺の容疑で逮捕されたことから、学校でいじめられている。父親は誤認逮捕ということで釈放されたが鬱になり、休職中に駅のホームから転落して死亡。それが明らかになっても、同じクラスのマサユキたちが、執拗にいじめを繰り返す。事なかれ主義の担任は、見て見ぬふりだ。精神的に追い詰められている母親を心配させるわけにもいかず、何もいわないまま、悠馬は学校に通っていた。

しかし、暁斗という転校生がきたことで、悠馬の日常は変わる。流行しているオンラインRPG〈キャッスル〉が縁で、暁斗と仲良くなった悠馬。やがて悠馬の事情を知った暁斗は、父親の事件の真犯人を捕まえようという。これに頷き、パソコンを使って調査を始めた悠馬だが、周囲に謎の男たちが現れるようになった。そして事態は、思いもかけない方向に転がっていく。

この悠馬と暁斗の他に、本書にはふたりの重要な登場人物がいる。ある件で仕事を休職し、カウンセラーにかかっている陣内という男。そして悠馬のクラスメイトで、やはり何かを抱えている涼音だ。彼らの過去に何があったのか。悠馬の一件と、どうかかわってくるのか。そこが本書のひとつの読みどころになっているので、詳しく書くのは控えよう。ただ、こんなふうにかかわってくるのかと、驚いたといっておく。

しかし本書の最大の驚きは別にある。あることで、単に事件の真相を追うだけでなく、必死の行動をすることになる悠馬。次はどうなるのだと興味を惹かれてページを捲っていると、意外な方向から最大のサプライズがやってくる。ああ、なんとなく引っ掛かる部分はあったのだが、ストーリーの面白さに没頭し、気がつくことができなかった。悔しいけど嬉しい。これこそミステリーの醍醐味である。

さらに〈キャッスル〉の扱いにも注目したい。理不尽ないじめにあう悠馬は、現実逃避のように、自分の置かれた状況をゲームに準《なぞら》える。きわめて現代的な少年の心の在り方だ。彼をいじめるマサユキだけが、ゲームのキャラクターのようにカタカナ表記されるのも、そこに理由があるのだろう。主人公のキャラクターを表現するガジェットとして〈キャッスル〉が、巧みに機能しているのである。

だが、読み進めると、それだけではないことが明らかになる。これまた詳しく書けないが、そういう狙いがあったのかと感心した。とにかく、考え抜かれたミステリーなのである。

さらに登場人物の魅力も見逃せない。いつもビクビクして、何かあればすぐに謝ってしまう悠馬。しかし一連の騒動の中で、彼が持っている芯の強さが、しだいに見えてくる。また、陣内や涼音の抱える事情が分かると、ふたりのキャラクターも深まっていく。三人の内面が響き合い、それぞれに前を向くようになるのである。作中で陣内が、

「人は、どんな苦境にあろうと、寄り添ってくれる人がいれば、生きていくことができるものだ」

と思う場面があるが、これは他のふたりにもいえること。悠馬と暁斗の関係を始め、作者はさまざまな〝寄り添い〟の形を描き出しながら、大切なことを読者に伝えてくれるのだ。

最後に本書のタイトルに注目したい。『ガラスの城壁』とは、何を意味しているのか。作中に、

「もし、そうしたソフトが開発されれば、ファイヤーウォールなんて何の意味もなくなり、ガラスで造った城壁に等しい」

という一文がある。だがタイトルの〝ガラスの城壁〟は、コンピューターのセキュリティではなく、主人公たちを取り巻く状況といった方がいいだろう。四方を城壁で囲まれたような、息苦しい日常をおくっていた悠馬。しかし、ぶつかっていった城壁は、絶対に壊れない堅牢なものではなかった。もちろん、ぶつかれば痛いし、傷もつく。だけど壊すことは可能なのだ。そのような、人の力で壊せる状況を、作者はタイトルに託したのだと思えてならない。

現代の日本は、新型コロナウイルスの影響もあり、息苦しい状況が続いている。毎日を過ごすのが精いっぱいで、未来に希望の持てない人も多いだろう。それでも自分からぶつからないと、四方を囲む城壁が、ガラスでできているかどうか分からない。今の場所から、抜け出すことができない。だから動こう。本書を読んだ人ならば、その勇気をすでに持っているはずだ。

（文芸評論家）

単行本　二〇一九年六月　文藝春秋刊

ＤＴＰ制作　エヴリ・シンク

この物語はフィクションであり、
実在の人物・団体とは一切関係ありません。

文春文庫

ガラスの城壁《じょうへき》

定価はカバーに
表示してあります

2021年3月10日　第1刷

著　者　神《かみ》永《なが》学《まなぶ》
発行者　花田朋子
発行所　株式会社 文藝春秋

東京都千代田区紀尾井町3-23　〒102-8008
TEL　03・3265・1211(代)
文藝春秋ホームページ　http://www.bunshun.co.jp

落丁、乱丁本は、お手数ですが小社製作部宛お送り下さい。送料小社負担でお取替致します。

印刷・凸版印刷　製本・加藤製本

Printed in Japan
ISBN978-4-16-791654-1

（　）内は解説者。品切の節はご容赦下さい。

浅田次郎
草原からの使者 沙高樓綺譚

総裁選の内幕、莫大な遺産を受け継いだ御曹司が体験するカジノの一夜、競馬場の老人が握る幾多の人生。富と権力を持つ人間たちの虚無と幸福を浅田次郎が自在に映し出す。（有川　浩）

あ-39-11

浅田次郎
降霊会の夜

生者と死者が語り合う降霊会に招かれた作家の〝私〟は、思いもかけない人たちと再会する……。青春時代に置き忘れたもの、戦後という時代に取り残されたものへの鎮魂歌。（森　絵都）

あ-39-18

浅田次郎
獅子《しし》吼《く》

戦争・高度成長・大学紛争——いつの時代、どう生きても、過酷な運命は降りかかる。激しい感情を抑え進む、名も無き人々の姿を描きだした、華も涙もある王道の短編集。（吉川晃司）

あ-39-19

あさのあつこ
スポットライトをぼくらに

「僕はどんな大人になりたいんだろう」地方都市の小さな町に住む中学二年の秋庭樹には、思い描ける将来がない。幼馴染みの達彦・美鈴と共に悩み成長する姿を描いた傑作青春小説。

あ-43-19

あさのあつこ
透き通った風が吹いて

野球部を引退した高三の渓哉は将来が思い描けず焦燥感にさいなまれている。ある日道に迷う里香という女性と出会うが……。書き下ろし短篇「もう一つの風」を収録した直球青春小説。

あ-43-20

あさのあつこ
I love letter アイラブレター

文通会社で働き始めた元引きこもりの岳彦に届くのは、ワケありの手紙ばかり。いつしか自分の言葉を便箋に連ね、手紙で難事に向き合っていく。温かくて切なく、少し怖い六つの物語。

あ-43-21

有栖川有栖
火村英生に捧げる犯罪

臨床犯罪学者・火村英生のもとに送られてきた犯罪予告めいたファックス。術策の小さな綻びから犯罪が露呈する表題作他、哀切でエレガントな珠玉の作品が並ぶ人気シリーズ。（柄刀　一）

あ-59-1

（　）内は解説者。品切の節はご容赦下さい。

有栖川有栖
菩提樹荘の殺人
少年犯罪、お笑い芸人の野望、学生時代の火村英生の名推理、アンチエイジングのカリスマの怪事件とアリスの悲恋。「若さ」をモチーフにした人気シリーズ作品集。（円堂都司昭）
あ-59-2

阿部智里
烏《からす》に単《ひとえ》は似合わない
八咫烏の一族が支配する世界「山内」。世継ぎの后選びを巡る有力貴族の姫君たちの争いに絡み様々な事件が……。史上最年少松本清張賞受賞作となった和製ファンタジー。（東　えりか）
あ-65-1

阿部智里
烏《からす》は主《あるじ》を選ばない
優秀な兄宮を退け日嗣の御子の座に就いた若宮に仕えることになった雪哉。だが周囲は敵だらけ、若宮の命を狙う輩も次々に現れる。彼らは朝廷権力闘争に勝てるのか？（大矢博子）
あ-65-2

阿部智里
黄金《きん》の烏《からす》
八咫烏の世界で危険な薬の被害が次々と報告される。その行方を追って旅に出た若宮と雪哉は、最北の地で村人を襲い喰らい尽くす大猿に遭遇する。シリーズ第三弾。（吉田伸子）
あ-65-3

阿部智里
空棺《くうかん》の烏《からす》
人間にかわり八咫烏が支配する世界「山内」。山内のエリート武官を養成する学校で切磋琢磨する少年たちの青春の日々を彩る、冒険、謀略そして友情。大人気シリーズ第四弾。（大森　望）
あ-65-4

阿部智里
玉依姫《たまよりひめ》
八咫烏シリーズはここから始まった——。女子高生・志帆が、母の故郷の山奥で遭遇したおぞましきものとは。ついに明らかになる異世界「山内」の秘密。八咫烏たちの命運はどうなるのか。
あ-65-5

阿部智里
弥栄《いやさか》の烏《からす》
大地震に襲われた山内。崩壊の予感が満ちる中、若宮の記憶は戻るのか。猿との最終決戦に臨む参謀・雪哉のとった作戦とは——すべての謎が明かされる、シリーズ第一部完結！（対談・夢枕　獏）
あ-65-6

（　）内は解説者。品切の節はご容赦下さい。

青柳碧人
国語、数学、理科、誘拐
進学塾で起きた小6少女の誘拐事件。身代金5000円、すべて1円玉で?!　5人の講師と生徒たちが事件に挑む。「読むと勉強が好きになる」心優しい塾ミステリ！　（太田あや）
あ-67-2

青柳碧人
国語、数学、理科、漂流
中学三年生の夏合宿で島にやってきたJSS進学塾の面々。勉強漬けの三泊四日のはずが、不穏な雰囲気が流れ始め、ついには行方不明者が！　大好評塾ミステリー第二弾。
あ-67-4

朝井リョウ
武道館
【正しい選択】なんて、この世にない。「武道館ライブ」という合言葉のもとに活動する少女たちが最終的に〝自分の頭で〝選んだ道とは――。大きな夢に向かう姿を描く。　（つんく♂）
あ-68-2

朝井リョウ
ままならないから私とあなた
平凡だが心優しい雪子の友人、薫は天才少女と呼ばれる。成長に従い、二人の価値観は次第に離れていき、決定的な対立が訪れるが……。一章分加筆の表題作ほか一篇収録。　（小出祐介）
あ-68-3

安東能明
夜の署長
新米刑事の野上は、日本一のマンモス警察署・新宿署に配属される。そこには〝夜の署長〝の異名を持つベテラン刑事・下妻がいた。警察小説のニューヒーロー登場。　（村上貴史）
あ-74-1

安東能明
夜の署長2
密売者
夜間犯罪発生率日本一の新宿署で〝夜の署長〝の異名を取り、高い捜査能力を持つベテラン刑事・下妻。新人の沙月は新宿で起きる四つの事件で指揮下に入り、やがて彼の凄みを知る。
あ-74-2

明石家さんま　原作
Ｊｉｍｍｙ
一九八〇年代の大阪。幼い頃から失敗ばかりの大西秀明は、高校卒業後なんば花月の舞台進行見習いに。人気絶頂の明石家さんまに出会い、孤独や劣等感を抱きながら芸人として成長していく。
あ-75-1

（　）内は解説者。品切の節はご容赦下さい。

浅葉なつ
どうかこの声が、あなたに届きますように
地下アイドル時代、心身に傷を負った20歳の奈々子がラジオアシスタントに。「伝説の十秒回」と呼ばれる神回を経て成長する彼女と、切実な日々を生きるリスナーの交流を描く感動作。
あ-77-1

天祢　涼
希望が死んだ夜に
14歳の少女が同級生殺害容疑で緊急逮捕された。少女は犯行を認めたが動機を全く語らない。彼女は何を隠しているのか？捜査を進めると意外な真実が明らかになり……。（細谷正充）
あ-78-1

朱野帰子
科学オタがマイナスイオンの部署に異動しました
電器メーカーに勤める科学マニアの賢児は、非科学的商品を「廃止すべき」と言い、鼻つまみ者扱いに。自分の信念を曲げられずに戦う全ての働く人に贈る、お仕事小説。（塩田春香）
あ-79-1

秋吉理香子
サイレンス
深雪は婚約者の俊亜貴と故郷の島を訪れるが、彼には秘密があった。結婚をして普通の幸せを手に入れたい深雪の運命が狂い始める。一気読み必至のサスペンス小説。（澤村伊智）
あ-80-1

伊集院　静
星月夜
東京湾で発見された若い女性と老人の遺体。事件の鍵を握るのは、老人の孫娘、黄金色の銅鐸、そして星月夜の哀しい記憶……。かくも美しく、せつない、感動の長編小説。（池上冬樹）
い-26-21

石田衣良
池袋ウエストゲートパーク
刺す少年、消える少女、潰し合うギャング団……命がけのストリートを軽やかに疾走する若者たちの現在を、クールに鮮烈に描いた人気シリーズ第一弾。表題作など全四篇収録。（池上冬樹）
い-47-1

石田衣良
PRIDE——プライド
池袋ウエストゲートパークX

四人組の暴行魔を探してほしい——ちぎれたネックレスを下げた美女の依頼で、マコトはあるホームレス自立支援組織を調べ始める。IWGPシリーズ第1期完結の10巻目！（杉江松恋）
い-47-18

（　）内は解説者。品切の節はご容赦下さい。

石田衣良
憎悪のパレード
池袋ウエストゲートパークXI
IWGP第二シーズン開幕！　変容していく池袋、でもあの男たちは変わらない。脱法ドラッグ、ヘイトスピーチ……続発するトラブルを巡り、マコトやタカシが躍動する。（安田浩一）
い-47-21

石田衣良
西一番街ブラックバイト
池袋ウエストゲートパークXII
勤め先の店で無能扱いされた若者が池袋の雑居ビルで飛びおり自殺を図る。耳触りのいい言葉で若者を洗脳し、つかい潰すブラック企業の闇に、マコトとタカシが斬りこむ！（今野晴貴）
い-47-22

石田衣良
裏切りのホワイトカード
池袋ウエストゲートパークXIII
闇サイトに載った怪しげな超高給バイトの情報。報酬はたった半日で10万円以上。池袋の若者達が浮き足立つ中、マコトにはある財団から依頼が持ち込まれる。（対談・朝井リョウ）
い-47-23

石田衣良
IWGPコンプリートガイド
創作秘話から、全エピソード解題、キャラクター紹介まで、IWGPの世界を堪能出来るガイドブック決定版。短篇『北口アンダードッグス』を所収。文庫オリジナル特典付き！
い-47-19

石田衣良
夜を守る
ひとり息子を通り魔に殺された老人と出会い、アメ横の平和を守るため、四人の若者がガーディアンとして立ち上がった！　IWGPファンに贈る大興奮のストリート小説。（永江　朗）
い-47-30

石田衣良
MILK
切実な欲望を抱きながらも、どこかチャーミングなおとなの男女たちを描く10篇を収録。切なさとあたたかさを秘めた、心と身体をざわつかせる刺激的な恋愛短篇集。（いしいのりえ）
い-47-35

池井戸　潤
オレたちバブル入行組
支店長命令で融資を実行した会社が倒産。社長は雲隠れ。上司は責任回避。四面楚歌のオレには債権回収あるのみ……。半沢直樹が活躍する痛快エンタテインメント第1弾！（村上貴史）
い-64-2

（　）内は解説者。品切の節はご容赦下さい。

池井戸　潤
オレたち花のバブル組

あのバブル入行組が帰ってきた。巨額損失を出した老舗ホテル再建、金融庁の嫌みな相手との闘い。絶対に負けられない闘いの結末は？　大ヒット半沢直樹シリーズ第2弾！（村上貴史）

い-64-4

池井戸　潤
シャイロックの子供たち

現金紛失事件の後、行員が失踪!?　上がらない成績、叩き上げの誇り、社内恋愛、家族への思い……事件の裏に透ける行員たちの葛藤。圧巻の金融クライム・ノベル！（霜月　蒼）

い-64-3

池井戸　潤
かばん屋の相続

「妻の元カレ」「手形の行方」「芥のごとく」他。銀行に勤める男たちが、長いサラリーマン人生の中で出会う、さまざまな困難と悲哀。六つの短篇で綴る、文春文庫オリジナル作品。（村上貴史）

い-64-5

池井戸　潤
民王

夢かうつつか、新手のテロか？　総理とその息子に非常事態が発生！　漢字の読めない政治家、酔っぱらい大臣、バカ学生らが入り乱れる痛快政治エンタメ決定版。（村上貴史）

い-64-6

井上荒野
ママがやった

七十九歳の母が七十二歳の父を殺した。「ママはいいわよべつに、刑務所に入ったって」――男女とは、家族とは何か？　ある家族の半世紀を描いた、愛を巡る八つの物語。（池上冬樹）

い-67-5

伊坂幸太郎
死神の精度

俺が仕事をするといつも降るんだ――七日間の調査の後その人間の生死を決める死神たちは音楽を愛し大抵は死を選ぶ。クールでちょっとズレてる死神が見た六つの人生。（沼野充義）

い-70-1

伊坂幸太郎
死神の浮力

娘を殺された山野辺夫妻は、無罪判決を受けた犯人への復讐を計画していた。そこへ人間の死の可否を判定する〝死神〟の千葉がやってきて、彼らと共に犯人を追うが――。（円堂都司昭）

い-70-2

（　）内は解説者。品切の節はご容赦下さい。

上田早夕里
薫香のカナピウム
生態系が一変した未来の地球、その熱帯雨林で少女は暮らす。ある日現われた〈巡りの者〉と、森に与えられた試練。立ち向かうことを決めた彼女たちの姿を瑞々しく描く。（池澤春菜）
う-35-1

冲方　丁
十二人の死にたい子どもたち
安楽死をするために集まった十二人の少年少女。全員一致で決を採り実行に移されるはずのところへ、謎の十三人目の死体が!?　彼らは推理と議論を重ねて実行を目指すが。（吉田伸子）
う-36-1

逢坂　剛
禿鷹《はげたか》の夜
ヤクザにたかり、弱きはくじく史上最悪の刑事・禿富鷹秋《とくとみたかあき》——通称ハゲタカは神宮署の放し飼い。だが、恋人を奪った南米マフィアだけは許さない。本邦初の警察暗黒小説。（西上心太）
お-13-6

大沢在昌
魔女の笑窪
闇のコンサルタントとして裏社会を生きる女・水原。男を一瞬で見抜くその能力は、誰にも言えない壮絶な経験から得た代償だった。美しいヒロインが、迫りくる過去と戦う。（青木千恵）
お-32-7

大沢在昌
魔女の盟約
自らの過去である地獄島を破壊した「全てを見通す女」水原は、家族を殺された女捜査官・白理《バイリー》とともに帰国。自らをはめた「組織」への報復を計画する。『魔女の笑窪』続篇。（富坂　聰）
お-32-8

大沢在昌
魔女の封印（上下）
裏のコンサルタント水原が接触した男は、人間のエネルギーを摂取し命を奪う新種の〝頂点捕食者〟だった！　女性主人公・水原の魅力が全開の人気シリーズ第3弾。（内藤麻里子）
お-32-10

大沢在昌
極悪専用
やんちゃが少し過ぎた俺は、闇のフィクサーである祖父《じい》ちゃんの差し金でマンションの管理人見習いに。だがそこは悪人専用住居だった！　ノワール×コメディの怪作。（薩田博之）
お-32-9